Gwendolyn

Mes remerciements à Myline,
Ma première lectrice…

I

Nuit du lundi 23 novembre, bar du Mahzen, Rotterdam.

Elle se prénomme Gwendolyn. Ses cheveux courts, son regard noir farde son visage blanc. Sa silhouette gracieuse, voilée par des blessures secrètes, navigue entre les tables où elle sert des bières et quelques pichets de cidre. L'ambiance crasseuse empile les soirées de beuverie d'hommes perdus qui ne rentrent chez eux que le petit matin venu. Ces hommes, des ouvriers, des marins, quelques intellectuels égarés se racontent des histoires sans queue ni tête, des histoires qui masquent que le temps passé ensemble s'apparente en fin de compte à une saugrenue chimère, une espèce de fraternité illusoire, celle qui sert de prétexte à se beurrer sans culpabilité, à s'enivrer jusqu'à la fermeture tardive et jusqu'au dernier denier.

À sa sortie de prison, elle avait trouvé ce job grâce à une amie de cellule qui lui en avait communiqué l'adresse. Le patron, ancien taulard également, accueillait ces femmes, mais uniquement des femmes, à leur sortie du pénitencier. C'était sa rédemption. Il avait passé douze ans devant les barreaux, (on dit à tort derrière alors que le prisonnier les voit toujours de face) pour avoir poignardé sa compagne, serveuse dans un tripot du port de Rotterdam parce qu'elle avait eu un regard non pas de travers mais plutôt franc avec le matelot d'une frégate. Ce coup de sang l'avait meurtri, lui qui était si docile, si prévenant, si attentif aux autres ; d'ailleurs, lors de son procès, fortement médiatisé, tous les témoins l'avaient certifié à la barre : Harald était bienveillant et nul ne croyait en sa culpabilité. Sauf que sa jalousie maladive avait fait deux victimes : elle et lui.

Harald est correct, jamais il ne violente, d'aucune manière que ce soit, ces femmes qu'il prend si humainement sous sa coupe. Il leur demande juste de servir et surtout de ne pas aguicher ses clients dépravés qui ne sont, en fait, rien d'autre que son gain de pain. Quand il parle d'eux, il évoque son chaland, "plus précis" dit-il.

Gwendolyn lui accorde toute sa confiance, il est fort, protecteur. Elle a conscience que ce travail est provisoire, juste le temps de remettre le pied à l'étrier, de redonner de l'éclat à son teint blafard privé de vitamines, de laisser ses cheveux repousser et boucler, de s'acheter une jolie valise avec d'élégantes robes fleuries, avant de reprendre le train, puis le bateau pour rejoindre ses vieux parents emmitouflés de chagrin dans leur modeste chaumière en ardoise de Terschelling, île désormais confisquée par les touristes bobos.

Ce soir-là, après une journée encore plus harassante qu'à l'accoutumée, elle rêve plus profondément que les autres nuits et elle n'entend pas cet audacieux poivrot gravir les escaliers pour atteindre sa chambre qu'elle loue pour des clopinettes à l'étage.

Le scélérat, les rideaux de la taverne baissés, s'est laissé enfermer dans les toilettes pour préparer son crime. Il ouvre violemment la porte, profite de l'effet de surprise, se jette sur elle et la bâillonne.

Alors que la scène devient abominable, que le malfrat a pris largement le dessus privant Gwendolyn de son rêve préféré, elle sent sur sa poitrine ruisseler le sang chaud, puant et épais de son agresseur. Son corps lourd, inerte, l'empêche de respirer.

Debout, devant elle, raide comme un cierge, se tient, fier et brave, un pied-de-biche ensanglanté à la main, Harald qui vient enfin de sauver son âme, en empêchant le criminel de violenter son employée. Ici dans cette chambre où sa Gwendolyn, la Sienne, avait succombé à ses blessures qu'il lui avait sadiquement infligées et dont jamais il ne s'était souvenu. Il avait eu beau crier son innocence, nul ne l'avait cru. Tout l'accablait.

Il se met alors à genoux en regardant le ciel ; peut-être prie-t-il ? Il présente le-pied-de-biche devant lui et d'un mouvement fatal, tel un samouraï, il s'empale en chuchotant larmoyant :

« Pardon ma Gwendolyn, mon petit cœur, ma faiblesse éternelle ! »

La fenêtre s'est ouverte, le rideau claque sur le mur où les ombres apeurées de la nuit cessent de danser. Le vent glacé d'hiver, à l'affût derrière les vitres gelées, s'engouffre clandestinement dans la chambre, congelant la scène macabre.

Gwendolyn, figée, les yeux fixés au plafond, semble ne plus respirer, presque éteinte par l'asphyxie. Le sang et ses larmes s'entremêlent, ruisselant dans le lit de fines rides naissantes.

Brusquement, avec écœurement et énergie, elle repousse le lourd corps pour se dégager vers le bas du lit ; elle se lève, déterminée, se libère de son bâillon tant bien que mal, referme la fenêtre, se débarbouille du sang chaud, prépare ses affaires miteuses qu'elle entasse dans un sac de courses en plastique avant de quitter au plus vite ce décor monstrueux.

Gwendolyn gère cette situation cauchemardesque avec une précision déconcertante. Juste avant de quitter le bar, elle ouvre la caisse où traînasse la copieuse recette de la veille qu'elle glisse, pour partie, dans une poche de son anorak fuchsia.

D'un pas véloce, elle longe les quais puis s'engage vers le long boulevard qui mène à la gare centrale. Dégoûtée, apeurée, elle patiente et attend deux longues heures dans la salle des pas perdus de la Nederlandse Spoorwegen, l'ouverture du guichet. A 4h30, d'une voix presque inaudible, elle demande un ticket pour les îles du nord.

Elle sait désormais que sa réalité ne se trouve plus dans le mot espérer, cela n'était qu'une illusion, un rêve de petite fille. Il est temps de rentrer à la maison et de raconter aux siens, enfin, la vérité ; ses parents malgré tout l'attendent et elle est persuadée qu'ils l'aiment, qu'ils lui pardonneront. Comment pourrait-il en être autrement, même si elle n'a plus ses boucles d'antan glissant sur ses épaules fleuries.

*

II

Mardi 24 novembre, Bar du Mahzen, 4H25.

La brume caresse les longs quais du port et cache les gigantesques cargos que l'on devine derrière la lumière blanche et aveuglante de leurs spots puissants. On ne distingue que les étroites passerelles qui ressemblent à des perfusions mécaniques. Elles sont davantage éclairées pour mieux les matérialiser et assurer ainsi la sécurité des marins qui ne les arpentent qu'au compte-goutte. Les grues colossales apparaissent puis disparaissent dans le brouillard matinal, grinçant sous la charge des containers déplacés. Elles jouent aux fantômes avec les dockers à pied d'œuvre depuis plusieurs heures déjà. L'ambiance de travail évoque ces complexes sidérurgiques où l'activité est dense mais la présence humaine rare.

La machine impose désormais son diktat partout, l'homme n'étant plus dorénavant qu'un automate exécutant des process et des consignes, posté derrière un appareil numérique de commandes. Seules les réunions syndicales permettent encore à ces hommes de se retrouver ou alors ils ne leur restent plus que les bars qui délimitent, sans concurrence, les gros complexes portuaires. Les cafés forment ainsi, malgré eux, un périmètre naturel, une sorte de no man's land entre la vie familiale et le monde singulier de la marine marchande. Un monde d'hommes, de sueur et de graisse, dont les féministes ne raffolent guère.

À 4 heures 30, Ute prend son service au bar du Mahzen. Les poivrots de la nuit ne sont plus que des ombres lorsqu'elle fait l'ouverture à cinq heures pour accueillir les premiers clients qui viennent chercher, près du massif comptoir en bois, le réconfort et la chaleur du café noir corsé. Elle aime ce moment privilégié et, à l'inverse de son patron Harald, elle ne partage pas le même jugement quant au *chaland* qui fréquente le bistrot durant la matinée. Contrairement à ceux de la nuit, les consommateurs des premières heures sont braves, courageux, et ils ne sont absolument pas dépravés, affirme-t-elle. Mais cela est certainement dû à son âge et son empathie pour ces travailleurs qu'elle respecte et qui trouvent en elle, chez elle, une tendresse rude et maternelle qui leur donne ce sentiment que cet endroit est une des pièces de leur maison, voire un peu plus.

Depuis presque 10 ans, son accueil domestique crée une magie quotidienne chaleureuse autour du zinc, réconfortant ces hommes laborieux qui oublient, quelques courts instants, la fatigue physique accumulée durant la nuit. Lors de ces matinées, il est agréable de respirer au bar cet air de famille contrastant avec l'ambiance agitée qui anime le commerce la nuit. La Taverne du Mahzen a deux faces, comme nous tous pardi, qu'elle présente le jour à Ute et la nuit à Harald. D'ailleurs, n'est-ce pas dans ces espaces que nous avons la plus pertinente photographie sociale d'un quartier ?

Dans les cités de non-droit, les bars sont les derniers témoins de la désolation qui y règne. Dernières enseignes à résister avant que la loi des dealers n'encadre définitivement ces donjons modernes, les bars ferment et leurs gérants quittent un à un ces périphéries urbaines abandonnées depuis plus de quarante ans par la majorité des démocraties européennes. Leur fermeture sonne le glas de toute vie sociale et laisse le champ libre à des seigneurs autoproclamés aussi barbares que ceux du Moyen Âge.

*

À quelques dizaines de mètres de la porte d'entrée, une inquiétude picotée d'angoisse oblige Ute à accélérer le pas. La porte du Mahzen bat au vent et aucune lumière ne jaillit du bâtiment qui impose sa masse à la rue silencieuse et déserte.

Elle retient la porte battante, qu'elle pousse délicatement et comme pour se rassurer demande d'une voix affectionnée, presque inaudible :

« Harald, es-tu là ? »

Elle s'avance à pas feutrés comme un chat, le dos rond et le poil hérissé, vers l'interrupteur. Elle appréhende. Cette situation anormale met son cerveau en effervescence. Elle imagine le pire et se ressaisit pour s'armer de courage.

Après avoir éclairé le hall d'entrée, elle se dirige spontanément, comme chaque jour, vers l'armoire électrique pour éclairer le bar et la petite salle qui le jouxte. À l'ouverture, les clients ne sont guère nombreux et il n'est pas nécessaire d'ouvrir la grande salle, épicentre des beuveries nocturnes.

Rien d'inhabituel ne perturbe ses automatismes sauf ces quelques gouttes de sang parsemées sur le sol du couloir qu'elle découvre en dressant un inventaire rapide de la situation.

Elle s'enfonce dans le vestibule au ralenti en recherchant d'autres traces d'hémoglobine. Les taches sont régulières et mènent à la chambre de Gwendolyn qui dort à l'étage. Son pouls s'accélère, sa peur s'estompe… elle se précipite, pensant tout naturellement venir secourir sa collègue à qui, il est certainement arrivé un accident.

La porte de la chambre est ouverte. Elle glisse délicatement sa main sur l'interrupteur. Elle retient son souffle. Au cœur d'une mare de sang gît Harald. Le lit de Gwendolyn est vide, les draps sont souillés d'un rouge inimitable, celui de la mort qui sèche.

Elle sautille nerveusement sur place, tourne dans tous les sens, s'effondre, les mains sur la bouche pour calmer ses gémissements.

« Oh mon dieu, oh mon dieu ! »

Elle reste quelques minutes abasourdie avant de reprendre ses esprits et dévale l'escalier pour se ruer sur le téléphone.

« Ici le commissariat central que puis-je faire pour vous ? »

*

Klaas est dépêché rapidement sur les lieux après les constatations préliminaires de la brigade intervenue immédiatement, suite à l'appel téléphonique de Ute.

C'est la première fois que le commissaire divisionnaire l'envoie seul sur une scène criminelle. Il prend évidemment, cette affaire très au sérieux. Il se murmure tel un défi :

« C'est maintenant ou jamais ! »

Klaas ressemble à cette frange de policiers d'aujourd'hui dont l'allure négligée nous empêche de les identifier. Seule leur carte de fonctionnaire leur octroie l'autorité qu'ils revendiquent. Sans cela, nous ne saurions vraiment décrire qui ils sont ou ce qu'ils font. Ils se distinguent outrageusement par leur banalité. Est-ce pour mieux se camoufler et être ainsi plus opérants ? Ou tout simplement par manque de temps et/ou de moyens financiers ?

Un blouson beige décati, un jean noir usé, trop ample, une barbe de plusieurs jours légèrement grisonnante, des cheveux sans allure, notre inspecteur ne fait aucunement exception à la règle, bien au contraire, il la confirme incontestablement ; sa dégaine bien trop décontractée représente fidèlement sa corporation.

De toutes les manières, force est de constater qu'il n'a pas la prestance sombre et charismatique des enquêteurs d'antan qui avaient fière allure avec leur gros pardessus à col de velours et leur chapeau en feutre soigné. En est-il pour autant moins efficace ?

Les yeux de Klaas naviguent méthodiquement sur cette scène morbide qui le laisse perplexe. Ni le vacarme de voix stridentes qui règne sur le parvis de l'immeuble, ni les faisceaux bleus des gyrophares qui éclairent la chambre par intermittence, comme des sémaphores fous, ne l'empêchent de se concentrer.

La chambre est ordinaire mais bien entretenue. Sa surface avoisine les onze-douze mètres carrés. En entrant, à droite se trouvent un lit en laiton d'une personne, vide, dont les draps en bataille sont tachés de sang et une table de chevet de style empire. Sur la gauche du lit, un homme gît, couché sur le côté, identifié par Ute comme étant le patron du bar. A un mètre de lui, sur le sol, se trouve un pied-de-biche, que Klaas suppose être l'objet utilisé pour violenter le tenancier. Sans le rapport du légiste, il n'existe à ce stade aucune certitude, uniquement des hypothèses qui servent de fil conducteur et orientent les premières investigations. Le plancher en bois est clairsemé de traces de sang qui mènent vers l'extérieur et s'arrêtent brutalement sur le bord de la route, face à une place de parking vide. Les portes de l'armoire en formica sont grandes ouvertes ; elle a été, de toute évidence, dégarnie précipitamment. Un lavabo nu de tout objet, où suinte quelques traces roses, et une serviette blanche souillée complètent le tableau funèbre.

Klaas scrute chaque détail qui n'apporte aucune réponse ; bien au contraire, leur incohérence complexifie la situation.

Il manque des éléments : pourquoi ce sang sur le lit ? Pour quelles raisons la chambre a-t-elle été désertée rapidement ? Comment se fait-il que le propriétaire du café se soit retrouvé dans cette pièce ? Pourquoi n'a-t-il pas été agressé directement dans le bar ? Klaas a la conviction que plusieurs personnes ont participé à ce scénario macabre. Comment ? Pourquoi ? Quand ? Chaque question est une pièce d'un puzzle qu'il va falloir reconstituer pour espérer dénouer cette affaire et identifier celui ou ceux qui sont responsables de ce qu'il considère, pour l'instant, comme une banale horreur.

Durant ses études de droit, le jeune inspecteur avait lu un livre captivant qui lui avait révélé une vocation, non pas pour le métier de policier, mais plus particulièrement pour les professions qui tentent d'expliquer et de déchiffrer les dérives humaines. Ce manuel développait une thèse assez simple qui se résumerait ainsi : Le morbide engendre l'exception. Même si nous banalisons la violence criminelle en la médiatisant à outrance, elle n'en demeure pas moins singulière. Chaque assassin, chaque délinquant criminel a un parcours remarquable. Il s'extrait de l'ordinaire pour donner naissance à sa monstruosité. Il franchit un point de non-retour qui, un jour ou l'autre, lui sera fatal puisque désormais près de 90% des crimes sont élucidés en Europe et les assassins condamnés. Les possibilités de passer entre les mailles du filet s'estompent inéluctablement grâce aux progrès de la science criminelle qui augmentent les performances d'élucidation des homicides.

Klaas se posait souvent la question à l'envers. L'ordinaire dépend-il de l'exceptionnel ? Sans extrême, quel qu'il soit, comment pourrions-nous définir ce qui est ordinaire ? L'excès définit-il la norme ou bien cette dernière, parce qu'ennuyeuse, entraîne-t-elle l'excès ? Pour Klaas, l'exceptionnel est un spectacle, rien de plus, et la majorité des gens n'aspire pas à devenir acteur. Il soutient inlassablement l'idée que l'ordinaire, contrairement aux apparences, se suffit à lui-même, et se nourrit de situations exceptionnelles : son unique but est d'agrémenter le quotidien. On se lasse moins de l'ordinaire que de l'exceptionnel car généralement il est moins fatigant, surtout intellectuellement. L'homme est, avant tout, paresseux et quand il s'agit de devenir exceptionnel, il traîne plutôt les pieds. Klaas aime les brûlots, il en raffole. Ses galimatias créent toujours la polémique et débattre jusqu'à l'épuisement, avec ses amis, anime sa personnalité : cela lui donne corps et l'alimente.

Klaas affiche deux traits de caractère : opiniâtreté et esprit critique. Il ne lâche rien, et cette capacité est précisément appréciée par ses collègues, surtout ses supérieurs.

Dans l'univers complexe de la justice, Klaas rencontre des personnages originaux. Leur mécanique diabolique mobilise son énergie intellectuelle. Il prend plaisir à deviner, à imaginer, à interpréter, puis à se substituer à l'assassin. Par mimétisme, il apprivoise ses particularismes pour réagir comme lui, afin d'anticiper ses intentions pour, in fine, l'arrêter et l'empêcher d'être bien trop exceptionnel.

La panacée serait bien sûr d'être sur la piste d'un tueur en série, un « *serial killer* » puisque l'expression est dorénavant à la mode, mais la vérité est ailleurs. Durant une carrière professionnelle, rares sont les policiers qui ont affaire à ce profil de criminels. Le tueur en série est plus par le nombre une fiction cinématographique qu'une réalité. Les statistiques le prouvent ; dans la vraie vie, ils sont peu nombreux comparés aux meurtriers ordinaires, ceux qui pètent une « durite », comme nous l'exprimons si familièrement. L'assassinat est bien plus excitant qu'un meurtre. L'un finalise une construction intellectuelle démoniaque tandis que le second n'est que l'expression d'un comportement impulsif qui fera certainement les choux gras de l'expert psychiatrique mais certainement pas ceux du policier.

Pour Klaas, la messe est dite depuis belle lurette. Après son stage dans le quartier de Afrikaanderwijk à Rotterdam, Klaas est parvenu à la conclusion suivante, plus par réalisme que par cynisme : le policier ordinaire mène des enquêtes ordinaires et glauques, dans un monde ordinaire, illustrées quelquefois par une affaire exceptionnelle qui est une sorte de quête du Graal pour un gardien de la paix. Dans les faits, la carrière d'un « flic » se termine toujours dans l'anonymat. Pour preuve, n'y-a-t-il rien de plus anonyme qu'un policier en retraite, s'esclaffe Klaas lorsqu'il cherche à provoquer ses collègues ? Lorsque nous rendons notre plaque et notre Glock, ne devenons-nous pas, la plupart du temps, insignifiants ? Il faut reconnaître qu'il a une parfaite connaissance du sujet qu'il enrichissait lorsqu'il rendait visite à son père dans son modeste pavillon de banlieue à Purmerend. Durant quelques heures, parfois tout un dimanche, il partageait la banalité de la vie de son père en écoutant le récit de ses multiples enquêtes qui auraient dû, à l'entendre, l'ériger en héros national. Pour preuve, les malfrats qu'il a coffrés ne se souviennent plus de lui aujourd'hui, c'est dire à quel point tout ceci se veut consternant.

Ce constat navrant le rend-il ambitieux ? Oui, de toute évidence ! Ce désir de gravir les échelons est un moteur pour mieux appréhender la morosité de son quotidien professionnel. Il pense, avec raison, que plus son grade sera élevé et plus il aura accès à des dossiers sensibles. Klaas est convaincu que l'exception n'est jamais en bas de l'échelle sociale, bien au contraire, elle exulte au plus haut niveau. Si les crimes y sont aussi morbides que dans les bas-fonds des quartiers dépravés des grandes cités urbaines, ils sont indéniablement plus exaltants, ne serait-ce que par la complexité des personnalités qui les commettent. Son souhait est de devenir commissaire, voire davantage, et il ne s'en cache guère. Il envisage de s'inscrire prochainement au concours et il comprend l'opportunité qui s'offre à lui s'il parvient à résoudre cette affaire rapidement ; une véritable aubaine pour son dossier de candidature !

Au vu de la situation et des éléments troublants qu'il relève, en arpentant les différentes pièces de la brasserie, Klass pressent une enquête compliquée mais ô combien palpitante ! Est-ce cela le flair ?

Après un échange bref et courtois avec le coordinateur de la police technique et scientifique, il se dirige vers Ute qui l'attend patiemment, prostrée, dans la grande salle du bas.

« Vous dites, Madame, qu'en principe votre collègue qui loue la chambre aurait dû s'y trouver et que rien ne justifie son absence.

— Oui c'est cela ! Hier quand j'ai passé le relais à Gwendolyn à 14 heures, elle m'a dit qu'elle était très fatiguée en ce moment et qu'elle profitait de toutes ses nuits pour récupérer.
— Elle ne sortait donc pas ?
— Non, Gwendolyn était très secrète et son seul but était d'économiser assez d'argent pour

rendre visite à ses parents qui étaient sans nouvelles d'elle depuis 4 ans.
— Où habitent ses parents ?
— Je ne sais pas vraiment, dans le nord, je crois. Elle n'a évoqué le sujet qu'une seule fois... très brièvement.
— Pourquoi n'y est-elle pas allée depuis 4 ans ?
— Je ne sais pas Monsieur, elle voulait se reconstruire me disait-elle, se refaire une santé comme on dit, pour ne pas décevoir ses parents à nouveau.
— Elle avait donc un secret ?
— Oui, mais je ne le connaissais pas, et vous savez, je suis plutôt de nature discrète.
— Connaissez-vous le nom de famille de Gwendolyn ?
— Non, je suis désolée ! »

Klaas lui tend un mouchoir en papier afin qu'elle puisse sécher ses larmes qui entraînent avec elles son mascara, accentuant son air déconfit. Il poursuit son interrogatoire sur un ton plus amical.

« Dites-moi Ute, c'est bien votre prénom ? Votre patron habite ici ?
— Non, il habite dans un pavillon dans le quartier de Rozenburg, seule Gwendolyn dormait ici.
— Avez-vous une idée pour laquelle Harald n'est pas rentré chez lui, hier ? Attendait-il quelqu'un ?
— Vous savez je suis certaine qu'Harald et Gwendolyn n'avaient pas de relation si vous supposez cela »

Lors d'un interrogatoire, il existe trois sortes de témoins, ceux qui répondent précisément aux questions, ceux qui anticipent les questions et ceux qui ne répondent pas aux questions. Dans la majorité des cas, ceux qui anticipent les questions, par zèle, n'ont guère de choses à se reprocher. Klaas néanmoins se devait d'être prudent. Il avait appris qu'anticiper les questions perturbe le raisonnement de l'enquêteur et crée la confusion. Il se remémorait les conseils de son instructeur lors de ses classes à l'Académie néerlandaise de police.

« Je ne suppose rien, Ute, simplement des questions ; alors attendait-il quelqu'un hier soir, avait-il des ennuis ?

— Pas que je sache, Harald n'avait pas de famille ; ses parents sont décédés quelques mois après sa sortie de prison.
— Harald a fait de la prison ?
— Oui ! Ce bar appartenait à ses parents ainsi que le pavillon de Rozenburg. C'étaient des gens formidables, comme Harald d'ailleurs. Harald est revenu travailler au café après sa libération conditionnelle, il y a un peu plus de deux ans. Sa nouvelle prison c'était ce bar, il y a passé ses journées sans relâche.
— Depuis combien d'années travaillez-vous ici ?
— Un peu plus de 10 ans.
— Racontez-moi comment vous avez découvert le corps de votre patron ? »

Ute décrit, alors, son embauche à 4H30 du matin et les différentes étapes qui l'ont menée vers la chambre de Gwendolyn puis son appel téléphonique au 112 à 4h40.

« Quand je suis descendue pour téléphoner à la police, j'ai vu que le tiroir de la caisse était ouvert et qu'il était vide.

— Rien d'autre ?
— Non, je ne crois pas !
— Merci Madame, vous pouvez rentrer chez vous. Nous allons poser des séquestres le temps de l'enquête. Nous vous appellerons dans quelques jours afin que vous puissiez signer votre déposition. Voici ma carte, vous pouvez me joindre à ce numéro si un détail vous revenait. Prenez soin de vous et reposez-vous, je reviendrai vers vous rapidement. »

Ute prend la carte délicatement en la serrant contre elle comme si elle voulait se protéger d'un danger qu'elle ignore. Que vais-je devenir, pensait-elle ? Dans cette ambiance lugubre et insolite, elle se sent seule face à son avenir qui ne préoccupe qu'elle.

Il est presque 12 heures quand Klaas quitte l'auberge pour rejoindre son bureau du centre-ville. En roulant nonchalamment, il dresse un inventaire de la situation. La police scientifique va forcément lui apporter des éléments qui vont compléter son raisonnement et valideront, il l'espère, certaines de ses intuitions.

*

III

Mardi 24 novembre, West-Terschelling, 21h00.

Lorsque Gwendolyn descend du bac, elle jette un regard fugace sur l'extrémité de la passerelle où jadis son père l'attendait, presque mécaniquement, chaque vendredi. Elle longe les quais, la nuit n'a pas encore imposé pleinement sa chape d'encre et de mystères. Elle frôle et découvre au fur et à mesure de son trajet les grandes baies vitrées, dorénavant luxuriantes, qui maquillent les vieilles demeures rénovées où tout paraît paisible, sans tracas. Elle ne se souvient plus d'avoir parcouru ce chemin pour rentrer chez elle, son père si prévenant anticipait toujours ses déplacements et l'accompagnait coûte que coûte. Il lui volait ainsi une part de son intimité en échange d'une complicité paternelle presque imposée. Jamais elle ne s'en était plainte, elle raffolait tout de même de ces doux instants.

Elle reste un long moment flanquée devant la porte d'entrée qui n'a pas changé. La même couleur, les mêmes varices, une peinture épaisse gaufrée de couches s'entassant chaque année et le sempiternel clou sur lequel on accroche à Noël, plein d'enthousiasme, la couronne de l'amitié. Le jardin toujours entretenu réconforte, il vernit cette maison d'une tonalité bucolique. Cette maison de poupées rassemble tous ses secrets, elle est son grenier.

Elle frappe à la porte discrètement, si discrètement qu'elle n'est même plus certaine d'avoir toqué. Alors elle recommence avec la même délicatesse, la même appréhension, la même angoisse. Que va-t-elle trouver ou retrouver derrière ce palier maintes fois traversé ?

Successivement, les lumières s'allument : la cuisine, le couloir, et la lampe tulipe qui orne la porte d'entrée, pendue sous une marquise. Les pas des pantoufles glissantes s'approchent, suivis d'un tour de clef précis et rapide puis la porte d'entrée s'ouvre. Son père se dresse, enfin, face à elle.

Le silence, l'éternité. L'émotion et avec elle toutes les fréquences explosives de l'intensité rédemptrice ! Le poids de l'attente durant toutes ces années, l'inquiétude, les faux espoirs d'une lettre singulière, une porte qui claque et qui vous ramène à un passé presque révolu, un cri de joie d'enfant courant derrière un chat furtif… une myriade de confusions tendres et amères, d'espérances et de colères qui nous obligent à penser que jamais nous ne pardonnerons.

Nos bras sont alors ballants et nous fondons sur ce temps perdu que jamais nous ne rattraperons. Notre corps se noue et nous tremblons d'émois. Nos yeux se gorgent d'eau, les transformant en une discrète cascade translucide qui laisse passer les rayons de nos cœurs, cette cascade que l'on essuie d'un revers de manche par réflexe pour demeurer dignes, tandis que nous luttons pour rester droits et ne pas sombrer.

Au fond du couloir, de biais, sa mère apparaît, en s'essuyant les mains, laissant penser qu'elle vient d'abandonner un ouvrage important. Nos mères ont-elles plus de contenance lorsqu'elles sont dans l'action ? Suspicieuse, elle observe la scène pathétique qui se révèle devant elle... déconfite, elle se fige, son corps n'a plus d'ossature. Elle réalise le presque miracle qui se déroule sur le seuil de la maison. Tout en s'approchant, elle se met à sangloter délicatement, abandonnant nonchalamment son torchon sur le radiateur du couloir du hall d'entrée. Elle court.

Les mots perdent leur place, l'effondrement total. Gwendolyn pose son grand sac en plastique, faisant office de valise, sur le carrelage en damier et s'avance vers ses parents meurtris en leur tendant pudiquement ses bras. Ils pleurent tous les trois. Tel le dernier tableau d'un ballet dramatique, ils se collent l'un à l'autre, en grappe, les visages soudés. Proches de la crise de nerf, gémissant et haletant hystériquement, ils s'étreignent durant de très longues minutes, ces minutes rares où nous ne sommes plus que des étoffes vides libérées des souffrances infligées et insupportables, ces moments où nous semblons plus légers que l'air.

Alors son père enveloppe de son bras sûr les épaules de sa fille retrouvée, sa mère ceinture la taille de sa petiote revenue et ils se dirigent, cahotant d'allégresse, tous les trois au-delà du couloir, là où naissent l’intimité et les secrets de familles pardonnés.

Tour à tour, la tulipe puis l’éclairage du couloir et de la cuisine s’éteignent, et la lampe du salon s’allume. Dehors, un jaseur boréal chantonne.

*

IV

Mercredi 25 novembre, West-Terschelling, 14h00.

La comtoise sonne 14 heures. Gwendolyn se réveille, paisible. La maison silencieuse la replonge quelques années en arrière quand elle bûchait ses examens durant les vacances d'hiver et que ses parents ne faisaient aucun bruit afin de ne pas la perturber, tandis que lui parvenaient les odeurs savoureuses des pâtisseries se faisant dorer la pilule dans le four de la cuisine.

Elle enfile un jogging bleu et un sweat vert turquoise et rejoint ses parents qui lisent des revues, de toutes sortes, sous la véranda. Elle sait que si l'émotion de la veille et le doux plaisir de se retrouver lui ont épargné de justifier son absence durant quatre ans, elle ne peut plus se dérober ; et d'ailleurs, en a-t-elle envie ?

Tous les silences, quelle que soit leur durée, sont toujours brisés par les mots, contrairement aux mots que le silence ne brise pas, il les provoque. Elle leur doit la vérité. Elle n'appréhende plus cette épreuve. En prison, elle s'était inventée un mensonge rocambolesque pour se réconcilier avec ses parents mais son agression criminelle et le sacrifice d'Harald ont provoqué chez elle un électrochoc. L'âge adulte vient de s'immiscer dans sa vie.

Elle se glisse délicatement sous la verrière où il fait « bon chaud ». À cette période de l'année, le soleil de novembre peut être intense et les rayons du soleil qui rebondissent sur les parois en verre assurent un confort des plus douillets.

Sa mère la regarde, accueillante, ses yeux emplis de tendresse qui sont bien plus puissants que le soleil lui-même. Gwendolyn s'approche de sa maman et la serre très fort dans ses bras. Après un long moment, elle s'en extrait délicatement pour rejoindre son père qui attend patiemment son tour comme un enfant bien élevé. Elle s'assied à côté de lui et lui prend la main avec une infinie bonté. Elle le regarde avec admiration et souffle ces quelques mots inattendus :

« Tu es beau mon papa. »

Il reste un long moment à la regarder, espérant lire sur son visage les raisons de son absence. Gwendolyn garde son éclat de jeune fille mais les traits de son visage témoignent d'épreuves douloureuses, celles qui transforment notre expression en énigme. La souffrance qui s'y creuse l'hypnotise.

Durant ce moment intime avec son père, sa mère s'est affairée à préparer du thé. Elle revient avec un plateau garni de ce fameux service en porcelaine qui sommeille, au garde-à-vous, au fond d'un buffet de salle à manger et que l'on ne dérange que pour les grandes occasions. Gwendolyn regarde sereinement sa mère préparer le service. Il existe des rituels communs sur cette terre qui nous rassemblent plus qu'ils ne nous éloignent et les hommes, au lieu de se battre sans cesse, devraient les mettre davantage en exergue afin qu'ils puissent être, aux moments opportuns, unis par la même communion, et au diable, le bon Dieu !

La main de sa mère, dentelée par d'épaisses veines violacées, agrippe la lourde théière noire en fonte, souvenir de leur voyage de Noces au Japon en juillet 1987. Les gens des îles ont toujours été de grands voyageurs ; sur ces territoires, la promiscuité est telle qu'elle oblige les insulaires à convoiter des espaces plus vastes pour se ressourcer. Elle sert le thé vert japonais avec délicatesse et présente, en souriant affectueusement, une tasse à sa fille en tenant fermement la soucoupe. Pourtant, la petite cuillère tremble contre la tasse, provoquant une *vaporeuse* résonance musicale. Ensuite, par réflexe tendre, elle se lève et pose une autre tasse sur le large accoudoir du fauteuil dans lequel est assis son mari. Elle coupe avec dextérité une part de Boterkoek qu'elle a préparé durant la matinée, la pose fièrement dans une assiette à dessert aux motifs bleus des faïences de Delft et la tend à Gwendolyn. Bien sûr, Gwendolyn est touchée, ce gâteau au beurre est l'un de ses préférés.

Puis le silence se met à *voltiger* sous la véranda... qui va le briser ? Les fenêtres étant fermées, il n'a aucune chance de s'échapper. Quels seront les premiers mots ? Qui osera s'aventurer dans le marécage de la rancœur, du cœur ou du pardon tout simplement ? Gwendolyn pose sa tasse calmement sur le coin de la table, s'avance pour prendre son assise sur le bord du fauteuil, frotte ses mains nerveusement durant quelques secondes, comme pour s'échauffer, et se lance d'une voix claire et ferme.

« Papa, maman il est grand temps que je vous raconte ce qu'il m'est arrivé, j'espère que vous pourrez comprendre et me pardonner. Sachez que je n'ai jamais cessé de penser à vous et vous m'avez tellement manqué que j'ai le cœur meurtri pour la vie. Je sais ô combien vous avez fait de sacrifices pour payer mes études de droit à Amsterdam, et je vous en suis pleinement reconnaissante. Au commencement de mes cours à la faculté, je ne me suis pas vraiment rendu compte de votre engagement, mais durant l'été qui précéda ma deuxième année, je vous ai entendus évoquer vos difficultés financières. Je compris que le salaire de papa, comme ouvrier de maintenance au phare de Brandaris, était insuffisant pour assumer mes frais de scolarité et d'hébergement dans la capitale. J'ai culpabilisé et j'avais de plus en plus de difficultés à me concentrer sur mes études. Votre sacrifice financier vous appauvrissait et vous ne parveniez plus à assumer vos propres dépenses. Les travaux de dentelles que réalisait Maman ne fournissaient pas le complément nécessaire pour joindre les deux bouts, comme vous l'exprimiez si justement.

Durant cette année, pour vous soulager, j'ai travaillé le soir et les week-ends dans un restaurant près de l'église de Westerkerk et je travaillais également quelques heures au secrétariat de l'université.

Cela devenait compliqué de concilier mes études avec ces deux jobs. J'étais dispersée, affaiblie, et j'ai perdu progressivement la rigueur indispensable pour réussir mes études. Je me démotivais chaque jour inlassablement.

À cette époque, je fréquentais Wouter, un garçon séduisant qui était énergiquement engagé au sein d'une mouvance libertaire très active, notamment lors des manifestations qui ont secoué notre pays en 2015. Je me suis laissée emporter par cette violence et j'ai été plusieurs fois interpellée pour des voies de faits, ces dérapages que nous commettons lorsque nous sommes en bande et que nous nous croyons invincibles, certains que rien ne pourra nous arrêter. C'était le temps vénéneux des certitudes et de l'insolence citoyenne. Cette période où l'adolescent se construit en détruisant les autres, surtout ceux qui l'ont aidé à grandir. La fin de mon adolescence a été d'une ingratitude involontaire, je suis tellement navrée ».

Ses parents l'écoutent, figés, sans grimace, sans jugement, sans rictus. Ils découvrent silencieusement une partie de la vie de leur fille, eux qui la croyaient disparue, morte. Elle est là devant eux, enfin, et cette présence procure un tel soulagement qu'elle agit comme un psychotrope. Ils sont engourdis par ses révélations.

Ces gens-là sont d'une telle bonté que quoi que leur fille ait fait, elle sera inconditionnellement pardonnée. Elle est leur unique enfant et elle compte tant. Son retour est une délivrance.

Gwendolyn a la gorge nouée, elle cherche ses mots. Sa mère lui recouvre chaleureusement la main de la sienne pour l'encourager à continuer et lui ressert, appliquée, une tasse de thé.

« Un samedi d'avril, alors que je travaillais seule au secrétariat de l'université, et que je saisissais des informations concernant les convocations aux épreuves de fin d'année, j'ai eu accès, je ne me souviens pas par quel hasard, aux sujets d'examens. Je les ai enregistrés sur une clef USB, sans vraiment réfléchir. A cette période, j'étais totalement éreintée et je n'arrivais plus à faire face à mes responsabilités. J'ai entrevu que cette opportunité qui s'offrait à moi m'aiderait à réussir mon année. Je voulais que vous soyez fiers de moi, je suis tellement désolée papa si tu savais, tellement désolée. »

Elle pleure à chaudes larmes, sa mère lui tend son mouchoir, elle reprend sa respiration, se ressaisit et poursuit sa narration de la même voix claire, celle de la vérité.

« Lorsque j'ai retrouvé Wouter en fin de journée, dans un bar où la mouvance anarchiste a ses quartiers, je lui en ai parlé. Je voulais juste partager mon secret, avoir son approbation pour valider mon larcin. J'avais besoin d'une caution pour me persuader que mon comportement n'était pas si grave. Au lieu de cela, il a eu cette très mauvaise idée : celle de vendre les sujets à d'autres étudiants. Sous influence depuis plusieurs semaines déjà, je me suis laissée convaincre et mon cauchemar a commencé.

Au départ, il m'a juré que nous ne vendrions les sujets qu'à quelques étudiants que nous aurions préalablement identifiés. Mais l'information s'est propagée rapidement et nous avons été submergés par les demandes. Plus Wouter devenait euphorique, et plus je m'engouffrais dans l'angoisse. Pour avoir les sujets, chaque étudiant devait nous verser 1000 euros. En échange, il ne les obtiendrait que la veille de l'examen selon une procédure parfaitement huilée, ceci pour éviter la divulgation gratuite des sujets et ne pas compromettre, ainsi, notre business crapuleux.

C'est à partir de ce moment-là que j'ai espacé mes séjours à Terschelling. J'étais rongée par le remords mais Wouter me rassurait et m'encourageait à poursuivre, j'étais sous son emprise, je ne pouvais lui résister.

Rapidement, nous nous sommes retrouvés avec une coquette somme d'argent que nous dépensions allégrement. Nous buvions, nous fumions et parfois même nous nous droguions.

Wouter a loué un appartement confortable dans le quartier de Leidseplein et progressivement nous avons changé de rythme de vie. Je n'allais plus en cours puisque j'avais les sujets d'examens. Je m'assurais juste d'apprendre ce qui serait nécessaire pour les différentes épreuves. Plus je m'enfonçais dans la débauche et plus je m'éloignais de vous.

Pour me défendre, pour ne pas vous décevoir, je ne vous ai plus donné de nouvelles, je me suis engagée dans une impasse qui, je le pressentais, me mènerait à ma perte. Je ne voulais pas, je vous l'assure, vous entraîner dans ce fiasco, d'où mes silences, mon absence.

Chaque jour, nous buvions davantage, abusions de drogues diverses et dépensions beaucoup d'argent. Je ne comprenais pas d'où venait tout cet argent puisque nous avions gaspillé ce que nous avions obtenu en vendant les sujets d'examens.

Wouter invitait ses amis à tire-larigot. Je me dépravais et me négligeais. Je sais que durant cette période vous avez cherché à me joindre, que papa est venu plusieurs fois à Amsterdam, en vain. Je devenais, pour vous, un fantôme. Je sais que lorsque papa est allé se renseigner au secrétariat de la faculté ; en dernier recours, on lui a répondu que j'étais absente depuis plusieurs semaines et que j'avais rompu mon contrat de travail. Ensuite, très inquiets vous vous êtes rendus à la police pour déclarer ma disparition.

Après une brève enquête, le brigadier vous a répondu que j'étais adulte, vivante, mais que je n'avais aucune obligation à venir vous voir si je le décidais.

Je vivais virtuellement, je ne m'appartenais plus. Wouter avait de plus en plus d'influence sur moi. Il me dégradait, m'humiliait. C'est bien plus tard que j'ai compris que j'étais sous l'emprise d'un pervers narcissique. Je comprends aujourd'hui pour quelle raison il m'a empêchée de vous voir et qu'il ne voulait pas vous rencontrer : vous l'auriez démasqué, surtout toi Maman ! »

Elle sanglote… ses parents sont livides, le récit de leur fille les glace, ils pressentent le dénouement tragique, le refusent, ils ne bronchent pas et encouragent Gwendolyn à poursuivre.

« Un matin de juillet, à 6 heures, la police a débarqué avec fracas dans l'appartement pour une perquisition motivée par deux chefs d'inculpation : bien sûr, la fraude aux examens mais surtout la vente de stupéfiants que j'ignorais totalement. Wouter dealait et je ne m'en étais pas rendu compte. Sauf qu'à l'instruction et au procès il m'a accablée, faisant de moi sa complice. Nous avons été jugés rapidement et avons été condamnés. Le verdict a été sans appel : 12 ans pour Wouter et 6 ans pour moi. J'ai été relâchée il y a 3 semaines pour bonne conduite. Voilà ! »

A la fin d'un tel récit, nous savons si ceux qui prétendent nous aimer, nous aiment vraiment ou si nous ne sommes en fin de compte qu'une fraction de leur égocentrisme qui n'accepte aucune dérogation à leur morale et surtout à leur réputation. Sommes-nous alors, à leurs yeux, un adulte à part entière avec son libre arbitre qui doit pleinement assumer ses actes ? Un trophée que l'on ne montrera plus à ses amis en arguant l'idée que nous avions une vie formidable et que nous étions un enfant exemplaire, ou bien restons-nous à jamais cet enfant qui sera soutenu par ses parents malgré les exactions ou crimes qu'il a commis ?

« Approche-toi, ma Gwendo, approche-toi ! »

Gwendolyn se lève, les yeux rouges et gonflés, elle se dirige vers sa mère qui lui tend les bras. Elle s'y engouffre comme une sainte cherchant l'absolution puis elle pose sa tête sur les cuisses de sa douce mère qui se met à lui caresser les cheveux d'un geste auguste et indulgent. Son père se rapproche et lui prend la main.

Lorsqu'on révèle un lourd secret qui s'avère être la clef d'une énigme, d'une incompréhension manifeste, la légèreté qui s'ensuit nous offre une sensation d'apesanteur et d'une autre dimension.

Ils naviguent tous les trois sur une mer où la brume se dissipe et ils vont, enfin, reprendre leur voyage même si chacun sait que la mer houleuse leur réserve de nouvelles révélations.

Il faut réapprendre à vivre ensemble, disséquer les moindres détails pour réinitialiser une confiance qui, malgré tout, s'est volatilisée.

La comtoise sonne fièrement ses 16 heures. Le temps paresseux décale ses habitudes. Ils passent à table, sans prière : ses parents ont abandonné depuis quelques mois déjà, cette servitude. Il règne autour de la table une joie pudique pleine d'espoirs de réconciliation. Dehors, le jaseur boréal chante encore.

*

V

Jeudi 26 novembre, 10 heures, 91 Zaagmolens-traat, Rotterdam.

Marieke de la Scientifique vient de déposer son rapport sur le bureau de Klaas. Il confirme les intuitions du jeune inspecteur. Dans cette chambre *fluette*, le drame, qui s'y est déroulé, a *mis en branle,* avec certitude, au moins trois acteurs. Trois ADN y ont été prélevés : celui d'Harald, le patron du Mahzen, celui de la jeune fille qui occupait les lieux et un troisième, contenu dans le sang clairsemé régulièrement sur le sol et abondamment sur les draps du lit. Quant au pied-de-biche, aucune trace d'ADN, ni empreinte n'y ont été détectées. Sur la caisse enregistreuse, les empreintes trop nombreuses n'ont pas pu être identifiées. La mort d'Harald a bien été provoquée par le pied-de-biche et par éventration. Le rapport précise que la pénétration s'est faite du ventre vers le cœur : l'agresseur était donc de face et portait, a priori, des gants. Le coup fut bref, puissant et fatal. La mort d'Harald se situe entre 2h et 3h du matin. Aucun autre élément probant n'a pu être relevé à l'intérieur du bar à l'exception d'une enveloppe de bonbon à l'eucalyptus, de marque « Croibleu » retrouvée dans les sanitaires alors que ces derniers étaient parfaitement propres et probablement nettoyés à l'issue du service. A l'extérieur, aucun autre indice prépondérant, hormis quelques gouttes de sang relevées à hauteur de la place de parking où elles stoppent net. Il semblerait que le ou les supposés agresseurs se soient enfuis à bord d'un véhicule, stationné à cet emplacement.

Le rapport conclut qu'une recherche de correspondance entre les ADN relevés et ceux du fichier de la police est en cours.

*

La journée s'annonce claire et radieuse. L'azur flotte sur les artères de la ville qui s'anime progressivement. Klaas finit de siroter son *petit noir* bien corsé, comme chaque matin, au café de Toekomst. Il regarde la rue s'agiter et les allées et venues devant le commissariat. Puis comme un sprinteur à l'échauffement, il règle sa note, réajuste son blouson et s'engouffre vers la sortie. Au *trot,* il rejoint le grand bâtiment où il travaille depuis deux ans déjà. Klaas n'échappe pas aux standards de la jeunesse d'aujourd'hui dont le culte du corps tourne à l'obsession. Il s'entretient, il s'aime et investit beaucoup dans sa plastique corporelle, tout en cultivant un aspect faussement négligé et anonyme.

Ses collègues apprécient sa jovialité. Klaas a cette qualité rare de l'empathie désintéressée. S'il recherche l'exception, il n'en demeure pas moins qu'il possède une grande agilité pour se promener dans le quotidien des milieux populaires. Il aime la vie, les gens ; il les défend et assure que la grande majorité se compose de citoyens respectables. A ce propos, il relativise la délinquance en constatant objectivement que le crime et les délits restent minoritaires. Si nous les mettons en balance avec la vie sociale, les gens sont généralement bons, aime-t-il répéter à ses amis policiers. Notre job est justement d'isoler les brebis galeuses pour éviter la contagion. Pour preuve, insiste-t-il, aux Pays-Bas le taux de mortalité est très faible, et il trouve préjudiciable que les médias entretiennent un climat d'insécurité au détriment d'une pédagogie de la vigilance.

Il passe le portillon électronique de sécurité et salue le vigile de service aimablement. Il rejoint son bureau au dernier étage par l'escalier, tout en maintenant son allure de coureur aguerri qui profite de la moindre occasion pour huiler ses articulations et soustraire à son objectif journalier les calories en trop.

Il pousse la porte de service et pénètre dans un long couloir à la couleur vert d'eau. Son bureau se niche à l'extrémité du corridor et lui rappelle vaguement une année où il était surveillant d'internat et que sa chambre se trouvait au fond d'une galerie de la même teinte aquatique.

Klaas est encore à l'âge des certitudes. Toute notre vie, pense-t-il, notre cerveau accumule des situations dont il se plaît à inventer des similitudes qui nous dirigent inconsciemment et perturbent notre libre arbitre, ou ce qu'il en reste ; elles sont, en grande partie, à l'origine de nos jugements et préjugés. Pourtant, si nous les abordions rationnellement, elles n'ont que très peu d'intérêt en soi, si ce n'est celui de nous embrouiller ou de nous disperser. A moins que nous ne créions perpétuellement des calques qui se superposent et se conjuguent pour nous rassurer, facilitant notre adaptation sociale et rendant ainsi plus dociles certaines étapes de nos existences. Est-ce cela l'expérience ? L'intelligence se mesure-t-elle aux nombres de similitudes qui facilitent la prise de décisions ? Au final, chacun d'entre nous s'invente ses propres algorithmes qui nous différencient et nous rendent singuliers. Les personnages les plus charismatiques ne seraient-ils pas ceux qui ont adroitement réponse à tout, capables d'anticiper, avec bienveillance, votre parcours ?

Pour un officier de police, sa capacité à gérer ces similitudes détermine-t-elle son intuition à orienter ses enquêtes ? Cette aptitude s'avère-t-elle indispensable pour être un bon flic… le flair n'est-il pas en fin de compte qu'un algorithme puissant et expérimenté qui s'auto-régénère ? En secret, Klaas savait que ses capacités olfactives lui procuraient un avantage. Jamais il ne cessait de respirer, de sentir, de ressentir.

Mais Klaas sait également qu'il doit nécessairement se concentrer et combattre sa paresse s'il veut progresser dans cette enquête. Il faut absolument qu'il évite de se distraire. Bien que très ambitieux, il aime prendre son temps. La personnalité de l'inspecteur affiche de nombreuses antinomies : il affectionne la matière mais s'entiche d'approches métaphysiques ; il critique farouchement les dérives financières du sport mais il s'en abreuve quotidiennement, il taquine les petites gens mais recherche leur compagnie… La liste est loin d'être exhaustive.

Klaas met virilement son arme de service dans un tiroir, remonte délicatement le store vénitien, jette un coup d'œil machinalement, à la Bogart, vers l'extérieur, et endosse son blouson sur le fauteuil sur lequel il s'installe confortablement.

Il dresse un inventaire rapide des dossiers posés sur son bureau puis fixe le rapport du légiste qui déborde de la pile, sur le coin en haut à droite. Il s'approche en faisant glisser son fauteuil à roulettes et se penche pour saisir le dossier qu'il claque sur le bureau, comme pour s'armer de courage. Il le parcourt consciencieusement, prenant quelques notes puis appelle ses deux collègues, Willem et Floortje, qui le secondent dans cette affaire.

Willem est fin, le visage saillant percé par des yeux gris. Sa stature est droite comme sa personnalité. Il est franc, fiable et fidèle. Il exécute les ordres intelligemment et ne prend jamais d'initiative sans concertation. Il a le côté docile des personnes équilibrées grâce à une éducation où la confiance est le maître mot et où l'amour sous-entendu s'exprime en permanence.

Floortje a le sourire ravageur. Née de parents surinamiens, à Amsterdam, elle apporte la fraîcheur et la gaîté au service de la criminelle qui en a bien souvent besoin. Grâce à un pragmatisme acquis dans le quartier d'Oude Noorden, elle facilite la juste prise de décision. Ayant vécu au cœur d'une cité colorée, cosmopolite et populaire, elle sait trouver les mots, et l'attitude opportune pour tirer les vers du nez à ses différents interlocuteurs, témoins ou indicateurs. C'est une enquêtrice de terrain, hors pair.

Après de brèves salutations et conversations d'usage, Willem et Floortje s'installent face à lui :

« Avez-vous lu le rapport du légiste ?
— Oui nous l'avons lu.

— Parfait ! voici ce que je vous propose en attendant les conclusions du légiste sur la recherche d'ADN.
Pour savoir précisément ce qui s'est passé dans cette chambre, nous devons retrouver l'employée prénommée Gwendolyn. Nous ne connaissons pas son nom de famille et n'avons, à ce jour, aucune photo pour l'identifier. Si nous ne parvenons pas à obtenir de photo, nous pourrons envisager un portrait-robot. Il faudrait retourner sur le terrain et questionner le voisinage. Willem, pourrais-tu t'en occuper ? »

Willem acquiesce sans broncher. Klaas poursuit en fixant Floortje sans se laisser distraire par sa tenue tonique et rafraîchissante. Elle a un joli serre-tête de velours fuchsia assorti à un rouge à lèvres de même couleur et brillant. Le contraste entre elle et l'austère Willem est prégnant.

« Ensuite nous avons une personne qui a perdu beaucoup de sang. Le légiste affirme que compte tenu de l'hémorragie, la personne a forcément dû se rendre dans un hôpital pour se faire soigner. Floortje, tu contactes les hôpitaux pour connaître le nom des personnes qui ont été admises en urgence et qui répondent à ces critères. De mon côté, je retourne sur la scène de crime, au cas où quelque chose m'aurait échappé. »

Ils se lèvent tous les trois, sans confusion, les ordres sont clairs et précis. Le tempo vient d'être donné. Klaas jette, à nouveau, un coup d'œil sur l'extérieur, comme s'il attendait désespérément quelqu'un, enfile son blouson, ajuste son arme de service, vérifie qu'il a bien sa carte de fonction et reprend sa course sportive pour rejoindre le parking souterrain du commissariat.

Onze heures sonnent, seraient-ce les cloches de l'Église Saint Laurent ? Jamais il ne s'est vraiment posé cette question, pourquoi aujourd'hui ?

*

VI

Jeudi 26 novembre, Terschelling, 11 heures.

Le tocsin de Westerkerk balance allègrement ses onze heures et son écho se perd sur les bordures du rivage où Gwendolyn traîne depuis plusieurs heures déjà.

La journée précédente avait été tellement émouvante et rédemptrice qu'elle avait ressenti une nécessité impérieuse de se retrouver seule.

Maintenant qu'elle a évoqué le passé avec ses parents, il lui reste à affronter le présent et elle ne sait comment l'aborder. Elle doit réfléchir et ménager ses parents afin de leur éviter une nouvelle déconvenue dont elle n'est pas, cette fois-ci, responsable. Le sort s'acharne-t-il sur les damnées, rumine-t-elle ?

Ses parents habitent à l'extrémité de Longway, juste avant la forêt. Après avoir pris un petit-déjeuner copieux avec eux, elle les informa de son intention d'aller se promener à vélo afin de se ressourcer et de se goinfrer des atmosphères dont elle s'était privée ces dernières années.

Vers 8 heures, elle enfourcha sa bicyclette qui n'avait pris aucune ride, en parfait état de marche et huilée comme un bolide de course. Son père y veillait. Savait-il, en vérité, qu'elle reviendrait ?

Elle traversa la forêt peu touffue de pins et de chênes rabougris qui mène à Griltjeplak où la lande a complètement absorbé tous les conifères et les cupulifères. Après Griltjeplak, le paysage ressemble à ces jolies plages landaises qui s'étendent de Tarnos à Arcachon. Elles les avaient découvertes à 17 ans avec son amie d'enfance Katelijn lors de vacances mémorables à Lit-et-Mixe et n'avait pas pu s'empêcher de remarquer une similitude. Le souvenir d'un amour candide, avec un garçon espagnol, berçait encore ses rêves de petite fille et surtout celui, imperturbable, de la quête du prince charmant. Si son incarcération avait esquinté la plupart de ses illusions, celle-là demeurait intacte.

Juste avant l'arrivée au hameau de West aan Zee, la forêt resurgit comme par enchantement. Ses patchworks d'ocres éblouissent et vous magnétisent, on glisse dans un univers multicolore où nous aimerions être au ralenti. Depuis toujours, Gwendolyn aimerait avoir cette capacité. Enfant, elle disait à son père :

« Si je pouvais me mettre au ralenti, je vivrais plus longtemps et vous également ».

Comme tous les enfants du monde, elle avait peur, non pas de sa propre mort, mais de celles et de ceux qu'elle aime et qui la protègent. Le vieillissement est souvent vécu par les enfants comme un châtiment alors, naturellement, ils cherchent maintes solutions pour conjurer le sort.

En cette période automnale, les touristes ont déserté la *prunelle* de la mer du Nord et rares sont ceux qui profitent du spectacle époustouflant. La piste cyclable se termine à la station nautique de

KNRM, une cinquantaine de mètres avant la plage de Paal 8 où l'on pratique le char à voile. Durant l'été, la municipalité aménage à cet endroit des gradins temporaires et de nombreux concerts y sont organisés. Adolescente, Gwendolyn n'en manquait aucun. Ici, la jeunesse européenne se rencontrait et partageait. Est-ce toujours le cas ?

*

Les fenêtres closes du centre nautique accentuent la sensation de désolation exaltée. La place totalement vide plonge Gwendolyn dans une mélancolie pleureuse. Ses larmes chaudes réchauffent ses joues fouettées par la brise glaçante du large. Elle accroche sa bicyclette à un mât dont le drapeau n'est plus que l'ombre de lui-même et se dirige vers le sable fin en empruntant des caillebotis en bois bien entretenus. L'homme n'a donc pas complètement déserté l'endroit, pense-t-elle.

Gwendolyn atteint le Pavijoen West aan Zee, paillote branchée du littoral, prisée par les touristes et les autochtones. Enrobée de bois, sa salle de restaurant chaleureuse enveloppe les convives et leur assure des soirées inoubliables. Ici, au rythme du tam-tam des vagues, on danse jusqu'au petit matin. Gwendolyn s'en souvient. Durant deux années, elle y a travaillé et elle demeure imprégnée des folles ambiances qui y régnaient.

Elle s'assoit sur un muret, resserre ses épaules en coinçant ses mains dans les poches de sa parka, et évinçant vigoureusement la nostalgie gangréneuse qui ravive ses angoisses, revient à la réalité.

La police va forcément retrouver son ADN et après une brève enquête, un inspecteur viendra sonner à la porte de la maison de ses parents. Comment justifier, que prise de panique, elle s'est enfuie pour aller chercher refuge auprès de ceux qu'elle aime, qu'elle ne voulait pas se retrouver à nouveau engagée dans les méandres d'une garde à vue où son passé lui aurait été préjudiciable. Immédiatement, elle avait compris qu'elle aurait dû batailler pour convaincre qu'elle était étrangère à cette affaire, d'autant que les circonstances ne jouaient pas en sa faveur. Le suicide d'Harald serait suspect, il faudrait faire preuve de persuasion, elle n'en avait plus la force.

Elle regarde la mer, l'horizon. Souvent, nous nous extasions devant les tonnes d'eau de cette gigantesque baignoire sans vraiment déceler ce qui lui donne sa magnificence. Comme une scène de théâtre, la piste de danse d'un music-hall, d'une discothèque, d'une avenue, d'un aéroport… la mer n'est belle que parce qu'elle est éclairée. C'est la lumière et les effets de sa mise en scène qui la rendent somptueuse. Sans elle, la mer ne serait qu'une immense et insignifiante plaine d'eau et, très rapidement, nous nous lasserions de son flux et reflux sans reflet lumineux.

L'esprit de Gwendolyn est sans lumière et sa réflexion au point mort. Il faut lâcher prise pourtant. Toutes les possibilités qu'elle envisage l'amèneront forcément à la case commissariat. Qu'elle se défende aujourd'hui, demain ou après-demain, qu'est-ce que cela change ? Alors, elle décide de ne rien faire et de profiter pleinement d’aujourd’hui et de demain. Quand après-demain viendra, elle avisera.

Gwendolyn reprend son errance et poursuit sa promenade vers la paillote de Strandpaviljoen de Branding, tout aussi savoureuse. Ensuite elle rentrera, Westerkerk sonnera certainement ses 15 heures.

*

VII

Jeudi 26 novembre, Bar du Mahzen, 16 heures.

Lorsque Klaas revient sur une scène de crime scellée, il a toujours cette sensation nauséeuse que le monde s'est figé dans l'horreur. Son imagination fertile le transporte vers ces séries post-apocalyptiques qui abreuvent nos écrans au quotidien et créent des atmosphères anxiogènes, où le regret du monde d'avant ne nous fait pas pour autant changer celui d'aujourd'hui, comme si personne n'y croyait vraiment.

L'agitation collective des constats liminaires a disparu. Les premières heures sur un lieu de crime sont complexes. En effet, la coordination des différents acteurs ne facilite pas la concentration nécessaire pour extraire les éléments substantiels qui font avancer une enquête. La plupart du temps, l'indice pertinent ne se révèle qu'a postériori. Il est là, en sommeil, anodin. Lorsque l'enquête piétine, il devient celui qui liera les différentes pièces du dossier entre elles. Mais cet élément aime se faire désirer, il ne s'impose pas de lui-même. Il faut aller le chercher et surtout ne pas le négliger car il n'apprécie guère cela. Cet indice aime jouer à cache-cache et ne se dévoile qu'aux besogneux, à ceux qui le méritent, qui sont volontaires pour lire, relire une scène de crime et pour en extorquer le moindre détail. Alors, il surgit et lorsqu'il est présenté au suspect, il impose l'aveu ! Pour déceler cet indice, un inspecteur aguerri se replonge forcément, à un moment donné, sur le lieu du crime ; faut-il, bien évidemment, que ce dernier ait pu être identifié pour rendre, de surcroît, l'enquête plus facile.

Nous savons tous que la vie est une pièce théâtre et, pour la comprendre, il faut nécessairement s'asseoir dans le fauteuil du spectateur. Les pires criminels sont ceux qui écrivent le scénario de leurs méfaits, le réalisent et le jouent. Leurs homicides sont volontaires, imaginés, réfléchis. Ils sont particulièrement redoutables car ils ont besoin de reconnaissance et qu'importe qu'ils soient un jour démasqués. L'essentiel pour ces personnages fascinants est d'exister le plus longtemps possible. Ils savent qu'à l'issue du procès le rideau tombera, que les spectateurs détourneront leur regard vers une autre affaire tout aussi glauque mais captivante. S'ils veulent perdurer, ils ne peuvent le faire qu'à la seule condition que leurs horreurs puissent être médiatisées et surtout romancées. Il faut reconnaître que le crime prémédité exige un certain talent et une patience méthodique.

La journée de mercredi n'a rien ajouté à ce dossier estampillé désormais : « Bar du Mahzen ». L'inspecteur doit assurément repérer une piste sérieuse afin d'orienter l'enquête. Il lui faut absolument avancer, le procureur du Roi n'acceptera certainement pas le statu quo, d'autant que Klaas se trouve être, dorénavant, le seul référent. Il ne pourra pas se justifier en évoquant sa hiérarchie. Klaas y songe en mordant à pleines dents le sandwich acheté à la sauvette sur la route qui l'a conduit jusqu'au Mahzen. Il se concentre : gourmand, il recherche l'indice impartial tant convoité.

Il s'approche du tiroir de la caisse enregistreuse encore grand ouvert et totalement vide. Spontanément, il soulève le bac à monnaie, sous lequel, il découvre une enveloppe en papier kraft. Elle contient plusieurs coupures de billets avec cette inscription : « recette 23/11 2356 euros ». Pourtant à l'intérieur, 1000 euros manquent. Comment un tel élément a-t-il pu échapper à la scientifique qui a relevé les empreintes sur la caisse enregistreuse ? s'interroge-t-il. Pour Klaas, un débriefing s'impose, il faut absolument éviter ce genre de négligence. Une telle erreur n'aurait jamais été commise par un voleur, quel qu'il soit, car il a toujours le réflexe de vérifier que rien ne se cache sous ce casier. Il interrogera Ute à ce sujet. Si la globalité de la somme n'a pas été dérobée, nous pouvons supposer que le mobile du meurtre n'est pas la recette du bar. Avons-nous affaire à un règlement de compte ? Pourquoi ne prendre que mille euros ? Le bar du Mahzen s'adonnait-il à des activités illicites ? Cet argent a-t-il permis d'honorer une quelconque facture en attente ?

Consciencieusement, l'inspecteur prend des notes sur son smartphone.

Il pénètre dans la chambre sinistre. L'hémoglobine au sol lui rappelle ce film « Cleaner » où Samuel Jackson joue un ancien flic dont le métier est de nettoyer les scènes de crimes. Klaas apprécie le cinéma américain et sa manière grandiloquente de gérer les affaires criminelles.

Lorsque l'on est policier, on s'amuse de ces entorses faites par les scénaristes d'outre-Atlantique avec la réalité des contraintes juridiques et surtout statistiques. A lire ou écouter les différents médias, à regarder les séries américaines qui sont diffusées en permanence, les Etats-Unis seraient une nation ultra violente. A la télévision, on peut sans crainte affirmer que les scénaristes tuent chaque minute alors que, statistiquement, les américains sont loin d'être dans le peloton de tête. Certains états comme Le New Hampshire, le Vermont ou Iowa, entre-autres, ont des niveaux de criminalité inférieurs à de nombreux états d'Europe. Les différents médias, à force de diffuser inlassablement des feuilletons policiers sordides, ne créent-ils pas un sentiment d'insécurité chez les citoyens américains qui ont la sensation angoissante que les tueurs en série foisonnent dans les rues ?

Dernièrement, Klaas avait échangé avec un de ses amis français qui revenait d'un voyage à New York City. « Sais-tu Klaas qu'il est plus paisible, paradoxalement, de se promener à New York qu'à Paris ? La violence est moins visible et l'insécurité quasi absente ? »

Pourtant, la violence télévisuelle surexposée ne crée-t-elle pas, in fine, une surenchère qui suscite elle-même la violence réelle, qu'elle autoalimente, tel un mouvement perpétuel, donnant du grain à moudre aux monstres en sommeil ?

Quand il enquête en solo, Klaas se surprend à jouer à l'acteur, il cherche la caméra et fixe le spectateur imaginaire. Il entend le metteur en scène lui crier : « Klaas ! Fixe la caméra, ne la quitte pas des yeux, nom de Dieu ! »

Cette petite voix intérieure le fait sourire, elle est si réconfortante. Nous partageons tous de longs moments avec cette voix familière sans que nous soyons capables d'en identifier le son. L'entendez-vous ?

Klaas se reconcentre et dresse un inventaire à la Prévert des objets qui traînent et qui ont été abandonnés par Gwendolyn. Son départ précipité est certainement la conséquence directe du meurtre d'Harald.

Au-dessus de l'armoire se trouve une valise d'un rouge pomme d'amour, cette friandise que l'on achète sur les champs de foire. La recette consiste à enrober une pomme golden d'un nappage en sucre de la couleur d'une cerise. La première croquée est toujours difficile, nos dents glissent sur la surface de la boule brillante comme des patins sur la glace. Rares sont les enfants qui y parviennent sans la gourmandise ogresque de leurs parents.

La fermeture Éclair du bagage vide est hors d'usage. Klaas fouille les poches, méticuleusement, une à une, et découvre au fin fond de l'une d'entre elles, dans une couture, une jolie bague en argent coiffée d'un diamant. A l'intérieur, la date du 10 janvier 1949 est gravée en italique. Il la regarde avec attention puis la glisse dans un sac en plastique qu'il referme soigneusement. Il poursuit sa quête méthodiquement.

Dans l'armoire, quelques vêtements froissés traînent, ici et là, ainsi que quelques flacons, quasi vides, de produits cosmétiques.

Il abandonne la chambre, visite la cuisine, les toilettes, les salles du bar et la cour intérieure mais il ne détecte aucun nouvel élément.

Klaas referme la porte, consolide les scellés et s'en retourne au commissariat. Hormis cette bague et l'enveloppe dans la caisse enregistreuse, il se sent bien bredouille.

*

Lorsque Klaas retrouve Willem et Floortje, l'après-midi bat son plein. Partageant un café dans une agréable pièce de repos parfaitement aménagée, ils échangent leurs différentes investigations.

« Alors Willem, l'enquête de voisinage a-t-elle porté ses fruits ?

— Rien de vraiment pertinent. La zone n'est pratiquement pas habitée. Ce sont surtout des locaux professionnels. Le bar de Mahzen fait plutôt office de lanterne sociale dans le quartier. Entre deux et trois heures du matin, la rue est complètement déserte et aucune caméra de surveillance n'est installée dans le périmètre. Les quelques commerces qui y sont implantés n'ouvrent qu'à partir de 7 heures du matin. Désolé Klaas, je n'ai rien trouvé d'utile pour le moment.

— Oui je comprends, toujours difficile d'enquêter autour du port. Et toi, Floortje ?

— Du côté des hôpitaux, il y a eu, ce soir-là, six urgences dont une qui pourrait correspondre à nos recherches : un homme d'une soixantaine d'années gisant aux abords du Park de Heerlijkheid a été pris en charge par le 112. Il a été amené au Centre médical Erasme vers quatre heures du matin. La police fluviale a été dépêchée sur place et a fait les constatations d'usage ; l'homme était inconscient. Il présentait plusieurs fractures et plaies diverses avec une hémorragie abondante. Les autres cas sont des accidents de la route sauf

une personne qui s'est défenestrée dans le quartier de Delfshaven. Donc rien, a priori, qui pourrait être lié à notre enquête, hormis le blessé du parc.
— Parfait Floortje, allons à l'hôpital rendre visite à cet homme. Willem peux-tu élargir les recherches autour de la zone, en te rendant au point central de surveillance pour vérifier quelles sont les caméras les plus proches, on ne sait jamais ! Téléphone également à la fluviale pour savoir qui est en charge de l'enquête concernant l'homme blessé au Park de Heerlijkheid !»

En remontant l'avenue Coolsingel qui mène à l'hôpital Erasme, Klaas espère secrètement que la personne hospitalisée ne soit pas celle dont l'ADN a été retrouvé au Mahzen. Cela serait bien trop facile et le priverait d'une enquête qu'il souhaite hardie et trépidante. Il n'obtiendra ses galons de maréchal qu'à cette condition, à défaut ses collègues le railleront, il en est convaincu.

*

« Bonjour Madame, inspecteur Van Naamen de la police de Rotterdam, pourriez-vous m'indiquer le service du professeur Van Den Berck ?
— Bonjour Monsieur, le service du professeur Van Den Berck ? Vous prenez l'ascenseur sur votre droite, c'est au troisième étage !
— Merci Madame. »

Les deux policiers rejoignent l'ascenseur machinalement, sans le moindre échange. Le métier d'enquêteur s'alimente de longs silences. Ils sont rarement pesants. Ils font partie d'une profession qui travaille dans l'ombre, au nom de la justice, et les investigations laborieuses se satisfont de ces temps où l'on est ensemble, sans forcément échanger. La prise de parole doit s'accompagner d'un apport factuel sinon elle perturbe le raisonnement. La confidence ne se fait qu'au café de Toekomst lorsque chacun ressent le besoin de se relâcher, ou quelquefois, lors de ces interminables missions nocturnes de surveillance.

Nul ne peut demeurer indifférent à l'atmosphère qui règne dans un hôpital. Nous sommes impactés émotionnellement car elle nous renvoie à nos propres angoisses et limites. Nous nous projetons en fonction de notre âge ; plus nous vieillissons, et plus la promenade dans les couloirs s'apparente à une marche funèbre. La jeunesse de Klaas ne l'éloignait pas pour autant de cette procession funeste, il se souvenait des semaines passées ici à accompagner son père mourant, foudroyé par un cancer du pancréas.

Le do dièse du carillon, commun à tous les ascenseurs du monde entier, retentit et annonce l'ouverture des portes. Ils sortent de l'ascenseur avec détermination. Face à eux se trouve une somptueuse banque d'accueil en sapin où s'affaire une secrétaire qui transpire, tous azimuts, le stress administratif.

Klaas lui présente docilement sa plaque, avec un sourire un tantinet sympathique.

« Bonjour Madame, je souhaiterais parler au professeur Van Den Berck ?

— Le professeur est absent, il a eu malheureusement un accident de moto, mais son assistant le docteur Bransword est présent, voulez-vous le rencontrez ?
— Oui s'il vous plaît !
— Je lui annonce votre arrivée, son bureau est sur votre gauche au fond du couloir.
— Merci Madame, je vous souhaite une agréable journée. »

En emboîtant le pas de Klaas, sa coéquipière ne peut s'empêcher de le taquiner :

« Toujours aussi charmeur, notre capitaine ! » lui lance-t-elle avec son sourire ravageur.

Klaas est susceptible et, au lieu de rebondir par une réplique sur le même tempo, il lui répond sèchement :

« Je trouve qu'il n'y a aucune raison de ne pas être agréable avec les gens que nous interrogeons et qui n'ont, évidemment, rien à voir avec nos investigations. »

Floortje sourit, elle aime le provoquer sans qu'il ne s'en rende compte. Klaas bataille éperdument, jamais il ne lâche prise.

Averti par la secrétaire, le docteur Bransword sort de son bureau et vient à leur rencontre.

Ils se saluent courtoisement. Le médecin les invite à s'installer dans un salon confortable et coquet, réservé aux personnels soignants.

Le praticien ne ressemble pas aux docteurs qui foisonnent sur nos écrans plats. Sa blouse blanche usée lui donne un air sinistre et besogneux. Sa calvitie précoce trahit les interminables révisions où il a dû se passer la main dans les cheveux, inlassablement, pour ne pas sombrer dans le sommeil. Son visage jeune, fade et ordinaire, ses traits androgynes, son corps long, raide et frêle le rendent insignifiant.

Sa prestance machinale et érudite rebute, on devine de suite la compétence sans empathie. Klaas sait que cette façade n'est qu'une protection indispensable dans un monde où la mort rôde en permanence. Lorsque nous rencontrons un thérapeute, la plupart du temps nous avons l'impression qu'il nous parle d'un prêchoir, ce qui nous oblige à lever les yeux. Est-ce cela l'infériorité ? Même si Klaas comprend que le personnel hospitalier doit se préserver, il ne peut l'admettre. Il garde une certaine inimitié qu'il n'exprime pas.

Lors du décès de son père, la froideur des médecins l'avait contrarié et ne l'avait pas aidé à apaiser sa douleur. La difficulté à connaître la vérité sur la maladie de son père l'avait fréquemment énervé. Combien de fois avait-t-il dû patienter pour qu'un médecin dédaigne lui accorder un peu de temps pour l'informer de l'évolution dramatique de la maladie ? Durant les derniers jours précédant le décès de son « *pa* », il avait amèrement constaté que l'humanité est la grande absente du milieu hospitalier. Il avait même fait une analogie entre la sphère médicale et le monde judiciaire. Comme dans un tribunal, ni l'accusé, ni le malade ne connaissent leur rôle. Contrairement à tous les autres acteurs, juges, avocats, médecins, personnels soignants, ils sont les seuls à être dans la vérité ; ainsi ils n'ont pas besoin de jouer pour l'inventer. A force d'être quotidiennement infantilisé, son père en avait perdu sa dignité. Ici, dans ces labyrinthes médicaux nombreux sont ceux qui se trompent, hormis la maladie. C'est elle qui chaque jour fait office de souffleur et donne le ton aux acteurs.

Malgré tout, dans ces usines à soigner, à compter, à rationaliser, à évaluer, à économiser, à optimiser, la présence bienveillante d'une aide-soignante avait aidé son père agonisant, à franchir certains caps. Elle lui apportait un peu de réconfort et de chaleur dans cette antichambre de la mort qui sentait plutôt le mauvais potage que le parfum du large. Dans les systèmes hiérarchiques, ce sont bien souvent les petites gens qui sont les plus empathiques. Le sont-ils par ignorance, bonté ou tout simplement parce qu'ils ont déjà compris intuitivement l'essentiel ?

Klaas se ressaisit et professionnellement, d'une voix calme et douce, sans animosité, interroge le docteur :

« Il y a deux jours, un homme a été hospitalisé dans votre service après avoir été découvert au Park de Heerlijkheid. Nous enquêtons sur un homicide qui a eu lieu dans un quartier du port. Nous aimerions vérifier que votre patient n'est pas mêlé à cette sordide affaire. Pourrions-nous l'interroger ?

— Oui, je comprends mais pour le moment, vous allez devoir patienter et je le regrette : le patient est en soins intensifs. Il a plusieurs fractures aux côtes, une très grave blessure au crâne secondaire à un traumatisme crânien sévère de stade III. Des signes de décérébration ont été constatés au niveau des extrémités des membres extérieurs. Le pronostic vital n'est plus engagé mais il vous faudra patienter quelques jours avant de l'interroger. Lorsque nous l'avons pris en charge, un policier nous a dit qu'un signalement avait été fait au commissariat du port. Nous avons déjà reçu la visite d'un de vos collègues qui nous a précisé qu'une enquête a été ouverte. Je peux vous donner le nom du policier qui est venu nous interroger, il m'a laissé sa carte.

— Oui je veux bien, je vous remercie. Je vais contacter le procureur et je vous fais parvenir une demande de prélèvement sanguin concernant le patient afin que nos services puissent procéder à une comparaison ADN.

— Oui bien évidemment, nous allons préparer cet échantillon et je vous le ferai parvenir. Voulez-vous m'accompagner afin que je vous communique le nom de votre collègue ? »

Les deux policiers s'exécutent, relèvent le nom du brigadier chargé de l'enquête, saluent le docteur qui leur tend sa carte de visite à toute fin utile.

« Je vous appelle, dès que le patient sera en capacité de répondre à vos questions.

— Merci Docteur, à très bientôt ! »

*

Sur le chemin du retour, Klaas appelle le brigadier Hartmann, de la fluviale.

« Bonjour Monsieur Hartmann, c'est Klaas Van Naamen du commissariat de Zaagmolenstraat, j'enquête sur l'homicide qui a eu lieu dans la nuit de lundi à mardi, au bar du Mahzen, nous pensons que le patient hospitalisé à Erasme et retrouvé au Park de Heerlijkheid pourrait être lié à notre affaire. Connaissez-vous son identité, avez-vous des éléments utiles à nous communiquer qui pourraient faire avancer notre enquête ?

— Salut Klaas ! pour le moment nous n'avons rien. L'homme n'avait pas de papiers d'identité sur lui. Nous enquêtons autour du parc à la recherche d'indices qui faciliteront son indentification. Je reviens vers toi, dès que j'ai du nouveau. »

Klaas devine qu'Hartmann est un policier expérimenté ne serait-ce que par le fait qu'il le tutoie et l'appelle par son prénom. Depuis quelques années, au sein de la corporation, cette collégialité, propre aux anciens, se perd. D'une police pragmatique où les policiers travaillaient étroitement ensemble, et de ce fait, tissaient des liens, nous sommes passés à une police informatique qui passe la majorité de son temps à surfer sur des écrans de contrôle où sont stockés des renseignements de plus en plus abondants sur les citoyens. Les contacts humains sont plus rares et par voie de conséquence, ils s'accompagnent davantage de convenances qui stéréotypent et déshumanisent progressivement la profession de son côté paternaliste. Klaas apprécie forcément cette vieille école puisqu'elle lui rappelle les ambiances qui régnaient au domicile familial quand les collègues de son père y venaient à de nombreuses occasions, et que les enquêtes passionnantes surchauffaient l'atmosphère. Dans un coin du salon, il écoutait, subjugué, le brouhaha de ces hommes héroïques.

Klaas le remercie, sans savoir vraiment s'il doit le tutoyer et l'appeler par son prénom. Il y a un passage de relais générationnel qu'il ne veut pas assumer. Alors dans ces cas précis, notre cerveau s'adapte et neutralise la situation en la rendant impersonnelle :

« Parfait, merci et à bientôt ! »

La Volkswagen glisse en remontant le long de l'avenue Coolsingel. Il règne dans l'habitacle un climat studieux, chacun des deux fonctionnaires cherchant comment rebondir sur les quelques informations obtenues.

Le soleil glisse vers l'horizon emportant avec lui les poussières du jour et surtout celles des hommes.

*

VIII

Jeudi 26 novembre, Hôpital Erasme, 18 heures.

Le docteur Bransword s'assure, en suivant assidûment les deux policiers du regard, qu'ils se dirigent bien vers l'ascenseur qui mène à la sortie. Il se méfie de leur ténacité qui pourrait les amener à outrepasser ses recommandations et interroger, tout de même, le témoin hospitalisé.

Depuis l'absence forcée de son chef de service, accidenté en motocyclette, il dirige consciencieusement l'unité médicale de neurologie. Il s'applique à cette tâche et espère la reconnaissance du Professeur Peter Van Den Berck pour qui, il a une estime incommensurable.

Il connaît bien Peter Van Den Berck. Ils ont noué une relation professionnelle amicale. Lorsqu'il faisait ses études, Egbert Bransword avait été qualifié par le professeur d'étudiant brillant. Dès l'obtention de son bachelor, à l'université de Maastricht, il avait régulièrement effectué des stages dans l'unité neurologique du Centre hospitalier Erasme. Diplômé depuis peu, Van Den Berck lui avait rapidement proposé de devenir son bras droit.

Bransword apprécie la personnalité de Van Den Berck, bien qu'énigmatique, qui se consacre entièrement à sa matière. Auprès de lui, il apprend, s'enrichit et devient un éminent expert.

Son tuteur est reconnu par toute la communauté scientifique comme un praticien éminent. Peter Van Den Berck publie régulièrement dans de nombreuses revues médicales de renom. Ses travaux concernant la radio chirurgie stéréotaxique ont une résonance internationale.

Bien que Bransword connaisse la vie professionnelle de son mentor, il ne sait que très peu de choses quant à sa vie privée. Sa secrétaire, afin d'éviter toute maladresse, l'avait informé que sa femme et son garçon étaient décédés, quinze ans auparavant, suite à un accident de voiture infâme. Depuis, il porte ce fardeau avec résignation et a résolument décidé de rester seul, comme s'il voulait se punir indéfiniment. Il refuse toute distraction qui pourrait l'éloigner de cette autoflagellation qu'il s'impose strictement. Pour assumer pleinement sa rédemption, l'hôpital est devenu son chemin de croix. Depuis mardi, l'absence de Van Den Berck pèse et déstabilise l'organisation du service. Bransword peine à coordonner toutes les équipes médicales et il appelle plusieurs fois par jour le professeur pour lui demander conseil. Il sait pertinemment que ces échanges permanents lui assureront la gratitude du « chef » qui lui renouvellera sa pleine confiance, lorsqu'il reviendra. La loyauté de Bransword est constante, fidèle, sans faille. Van Den Berck le connaît bien, ses passions, ses défauts et même certains de ses travers.

Avant de téléphoner à Van Den Berck, Bransword s'accorde quelques minutes de repos. Il regarde, indifférent, par la fenêtre les mouvements incessants des fourmis multicolores qui s'activent autour du complexe hospitalier. Le soleil disparaît, assombrissant l'atmosphère. La ville s'allume comme un sapin de Noël et il ressent soudainement l'envie de quitter l'hôpital pour rejoindre le Poolcafé Delfshaven. Il s'imagine se calfeutrant dans l'ambiance du club, en sirotant une Grolsch bien fraîche tout en défiant un de ses amis au billard. Sauf que… lorsque nous nous écartons de nos contingences, quelles qu'elles soient, pour nous accorder un moment d'évasion, il y a toujours une porte qui s'ouvre et une voix qui nous ramène à la réalité que nous essayons de fuir.

« Docteur Bransword ?

— Oui !

— Le professeur a essayé de vous joindre durant votre entretien avec la police. Il a demandé à ce que vous le rappeliez.

— Merci Ingrid, je vais le rappeler. »

Dans le silence, une porte claque. L'événement pourrait être anodin mais ce fait est rare dans un hôpital. Bransword sursaute, se retourne instinctivement puis regarde, à nouveau, par la fenêtre. La nuit emporte maintenant le jour dans son panier sans fin. Ces deux-là, depuis belle lurette, jouent à cache-cache sans jamais totalement se confondre et rythment nos vies inlassablement. Lorsque l'obscurité apparaît, les couloirs du dragon hospitalier cessent de rugir, le silence pose sa chape de plomb sur la vie ou la mort en suspens, comme la nuit et le jour. Dans ses entrailles numérotées, le calme nocturne ne sera brisé que par la plainte railleuse d'un malade espérant le secours affectueux de la femme en blanc ou par celle d'une agitation mortuaire. Ici, dans ce lieu rassurant, ultra-technique et hygiénique, les personnes s'éteignent perfusées à un écran plat. Un hôpital la nuit ressemble à un cimetière lumineux à l'agonie, pense-t-il. Chaque mouvement traduit toujours une action de souffrance, de détresse ou d'urgence.

Les monitorings, les respirateurs, les différents appareils d'assistance médicale diffusent une ambiance sonore intrigante, ponctuée par les métronomes des pulsations cardiaques qui rappellent la fragilité des vies suspendues à la technologie. L'hôpital, avec sa lumière artificielle, se métamorphose en train fantôme qui slalome dans les ténèbres en évitant les âmes perdues qui viennent cueillir les prochaines. Le matin, le corps médical comptabilise ses défaites face à la veuve et il s'accroche aux espoirs qui naîtront lorsque, en équipe, il visitera les malades dont l'état se sera amélioré durant la nuit. Dans un hôpital, l'obscurité nocturne peut être aussi bien salvatrice que fatale. Le jour ne récolte que ce que la nuit a bien voulu, généreusement, lui laisser.

Bransword poursuit son introspection : nous pouvons sauver cent vies, celle perdue nous hante et nous sommes les seuls à le savoir. Les familles nous qualifient la plupart du temps d'insensibles. Lors des formations universitaires, ce sujet reste tabou : l'approche et le soutien psychologique des praticiens sont rarement abordés, comme si nous étions, tous, atteints du « syndrome de John Wayne ». Même si la profession se féminise, les séries télévisées présentent toujours les médecins comme virils et invincibles. Pourtant chaque perte humaine est un purgatoire.

A chaque astreinte, Bransword psalmodie le même refrain, les mêmes angoisses. La nuit dans un hôpital, il n'y a que des urgences. Il se prépare à la combattre, un nœud à l'estomac, comme un boxeur, au moment où il passe sous les cordes et que la ferveur de la foule lui interdit de faire demi-tour.

Mais Bransword ne perd jamais le cap ni la foi. Ses doutes le rendent humain et cela le rassure. Il sait que pour sauver cent vies il faut nécessairement avoir envie de défier la mort. Avoir une approche trop rationnelle, indifférente ou démagogique l'éloignerait du serment qu'il a fait, celui de soigner suivant ses forces et sa capacité. Lorsqu'il annonce le décès d'un patient à ses proches, il reconnaît son impuissance ou son échec, et comme un boxeur, la défaite a raison de sa bienveillance : il est knock-out et n'a plus de ressources pour affronter ce nouveau combat, avec empathie. Sa froideur masque sa détresse et sa pudeur son humanité. Il se protège fatalement. Après de longues nuits insomnieuses et angoissantes, suite aux décès de certains de ses patients qui le ramenaient à sa propre mort, Bransword adopta définitivement un rôle de comédien pour se prémunir. Cette riposte solutionna ainsi son dilemme cornélien. Il avait donc choisi de se retrancher derrière son savoir, quitte à être accusé d'être insensible, plutôt que de laisser son empathie prendre le dessus. Il savait que cette seconde option atteindrait vite les limites du supportable ; il n'était ni formé, ni armé psychologiquement pour cela. Les gens ignorent que dans certains services, comme la réanimation, 25% des admis décèdent et que de nombreux médecins se suicident, incapables de faire front, face à l'insupportable.

Klaas l'avait jugé, à tort, d'homme froid et insubmersible, et réciproquement, Egbert avait qualifié Klaas d'homme incapable de comprendre cette réalité où l'on côtoie la mort quotidiennement et inlassablement.

Nous pensons tous être loin les uns des autres, la victime et l'accusé, le prisonnier et le geôlier, le juge et l'assassin, le policier et le médecin alors que nous avons tous des similitudes : quel rôle pour certains, quelles morts à annoncer pour les autres ? Si nous cherchions vraiment à nous rapprocher, nous trouverions tous le plus petit dénominateur commun qui servirait de socle à nos citoyennetés voire nos fraternités.

Comme Klaas, Egbert était aussi un idéaliste, comme lui, il le savait, et comme lui, il avait un jour décidé d'œuvrer noblement pour les autres, malgré ses travers qui le hantaient, ses ambitions et parfois même son égocentrisme. S'il fallait trouver un terme pour nommer la relation entre les hommes, nous pourrions affirmer sans risque qu'elle n'est qu'une luciférienne interprétation qui les éloigne plus qu'elle ne les rapproche. L'homme a une fâcheuse propension à déceler, avec malice, les défauts de ses interlocuteurs plutôt qu'à identifier, avec sagesse, ses qualités. Nous jugeons, la plupart du temps nos semblables, négativement. Contrecarrer ce penchant pervers, par une attitude antonymique, changerait-il la face du monde ? Certainement ! sauf que dans la jungle humaine, l'homme cherche toujours à se protéger de ce qui le menace puisque, à contrario, la mansuétude n'est jamais cruelle et demande beaucoup moins de vigilance : il n'est pas nécessaire de l'identifier puisque la bienveillance ne menace personne.

Comme par réflexe, quand Bransword s'égare beaucoup trop dans les labyrinthes métaphysiques, comme Klaas d'ailleurs, sa raison chasse efficacement toutes ses pensées à l'emporte-pièce et le ramène illico presto à ses conjonctures professionnelles. Le docteur se ressaisit et rejoint son bureau. Il s'installe confortablement et compose le numéro de Van Den Berck.

« Bonsoir Egbert !
— Bonsoir Peter ! Comment vous sentez-vous aujourd'hui ? Allez-vous mieux ?
— Beaucoup mieux, vos soins m'ont remis sur pied rapidement, je pense revenir vendredi.
— Je me réjouis de cette très bonne nouvelle, ici vous nous manquez. J'ai eu la visite de la Police aujourd'hui concernant un patient que nous n'avons pas pu identifier. Il n'avait pas de papiers sur lui. Il serait, semble-t-il, mêlé à un homicide qui a eu lieu dans un bar du port.
— Ah, oui, en effet, sinistre affaire !
— Pour le moment j'ai refusé l'interrogatoire, le patient n'est pas en état de le supporter. Ils m'ont demandé des échantillons sanguins pour procéder à une comparaison d'ADN ; ils vont formaliser leur demande.
— Oui, c'est normal en pareilles circonstances. Attendons la demande du procureur, nous leur fournirons les échantillons demandés. Pas avant, afin d'éviter que nous soyons éventuellement poursuivis par un tiers pour ne pas avoir respecté la procédure. Nous verrons cela ensemble demain. Ne faites rien sans m'en informer au préalable.
— Bien sûr !

— Ont-ils mis en place un dispositif particulier de surveillance du patient.
— Non, pas pour le moment !
— Curieux… en général, ils procèdent ainsi lorsqu'ils ont un suspect. Sinon, quelles sont les autres nouvelles ?
— Nous avons sorti madame Hachemi du coma artificiel dans lequel nous l'avions plongée.
— Parfait ! sinon Egbert, j'ai un petit service personnel à vous demander. J'ai du monde à la maison, je vous rappellerai sur votre portable dans la soirée ; sinon je vous en parlerai demain lorsque je serai de retour à l'hôpital.
— Bien sûr, avec plaisir, à tout à l'heure ou demain. Très bonne soirée avec vos amis. »

Bransword raccroche satisfait de son échange avec Peter. Il rejoint la salle de repos où un plateau repas l'attend.

Nous bénéficions bien souvent d'attentions qui nous facilitent l'existence sans pour autant avoir l'obligeance de remercier celle ou celui qui veille sur nous dans l'ombre. Combien de gestes d'amour se perdent ainsi dans l'océan de l'ingratitude ? Egbert n'appartenait pas à cette catégorie, il saurait remercier Ingrid de ne pas avoir oublié de commander son dîner. Il feuillette sa tablette, s'informe des dernières indications concernant l'évolution des malades du service et se prépare mentalement pour son marathon nocturne. Dehors, dans le froid presque hivernal, les formicidés ne sont plus que des ombres rejoignant leur tanière.

*

IX

Vendredi 27 novembre, Terschelling, 10 heures.

Le vélo de Gwendolyn roule à vive allure sur la piste cyclable qui l'amène à Hoorn, au 76 Dorpsstraat. Elle a rendez-vous avec Katelijn, son amie d'enfance. Elle reprend le même parcours que la veille afin de frôler la mer et humer son souffle revigorant. A West aan Zee, elle bifurque vers la droite pour atteindre Midsland Noord. Les nuances de gris du ciel moutonneux, percées par les flèches lumineuses du soleil, illuminent la végétation pauvre de la dune qui borde la piste. Vermeer, Magritte, Cooke ont-ils séjourné ici ? Les rayons l'éblouissent mais elle ne ralentit pas. Elle s'enfonce, sans distinguer précisément la piste, tranchant les contrastes bibliques qui sillonnent son chemin. Gwendolyn ferme les yeux, et presque aveugle, elle respire à pleins poumons cet air qui lui a tellement manqué durant ces quatre longues années. Sa bicyclette batifole comme un papillon, Gwendolyn écarte les jambes pour garder l'équilibre. Elle est presque joyeuse.

Quand on NAIT sur une île on se sent, on EST différent. L'insularité développe de nombreux aspects culturels et sociologiques qui en font sa singularité. Gwendolyn aime cultiver ce particularisme et son ambiguïté. Lorsqu'elle est sur l'île, elle critique sa promiscuité, l'esprit *clochemerle* comme disent les français, mais quand elle est sur le continent, elle le défend, d'autant que cela est commode puisque les îles nourrissent toujours l'imaginaire des continentaux. Mais depuis quelques années, d'une société microcosmique où l'île s'organisait et définissait ses propres règles, identiques à celles que l'on décèle dans certains droits coutumiers, l'île s'est ouverte sur l'extérieur. Si, à court et moyen termes, cette dynamique profite aux habitants, sur le long terme, Gwendolyn est convaincue que cela les en exclura. Elle a conscience de ce changement et depuis son retour, celui-ci parait manifeste. Son père lui raconte que les touristes étaient peu nombreux quand il avait vingt ans. Bien que de nationalités néerlandaises, ils étaient, tout de même, affublés de nombreux sobriquets et surtout de celui d'« étrangers ». Désormais, l'été, ils sont si nombreux que les *inwoners van Terschelling* se sentent exclus de leur propre territoire et identité. Qui plus est, les voyageurs emportent dans leur bagage durant l'été une police du continent qui bouscule les usages insulaires et impose de nouvelles attitudes incomprises par la population locale. Le droit remplace l'usage et ses vertus.

Si les touristes aiment particulièrement les îles pour leurs panoramas et leurs atouts dépaysants, ils n'aiment que très rarement leurs autochtones car ils ne les comprennent pas. Gwendolyn se souvient de cette conversation avec des Nancéiens en vacances à Portigliolo en Corse du Sud. Ils étaient côte à côte, sur la plage, et échangeaient sur leurs séjours et chacun s'accordait à qualifier *Corsica* de petit paradis terrestre. Soudain, un des hommes eut cette allégation incroyable : « la Corse est belle, mais sans les Corses elle serait encore plus belle ». Cette phrase l'avait choquée et provoqué une réflexion qu'elle n'avait pas osé exprimer. Les Néerlandais sont de nature pacifique et conciliante, ils savent se taire quand il le faut. Comment peut-on trouver une région belle sans tenir compte de ceux qui la gèrent depuis des siècles et qui l'ont sculptée à leur image. Si la Corse est belle, c'est surtout parce que les Corses savent la préserver et son architecture témoigne des délicatesses et sensibilités de leurs âmes. La culture n'est que le reflet de celle-ci. Si les colonisateurs aimaient les habitants de leurs conquêtes, cela entraînerait forcément des regards croisés bienveillants qui créeraient inévitablement de nouveaux rapports, moins belliqueux. Gwendolyn se passionne pour les îles. Elle se souvient d'un roman, « Gros temps sur l'archipel» de Vitorino Nemésio, qu'elle avait adoré. L'histoire se déroule aux Açores, archipel situé à 1450 km à l'ouest de Lisbonne et, plus précisément, sur une des neuf îles qui le composent, celle de Terceira. Ce livre lui avait fait prendre conscience que sur les îles naissent certainement les plus belles rébellions et émancipations. Terschelling serait-elle de celles-là ?

A Lobke's Snack Place, où un Food truck s'installe l'été, elle tourne à droite. Il lui reste quelques centaines de mètres à parcourir. Elle descend de son vélo et poursuit à pied. Son microbiote s'active, il gargouille, se manifeste par spasmes.

Elle n'a pas vu Katelijn depuis plus de quatre ans. La dernière fois, c'était durant les quelques semaines précédant son incarcération.

En prison, elle lui avait écrit un bref courrier lui expliquant qu'elle allait s'absenter durant un certain temps et qu'elle reviendrait vers elle, sa longue escapade terminée. Elle lui avait demandé de ne pas évoquer cet échange avec ses parents et elle savait qu'elle pouvait compter sur sa discrétion. Elle avait conclu sa lettre par ces mots d'espoir : « Aie confiance, je t'aime, je ne t'oublierai pas, je t'expliquerai quand je reviendrai. »

Dans l'allée de Badweg Hoorn, si souvent empruntée avec Katelijn, durant leurs complicités platoniques, pour rejoindre la forêt ou la plage à bicyclette, elle comprend son erreur. Pourquoi avoir suspendu sa relation avec sa meilleure amie ? Elle en aurait eu tellement besoin ! Peut-être avait-elle déduit, dans son austère cellule, que l'âge adulte vernit le bois de l'amitié enfantine, qui perd ainsi tout son éclat brut, et emprisonne à jamais les effluves fraternelles de l'enfance et surtout celles de l'adolescence. Si Katelijn était indiscutablement son amie d'enfance, demeurait-elle pour autant son amie à l'âge adulte ? Qui peut s'enorgueillir de conserver, adulte, une relation tout aussi intense, que celle de la jeunesse, quand les parcours de chacun prennent une direction divergente à l'issue des études secondaires ?

Entre 18 et 25 ans, nous nous construisons et bien souvent cette transformation nous éloigne de ce que nous semblions être ou promettre. Et puis il y a cet accélérateur de cellules qui est l'amour, qui nous révèle à l'élu de notre cœur en nous éloignant pour un temps de nos amis d'enfance. Nous perdons bien souvent dans cette quête la partie essentielle de nous-mêmes : notre liberté.

Pour qu'un couple s'épanouisse, il faut qu'il laisse sa cage ouverte. Cela exige du respect, beaucoup d'amour et de maturité, une bonne dose d'abnégation et de sagesse, et surtout, de ne pas être hanté par les démons de son enfance. Si la cage est fermée, à la moindre occasion, l'oiseau prendra son envol solitaire et il ne reviendra jamais se claquemurer derrière les barreaux. Il ne la survolera même pas, bien au contraire, il la fuira sans état d'âme, libéré de cet étouffement. Il est vrai que le pigeon fait exception à la règle, il revient toujours retrouver sa dulcinée emprisonnée, mais nous savons aussi qu'il ne brille pas particulièrement par son intelligence, quoi qu'en disent les colombophiles.

Ses parents lui avaient appris un postulat auquel elle adhérait en pleine conscience : l'amour doit être une liberté à deux et non pas une prison, seul. Mariée depuis deux ans, Katelijn avait-elle conservé sa soif de liberté ?

Katelijn habite, avec son mari et leur fille de onze mois, la maison qui jouxte celle de ses parents. Gwendolyn la découvre. Jusqu'alors elle n'y avait porté aucune attention. La demeure coquette affiche un style flamand avec sa façade « pignon à gradins ». Elle tranche avec celle de ses parents, à l'allure cossue, qui ressemble à ces anciennes maisons de porions des Flandres françaises ou de la Lorraine sidérurgique. La maison de Katelijn est vêtue de traditionnelles briques rouges, les mêmes que l'on retrouve abondamment sur la côte Est des États-Unis et qui ont été importées par les migrants du nouveau monde dans leurs valises. Lorsque l'on visite Boston, les visiteurs sont surpris par cette similitude entre l'architecture néerlandaise et celle de la Nouvelle-Angleterre. Curieusement, une entreprise néerlandaise réputée, la société Vandersanden, a baptisé un de ses produits phares : « la brique de Boston » alors qu'il aurait été plus juste de l'estampiller la « brique d'Amsterdam ». Décidément, la stratégie commerciale a des fantaisies qui occultent l'histoire en la snobant outrageusement.

La clôture en bois de la maison de son amie lui donne un air champêtre, alors que ses charmantes fenêtres ornées d'un coruscant vitrail opaque avec un motif floral au centre, l'embourgeoisent. A l'angle de la rue, un hêtre solide supplante le jardinet où traîne une table compacte d'aire de pique-nique en pin. A l'ombre de l'arbre majestueux, un vieux canon de corsaire et une ancre marine nous rappellent que Terschelling est avant tout une île de marins. C'est ici que naquit Willem Barentsz, découvreur de la Nouvelle-Zemble et du Spitzberg. Combien de fois, les institutrices des deux amies leur avaient martelé les exploits de ce navigateur à la recherche d'un passage vers l'Asie par le nord de l'Europe ? Même Shakespeare l'évoque dans « la Nuit des rois ». Aujourd'hui ses aventures sont immortalisées par un long métrage en 3D et la mer de Barentz porte son nom. Willem est la fierté de l'île et une statue lui rend hommage sur le boulevard de Hoofdweg.

Gwendolyn pousse le portillon avec délicatesse et s'approche de la porte d'entrée, *félinement*. Elle toque. La porte s'ouvre énergiquement. Katelijn, sa mouflette dans les bras, s'impose devant elle, le visage frais et rayonnant de la jeune mère épanouie.

« Oh ma Gwendo, que je suis heureuse de te revoir ! »

Elle pose son enfant et toutes les deux s'enlacent durant une plus que longue minute. Cette minute qui commémore, non pas le deuil, mais les retrouvailles. Nous l'évoquons si peu !

« Entre Gwendo, entre, viens te mettre au chaud, je t'attendais avec impatience, j'ai préparé des Janhagels, je sais que tu les adores, je suis tellement contente de te retrouver, entre, je t'en prie ! »

Toujours à pas de velours, Gwendolyn se glisse dans le couloir qui mène au salon, en avançant latéralement, presque à rebrousse-poil, les fesses effleurant le mur. Elle est confuse, troublée et si bienheureuse. Son amie exulte : « entre, Gwendo, installe-toi, nous avons tant à nous dire ! »

Aujourd'hui, la fille de Katelijn ne sera pas le centre du monde et Gwendo ne lui accordera pas ce temps, perdu, que la plupart d'entre nous passons à séduire un jeune enfant en grimaçant, désespérément, pour obtenir son sourire.

Anouk, docile, se laisse poser délicatement sur le tapis moelleux d'un parc pour enfants en bois, bourré de coussins et de jeux d'éveil, agrippe un mobile multicolore et l'articule dans tous les sens avant de le porter à sa bouche. A-t-elle compris qu'il faut laisser sa maman tranquille pour un moment ?

Durant ce temps, Gwendolyn s'assied sur un divan vert émeraude en feutre. Elle détaille machinalement le décor de la pièce où elle retrouve les goûts et les couleurs préférés de son amie. Les meubles sont robustes, bien loin de ceux qui ne survivent, que très rarement, au premier démontage. De toutes les manières, le géant suédois qui uniformise plus nos esprits que nos intérieurs se trouve à Groningen, à plus de 4 heures de trajet. Dans les îles, les meubles, comme les traditions, se transmettent de mère en fille. Seuls les continentaux aménagent leur maison de vacances avec ces mobiliers solubles dans le temps qu'ils transportent avec eux et qui se construisent comme des jouets Meccano.

La lumière intense traversant la longue baie vitrée qui ouvre sur le jardin caresse les nombreuses plantes qui agrémentent l'espace. Certaines sont suspendues grâce à des supports en macramé blanc. Elles dégoulinent comme des fontaines vertes. Un tapis moucheté gris prend le soleil, les poils hérissés.

Katelijn extirpe de son buffet massif en palissandre des tasses en céramique bleue hollandaise traditionnelle de Delft, décorées de différents motifs, dont un moulin à vent, qu'elle dépose sur une table basse de salon assortie au buffet. Au-dessus du meuble est accrochée une photographie panoramique prise à l'extrémité de l'île, là où elle est la plus sauvage. A cet endroit, au Koffiebonenplaat, naissent les aventures de marins imaginaires, cloués au sol, qui rêvent de tempêtes.

Le café brûlant enivre l'atmosphère, son odeur parfumée plus diffuse que le thé, réchauffe leurs cœurs et favorise la confidence. Les deux amies se relâchent et se sourient tendrement. Il existe entre elles, un ciment, une connivence que ni le temps, ni aucun ouragan, ne pourront jamais éroder.

« Dis-moi, Gwendo, où étais-tu passée ? Tu m'as tellement manqué, je me suis inquiétée, je t'ai cherchée vainement, sans jamais te trouver ! »

Gwendolyn, lui raconte ses quatre années terrifiantes. Katelijn l'écoute, en silence, circonspecte. Anouk, bercée par la voix fragile et douce de l'amie de sa mère, s'est endormie sur le dos, son doudou à la main. A-t-elle ressenti la joie de sa mère, apaisée, agissant comme un somnifère ?

« Comment as-tu pu vivre cela sans mon soutien ? je t'aurais aidée, tu le sais bien… je ne te fais aucun reproche, mais pourquoi m'as-tu privée de cela ?

— J'avais honte, j'étais dans un état second.
— Je comprends, mais après, lorsque la fièvre juridique a baissé, nous aurions pu échanger,
— Oui je sais, j'ai réfléchi et je ne voulais pas te mêler à cela, d'autant que la police a, durant un certain temps, enquêté pour savoir quelle était l'ampleur du trafic de Wouter. En te contactant, je t'aurais mise dans l'embarras, elle serait venue t'interroger, ainsi que mes parents. J'ai courbé l'échine, accepté les charges qui pesaient sur moi et j'ai assumé. J'ai voulu te protéger, toi, mes parents, l'île également, je pense. Je voulais inconsciemment ne pas me priver d'un retour à la maison sans que les gens me jugent et me regardent d'un air méprisant. Tu sais, tout est encore confus dans ma tête. »

Katelijn tend à son amie les Janhagels, ces délicieux biscuits sablés aux amandes et parfumés à la cannelle. Gwendolyn en prend un délicatement, comme s'il était en verre. Depuis plus d'une heure, Gwendolyn se confie sans interruption. Quand Gwendolyn peine à poursuivre son récit, la voix serrée par l'émotion, son amie, assise près d'elle, lui pose affectueusement sa main sur son épaule, pour l'encourager à poursuivre. Elles sont jeunes et pourtant leurs attitudes témoignent de leur passage irréversible dans le monde adulte, celui des grandes personnes. Elles sont devenues des femmes matures malgré des trajectoires bien divergentes.

Alors qu'elle n'a pas terminé son récit, Gwendolyn sollicite la jeune mère afin qu'elle lui parle également de son histoire, sa vie, son mariage, sa famille. Elle s'interrompt :

« Je parle, je parle, mais toi que deviens-tu, qu'as-tu fait, raconte-moi, comment va ton père ? Ton mari est-il ton amour de jeunesse, Nikolaas Verbeeck ? »

Katelijn lui répond avec tant de bienveillance que Gwendolyn se met à pleurer à chaudes larmes.

« Écoute ma Gwendo, nous n'allons plus nous quitter maintenant, alors nous nous reverrons et ce prochain jour, ce sera mon tour, je te raconterai ma vie durant ton absence. Dis-moi depuis combien de temps es-tu sortie de prison, qu'as-tu fait lorsque l'on t'a libérée ? »

Gwendolyn poursuit, lui raconte son départ précipité de Rotterdam et le pétrin dans lequel elle se trouve désormais.

« Crois-tu vraiment que c'est la bonne solution de faire l'autruche, ne devrais-tu pas te rendre à la police ?

— Je ne peux pas, je n'ai pas cette force. En prison, tu apprends à subir et surtout à ne plus prendre d'initiatives. Je ne veux pas être accusée de ce meurtre, je n'ai rien fait, je suis innocente.

— Bien sûr que tu l'es, et les circonstances ne t'accablent pas, l'enquête va confirmer ce qui s'est vraiment passé.

— Oui, mais l'argent que j'ai pris pour revenir à Terschelling va semer le doute. Oh Katelijn, je suis perdue, aide-moi, je t'en prie, aide-moi à y voir clair, j'aurais dû appeler la police, pourquoi ne l'ai-je pas fait ? »

Katelijn lui tend un verre d'eau :

« Bois, cela te fera du bien. Écoute, cette après-midi, ma mère vient garder Anouk, j'avais prévu de faire des courses mais je les ferai une autre fois. Tu vas rentrer chez toi et te reposer. De mon côté, je vais surfer sur Internet et chercher des articles qui évoqueraient ce qui s'est passé à Rotterdam, au bar. Tu veux bien ?

— Je crois que tu as raison, je suis épuisée nerveusement, je suis à bout. Fuir de Rotterdam, se sentir pourchassée, te retrouver, revoir mes parents, la fatigue du voyage… la cocotte est pleine, elle explose. Je suis si heureuse de te revoir, merci Kate, merci d'être là, merci de me soutenir. J'ai besoin que l'on m'aide, je suis désemparée. »

Anouk se tortille dans son parc, elle ouvre ses yeux verts, regarde sa mère et, comme un chien docile, l'attendrit pour qu'elle vienne la chercher. Gwendolyn regarde la scène avec amour. Elle ressent ce doux plaisir que nous avons lorsque nous sommes heureux du bonheur de nos amis sans la moindre once de jalousie. Alors, avant que Katelijn lui propose de rester déjeuner, ce qui l'aurait certainement mise dans l'embarras, puisque sa mère allait arriver pour garder Anouk, Gwendolyn s'affirme :

« Mes parents m'attendent pour le repas, je ne veux plus qu'ils s'inquiètent. Je vais rentrer. »

Contrairement aux Latins, qui aiment être désirés, les relations entre les Européens du nord sont plus saines et plus franches. Il n'y a pas de sous-entendu, et donc, Katelijn, bien qu'elle en ait très envie, ne lui propose pas de rester pour déjeuner.

Elles se quittent avec affection et émotion comme un couple qui se voit pour la dernière fois, mais elles savent toutes les deux que leur amitié, aussi robuste que leur île perdue dans la mer, vient de se ranimer. La tempête fait rage, et elle va se poursuivre mais Gwendolyn n'est plus seule sur le pont. Elle enfourche sa bicyclette, se retourne une dernière fois vers Katelijn qui la regarde, sa gamine dans les bras, agitant la main de sa petite fille à qui elle apprend les premiers gestes de la civilité. Le tableau est touchant, photographique. L'enfant sur sa hanche, Katelijn flotte immobile dans l'espace, et les gesticulations de sa fille ne troublent aucunement la quiétude affichée sur son visage, celle d'avoir enfin retrouvée sa meilleure amie.

*

X

Vendredi 27 novembre, Hôpital Erasme, 12 heures.

Un navire peut garder le cap désigné par son capitaine tant que le ciel est bleu et qu'aucun nuage ne voile l'horizon. Le seul maître à bord peut alors profiter du confort de sa cabine et laisser son second à la manœuvre. Mais si le temps se gâte, il doit regagner le pont supérieur, même s'il est en méforme, car si son lieutenant est capable de guider l'équipage dans la tourmente, le capitaine perdra, par voie de conséquence, une partie de son autorité et la confiance aveugle que lui accordent ses marins sera entachée. Les jeux de pouvoirs attisent les mutineries quel que soit l'endroit où l'on navigue. « Lâcher la garde, c'est lâcher la barre ! »

Van Den Berck avait retenu cette leçon de son père, lui-même thérapeute dans une clinique psychiatrique à Den Haag.

Son père aimait l'océan, ses histoires et ses mythes. Il ne pouvait s'empêcher de construire, sans cesse, des analogies entre la vie en mer et celle sur terre.

Il affectionnait surtout la période conquérante des galions et des caraques. La maison familiale témoignait de cet engouement pathologique. Les maquettes, les tableaux, les armures et les armes meublaient et débordaient dans toutes les pièces. La jeunesse de Van Den Berck fut baignée par des récits rocambolesques, de héros au long cours, dont la bravoure et l'ordre militaire imposaient leurs références. Ceux de Pieter Adriaanszoon Ita animaient ses soirées d'enfant et les galions du corsaire hantaient des nuits tumultueuses où il peinait à trouver le sommeil, trop agité par les exploits de son héros. Son père avait le don de la mise en scène théâtrale, Peter l'écoutait, subjugué.

Pour faire plaisir à son père qu'il chérissait, Van Den Berck avait donc brillamment franchi un à un tous les grades, de mousse à moussaillon, de moussaillon à matelot, de matelot à sous-officier, de sous-officier à officier et de capitaine, quand il devint docteur. Lorsqu'il obtint son titre de professeur, son père lui souffla à l'oreille durant la cérémonie qui honorait son grade : « Je vous laisse définitivement la barre Amiral. »

*

Bien que souffrant encore, suite à son accident, Van Den Berck se devait d'être sur le pont et surtout d'empêcher son second, malgré lui, de saper son autorité. Van Den Berck appréciait Bransword, et son allégeance, mais il ne faisait confiance qu'à lui-même. Depuis plus de 15 ans, ce service était devenu son sacerdoce et nul ne pouvait remettre en cause son abnégation.

Son devoir, son dévouement, sa vocation, sa réputation l'obligeaient à être là, il ne saurait en être autrement, pensa-t-il, ce matin-là, en se préparant pour rejoindre la timonerie de son vaisseau. Son père aimait à répéter à l'envi que « la vie est comme la mer, elle n'a pas de relief mais c'est le seul qui bouge ». À vrai dire, il n'avait jamais bien compris le sens de cette phrase, qui résonnait intermittemment dans ses pensées. Alors il l'avait traduite pour éviter qu'elle ne le rende fou à force de trop ricocher dans son crâne. Il essayait de lui donner un sens, d'en trouver le sens : « ma vie est comme ce service que je dirige, elle n'a de relief que dans ses chambres. Ici je prends le large, ici je dirige le monde, et je permets aux malades de refaire surface pour rejoindre un autre horizon... » Il était l'amiral et personne ne contestait cela. Le 3ème étage, son Gaillard d'avant, gardait toujours le cap de la réussite et des honneurs : sauver des vies et le faire savoir !

La force de Van Den Berck s'exprimait dans une vanité presque indécelable et sa personnalité extrêmement complexe impressionnait. Depuis le décès de sa famille, il n'aimait que lui. La reconnaissance de son talent par les autres voire leur vénération constituait son énergie. Lorsqu'il admirait quelqu'un, il mentait. Van Den Berck se sentait invincible, au-dessus de tous. Il n'aimait plus que lui.

*

La visite quotidienne des patients se termine. Van Den Berck traîne sa cour de chambre en chambre, tel un monarque dans les couloirs de son château. Son air altier et obséquieux trahit la jouissance de cette promenade journalière où chacun, chacune y va de son « Monsieur le Professeur », par-ci, « Monsieur le Professeur », par-là.

« Allons Bransword, rendons visite à notre blessé qui apparemment l'a échappé belle, n'est-ce-pas ? »

L'équipage d'officiers et de sous-officiers pénètre dans la chambre de la personne retrouvée agonisante au Park de Heerlijkheid.

Bransword, fier de présenter l'attraction ponctuelle de l'unité médicale, prend la parole :

« Professeur, l'état de notre patient s'est nettement amélioré durant la nuit mais nous ne connaissons pas encore son identité, hormis son prénom : Frederik. Son discours demeure confus et il n'est pas encore en mesure de relater les événements dont il a été victime. Notre patient balbutie et prétend avoir été agressé par deux vagabonds qui en voulaient à son argent et ses papiers. Mais la chronologie des faits, l'heure, le lieu sont incohérents. L'homme, en état de choc, formule des propos inaudibles.

— Ceci n'est pas vraiment notre affaire Egbert, mais plutôt celle de la police, ne croyez-vous pas ? A ce sujet, avez-vous du nouveau ?

— Nous avons reçu il y a une heure une demande, provenant du palais de justice, d'échantillon sanguin concernant notre patient. Nous devons contacter l'inspecteur Van Naamen afin qu'il envoie un agent du laboratoire scientifique de la police pour venir le récupérer.

— Très bien, collaborons efficacement avec les forces de l'ordre et réglons cela au plus vite. Notre rôle est de remettre sur pied ce malade. Le reste ne nous concerne pas. Lisbeth ?

— Oui Professeur ?

— Faites-moi ce prélèvement et apportez-le-moi à mon bureau, j'appelle l'inspecteur immédiatement ».

Le professeur consulte le dossier du patient, accroché à l'extrémité du lit, le parcourt puis se tourne vers Bransword, prestement.

« Egbert, vous avez fait un très bon travail durant mon absence, je vous félicite. Poursuivez votre travail avec ce malade, il est dans de très bonnes mains ».

Le groupe quitte la chambre du patient presque anonyme et chacun se relâche. Les visites du professeur sont studieuses et enrichissantes. L'enseignement y est permanent. Ses analyses et diagnostics pertinents rendent la promenade savante. Ceux qui participent à ce rituel ont de la chance. Ici, ils progressent et apprennent, qu'importe l'ambiance paternaliste qui y règne.

Parfois, cette posture pontifiante entraîne des moqueries sournoises que le professeur fait semblant d'ignorer, laissant supposer qu'il est bon joueur.

Van Den Berck rejoint son bureau, joliment aménagé. Les meubles en noyer et acajou évoquent l'intérieur douillet des cabines marines qui illustraient les aventures de son enfance. Sur un bureau de « pente de Galion », époque Louis XIII se dresse une splendide maquette du Fortuin, dernier navire à quitter Rotterdam lors de l'expédition de Pieter Adriaanszoon Ita en janvier 1628, menée pour contrer la suprématie portugaise et espagnole dans les Caraïbes. Dans ces ambiances rousses, les vicissitudes du temps apparaissent moins douloureuses. Elles se feutrent d'élégance et nous les encaissons, engourdis, comme si la trotteuse nous anesthésiait. C'est ici, précisément, que Van Den Berck reçoit la famille d'un malade décédé pour lui annoncer l'épilogue d'une vie. Le décorum du lieu filtre l'excès de peine et d'injustice que nous ressentons, presque tous, lors de la mort d'un proche. Cette mise en scène de Van Den Berck ne révèle aucunement son empathie, elle cache tout simplement ses propres angoisses. Il traite la mort avec respect pour éviter son châtiment ; ainsi, il a la sensation de la domestiquer, de la gérer, de la dominer, l'intégrant à un processus médical dont l'issue est binaire, sans nuance : la vie ou la mort.

*

« Inspecteur Van Naamen ?

— Lui-même !

— Bonjour, je suis le Professeur Van Den Berck d'Erasme. Je vous appelle concernant le patient dont le Procureur du Roi a réclamé un échantillon sanguin dans le cadre de votre enquête.

— Ah oui ! Bonjour Professeur, je vous remercie de m'appeler ! Comment va-t-il ?

— Nettement mieux, vous pourrez l'interroger à partir de lundi, je pense. Son propos n'en demeure pas moins, pour le moment, quelque peu confus. Nous allons lui prodiguer quelques soins ce week-end afin de le remettre rapidement sur pieds. Il a perdu beaucoup de sang à cause de blessures profondes provoquées apparemment par un ou plusieurs objets métalliques. Le docteur Bransword pense à une barre de fer ou autre objet pointu et lourd. Le gaillard est solide. Il va guérir rapidement.

— Parfait ! Pourrez-vous me rédiger un rapport sur vos constatations ?
— Oui, bien évidemment !
— Avez-eu un échange avec lui ?
— Moi personnellement, non ! Mon adjoint, oui !
— Avez-vous pu l'identifier ?
— Non pas vraiment, il se prénomme Frederik vraisemblablement.
— Et le nom de famille ?
— Nous ne le connaissons pas encore, l'homme reprend ses esprits progressivement, ce n'est plus qu'une question d'heures.
— Merci ! Pour le moment, c'est assez maigre pour avancer. Je vous envoie, dans l'heure, une navette pour récupérer l'échantillon. Tenez-moi au courant de l'amélioration de son état. Si nous pouvions l'interroger plus tôt, cela serait de bon augure. Dès que vous avez son identité, soyez aimable de m'en informer.
— Je n'y manquerai pas. Pour l'échantillon, votre agent me demande personnellement à l'accueil, cela lui fera gagner du temps.
— Entendu, je l'en informe.
— Je vous souhaite une bonne fin de journée.
— Merci, à vous également ! »

Van Den Berck raccroche et s'affaisse sur son lourd fauteuil en cuir beige. Sauve-t-il un homme qui ne le mérite pas ? Le soigne-t-il pour rendre sa vie encore plus misérable ? En principe, ses patients sont des personnes ordinaires qui traversent, un temps, un calvaire qui les rend très souvent plus humbles et plus sages. En revanche, la vie d'un criminel n'est jamais ordinaire. L'humilité et la sagesse sont des vertus qui lui demeureront inatteignables. Telle était sa conviction. Il ne croyait absolument pas à la rédemption. Pour Van Den Berck, elle n'est qu'une construction intellectuelle de celui qui espère se racheter au cas où il commettrait un péché, une sorte de joker pieux l'autorisant à franchir certaines lignes, en se pardonnant ensuite. Lorsqu'un homme tue froidement pour assouvir un besoin, la rédemption s'avère impossible. Pour certaines situations, comme celle-ci, les défenseurs des droits de l'homme sont des naïfs qui refusent de voir la nature humaine telle qu'elle est. Pour autant, c'est la première fois que Van Den Berck est confronté à ce dilemme dans son service : doit-il sauver un criminel qui n'a pas épargné sa ou ses victimes ? Il s'interroge : peut-on soigner avec dévouement une personne qui a commis les pires atrocités ?

« Professeur ?

— Oui Lisbeth ?

— Voici votre échantillon, je l'ai mis dans une sacoche appropriée au transport.

— C'est parfait, posez-le sur la chaise devant moi, j'attends un agent de la police qui vient le chercher dans quelques instants. Merci Lisbeth ! »

*

XI

Vendredi 27 novembre, Commissariat 91 Zaagmolenstraat, 14 heures.

« Grâce aux empreintes retrouvées dans la chambre, nous savons donc que la jeune fille qui y séjournait s'appelle Godelieve Elvers. Elle a été incarcérée durant 8 ans pour trafic de drogue et maltraitance vis-à-vis de ses deux enfants, placés en foyer d'accueil depuis. Elle a été libérée il y a 6 mois. Elle s'est vue retirer l'autorité parentale et n'a rien fait, à ce jour, pour essayer de revoir ses enfants. Elle n'a eu aucun contact avec eux durant son incarcération et ne leur a jamais écrit. Il faut préciser que son comportement vis-à-vis de ses enfants a été qualifié de monstrueux. La dernière adresse connue est celle de sa mère à Moordrecht. Notre objectif est de retrouver rapidement cette fille pour savoir quel rôle elle a joué le soir du meurtre d'Harald. Vu son passé, nous pouvons nous poser cette question : a-t-elle tué son patron avec le renfort d'un complice ? Probablement, mais le mobile ne saurait être la recette du bar. Si meurtre il y a, il faut que nous identifions les motivations. Quant au patron du bar, Harald, le relevé de ses empreintes confirme son identité. Les analyses ADN confirmeront, sans aucun doute, cela.

Concernant la troisième personne, nous venons de récupérer un échantillon sanguin du suspect actuellement hospitalisé à Erasme. Nous aurons les résultats au plus tard dimanche. Je vais appeler Hartmann pour l'informer de cette analyse et concorder nos enquêtes.

Floortje, tu viens avec moi nous allons rendre visite à la mère de cette Godelieve Elvers.

Willem ? Où en es-tu de ta recherche concernant les caméras dans un périmètre élargi autour du bar ?

— Rien pour le moment. Je poursuis.

— Bien, rends visite à Ute la serveuse qui a découvert le corps d'Harald, essaye d'éclaircir le problème d'écart entre la somme inscrite sur l'enveloppe et son contenu dans la caisse ; questionne-là, à nouveau, pour savoir si elle n'a pas d'autres éléments à nous communiquer. Vois également avec elle pour vérifier que le patron du Mahzen ne se livrait pas à des trafics illicites. Demande à Joep de lancer une recherche sur une personne prénommée Frederik, et qui aurait été signalée comme disparue. C'est le prénom de la personne blessée que la fluviale a pris en charge mardi matin. Je sais c'est un peu maigre mais en attendant les résultats ADN, cela nous fera éventuellement gagner du temps. On ne sait jamais, bien qu'avec un prénom aussi commun, cela ne sera pas forcément simple.

— Ok Klaas, je m'occupe de tout cela ».

*

La voiture banalisée roule à faible allure sur l'autoroute A20 qui mène à Utrecht. En début d'après-midi, la circulation est dense. Le parfum de Floortje, que Klaas ne sait qualifier, purifie l'habitacle dont l'atmosphère ressemblerait plus, sans lui, à un bureau de vieilles archives qu'à celui d'un salon confortable d'une belle limousine. Bien qu'entretenues, les voitures de la brigade emmagasinent les sueurs qui piquent le nez des odorats sensibles. Klaas n'y prête guère attention, mais Floortje, à chaque fois qu'elle grimpe dans une voiture de service, ne peut s'empêcher de sortir sa fiole magique afin de vaporiser l'habitacle et lui offrir un air frais. Personne au commissariat ne s'en plaint. La simple suggestion olfactive de Floortje est un délice et donne de la fraîcheur à ces intérieurs insignifiants et standardisés qui ne font pas rêver, tant ils sont austères.

Floortje range délicatement son flacon Dune de la Maison Dior dans la poche intérieure de son blouson en cuir bordeaux, baisse le pare-soleil, arrange ses vanilles puis posément interroge Klaas :

« Alors quelles sont tes hypothèses ?

— Bah ! compliqué ! T'en penses quoi ? Quelles sont les tiennes ? »

Floortje aime que Klaas l'interroge, cette attitude prouve la considération qu'il lui porte. Elle est hypersensible et a besoin de reconnaissance.

« Nous avons un mort et deux personnes en fuite. Quelle corrélation existe-t-il entre ces trois éléments ? Les deux fuyards sont-ils complices et sont-ils les assassins d'Harald ? Mais alors pourquoi ? Harald avait-il une relation avec la serveuse qui elle-même avait une relation avec ce fameux Frederik ? Celui-ci les surprend, tue Harald et Gwendolyn, où plutôt Godelieve, s'échappe ? Lui, blessé, est retrouvé au Park de Heerlijkheid. Harald veut-il abuser de Godelieve, Frederik les surprend et se bat avec Harald et le tue volontairement ou accidentellement ? Frederik a-t-il été blessé par Harald ? Godelieve était-elle vraiment là ? Si les deux hommes se retrouvent dans la chambre et ont une altercation et que Frederik tue Harald, pourquoi ne pas appeler la police, alors ? Trafic de stupéfiant ou autre chose ? En l'état, les éléments dont nous disposons sont ni suffisants, ni pertinents. »

Klaas quitte l'A20 et prend la direction de Moordrecht. La route devient agréable, presque bucolique. Elle longe un temps la voie ferrée, puis elle se glisse sous un tunnel de hêtres, bordée par un canal d'irrigation sur la gauche et une piste cyclable sur la droite.

« Ok Floortje ! Mais si je retiens une de tes hypothèses, se pose alors la question de la préméditation puisque nous n'avons retrouvé aucune empreinte sur le pied-de-biche. Dans le cas d'une altercation, l'agresseur n'aurait pas mis de gants, mieux il aurait récupéré le pied-de-biche. Et puis, vu que son sang se retrouve en abondance, aucune raison d'effacer ses empreintes. Ensuite, cet objet qui a servi d'arme nous amène à supposer que le tueur a plutôt pris ce qu'il avait sous la main, non ? Qu'en penses-tu ?

— Effectivement, nous n'avons pas d'empreintes sur le pied-de-biche mais beaucoup de sang du supposé agresseur ; Harald se serait-il défendu ?

— Le docteur Van Den Berck dit que les blessures de Frederik ont été causées par un objet lourd, ceci nous laisse imaginer que c'est Harald qui a frappé le premier, mais alors pourquoi n'avons-nous pas d'empreintes d'Harald sur le pied-de-biche ? Frederik s'est-il enfui avec l'objet qui l'a blessé ? A-t-il effacé les empreintes sur le pied-de-biche ? Pourquoi ? »

Après quelques kilomètres champêtres, les premières habitations de Moordrecht apparaissent. Klaas bifurque sur la droite et rejoint le quartier de Schuddebeurslaan où réside la mère de Godelieve Elvers, au 86 Oudersvrucht, précisément. L'immeuble de quatre étages a fière allure. Chaque appartement a son balcon qui déborde d'une façade en brique rouge. Les menuiseries sont blanches et la cage d'escalier est éclairée par de grandes baies vitrées qui donnent à l'ensemble un aspect monumental. Les fenêtres hautes comme des portes vitrées ajoutent un côté élégant à la façade. Cette résidence ne colle pas avec l'idée que les deux policiers se faisaient inconsciemment de la mère d'une fille ayant maltraité ses enfants et abonnée au grand banditisme.

« Nos algorithmes sont défaillants quand ils créent des préjugés » soupire Klaas, blasé par cette évidence, en claquant la portière. En ne gérant pas l'exception qui confirme la règle, ils démontrent leurs limites. Floortje acquiesce d'un léger sourire qui éclaire son visage exotique.

« Voyons, appartement 47, c'est bien ici, Madame Elvers Erna. »

Floortje actionne la sonnette et une voix claire se fait entendre dans l'interphone.

« Bonjour !

— Madame Elvers ?

— Oui !
— Je suis l'inspecteur Van Naamen de la police de Rotterdam, nous avons besoin de nous entretenir avec vous.
— C'est au sujet de ma fille ?
— Oui !
— Je vous ouvre, montez, 2ème étage à gauche. »

Madame Elvers actionne l'ouverture de la porte et les deux fonctionnaires rejoignent l'appartement de la mère de Godelieve par l'escalier de service. La femme les attend sur le palier.

« Entrez ! »

Elle est belle, le visage franc. Chez certaines personnes le vieillissement n'est pas forcément signe de relâchement de l'épiderme qui entraîne des plis disgracieux. Madame Elvers a une jolie peau tendue, rose, qui met en valeur les traits fins de son visage. Les lèvres équilibrées et parfaites suggèrent une sensualité pudique ; ses yeux gris expriment un apaisement profond et ses gestes gracieux, presque bibliques, freinent le temps. Sa voix d'une douceur infinie brise toute agressivité. Son charme charismatique perturbe Klaas qui s'assied quasiment au ralenti.

Habituée aux péripéties de sa fille et aux visites fréquentes de la police, et sans même attendre la moindre question, la femme prend la parole.

« Je ne connais pas les faits que l'on reproche encore à ma fille mais comme je l'ai plusieurs fois expliqué à vos collègues, je ne sais pas où elle est. Lorsque j'ai des nouvelles d'elle, c'est par vos services. Depuis son incarcération, nous ne nous sommes plus parlé ni écrit. Elle n'a jamais cherché à établir le moindre contact avec ses enfants que j'accueille régulièrement ici. Ils ont d'ailleurs une chambre, voulez-vous la voir ?

— Oui si vous voulez ! »

Tout en les accompagnant vers la chambre elle poursuit :

« Godelieve était notre enfant unique. À 10 ans, elle a eu une encéphalite grave, et ensuite, mon mari et moi en avons perdu le contrôle. À l'adolescence elle est devenue violente et avait de très mauvaises fréquentations. A 14 ans, elle a été sujette à des crises d'épilepsie. Les médecins nous ont annoncé qu'elle souffrait désormais d'importantes lésions cérébrales permanentes, « acquises » comme ils disent dans leur jargon. Les choses sont allées de mal en pis.

Certains de ses amis sont même venus nous agresser pour nous soutirer de l'argent. Nous avions peur et nous n'avons pas porté plainte à l'époque. Puis un jour son compagnon qui est le père de ses enfants a agressé très violemment mon mari qui a été hospitalisé. Quand il est sorti de l'hôpital, mon mari a été en arrêt de travail durant un an. Le conjoint de ma fille a été condamné à plusieurs années de prison pour ces faits et bien d'autres : drogue, vols à main armée, usurpation d'identité, utilisation frauduleuse de cartes bancaires. Godelieve nous a tenu responsables de cette incarcération et a coupé définitivement les ponts avec nous. Elle a poursuivi sa lente dérive et a été condamnée, à son tour, à 8 ans d'emprisonnement, notamment pour avoir torturé ses propres enfants. C'est à cette époque que nous avons déménagé ici à Schuddebeurslann. Nous pensions qu'en changeant d'environnement nous pourrions changer un peu de vie et fuir les regards malveillants de nos voisins.

Mais notre douleur était abyssale ; mon mari s'est suicidé, il y a trois ans.

— Nous sommes sincèrement désolés, souffle Floortje.

— Ne le soyez pas, cela l'a libéré ! »

La chambre bien rangée et garnie de jouets attend l'arrivée des enfants.

« Vos petits-enfants viennent souvent ?

— Oui tous les quinze jours et pour les vacances ; nous avons pu obtenir un droit de visite. Sinon ils sont dans une excellente famille d'accueil. L'aînée a 12 ans et la cadette 10 ans. Elles ne se souviennent que très peu de leur mère. Nous en parlons tous à l'imparfait. Je voulais les accueillir à demeure mais le service de l'enfance a jugé que nous ne remplissions pas les conditions matérielles et affectives. Avec le temps, je me raisonne et me persuade qu'il n'avait pas tort. Vraiment, je ne peux rien vous révéler de plus, je ne sais ce qu'elle ne fait ni où elle est. Et je ne veux plus le savoir. Vous savez, je me suis longtemps culpabilisée en pensant que nous étions responsables de sa violence et de son mal-être. Et puis un jour, vous acceptez que certaines trajectoires ne vous concernent pas, qu'elles vous sont étrangères et même si c'est votre fille il en va de votre salut. Après la mort de mon mari, Dieu m'a ouvert son royaume et j'ai compris comme Augustin le dit sans équivoque à Evodius qui lui pose la question : « Dieu n'est-il pas l'auteur du mal ?», « Dieu a conféré à sa créature, avec le libre arbitre, la capacité de mal agir, et par-là même, la responsabilité du péché ». Ma fille est une pécheresse abominable et je ne lui accorderai mon pardon que lorsqu'elle me le demandera ».

Le visage se durcit. On y voit la fermeté des gens d'église qui ne dérogent à aucun de leur principe lorsqu'une brebis s'égare. Seules les brebis qui reviennent dans le troupeau seront soignées, celles qui s'en échappent ne seront pas secourues mais bannies.

Le discours glaçant de la mère paralyse Klaas qui se retrouve à court de questions. Floortje prend naturellement le relais. Bien que brillant, elle sait que Klaas est souvent perturbé par son affect et son empathie.

« Nous comprenons, Madame, votre douleur et toutes les épreuves que vous avez subies, mais nous devons retrouver votre fille, peut-être que cette fois-ci c'est elle qui est en danger.

— Je suis désolée, non pas de l'aider, mais de ne pas vous aider, je n'ai aucun contact avec elle, ou élément, utile pour votre enquête. »

Son visage s'est adouci et sa beauté illumine à nouveau le salon.

Après avoir dispensé les formules d'usage et laissé leurs coordonnées, Klaas et Floortje quittent les lieux. Leur enquête est toujours au point mort.

*

La pluie ruisselle sur le pare-brise de l'automobile provoquant par intermittence les essuie-glaces. Klaas et Floortje sont dubitatifs.

Tous les deux repensent à cette visite dans la triste réalité sociale, ce narthex de la criminalité qui, soit atténuera la peine du pénitent dès lors qu'elle exprimera une condition sociale, matérielle ou médicale à laquelle il n'a pu échapper soit l'aggravera si son statut social ou sa pleine conscience de l'infraction l'empêche de la commettre. Les circonstances aggravantes légales, objectives rendront la sentence plus lourde et celles, atténuantes, moins légales, plus subjectives la diminueront.

Dans certains États de droit les circonstances aggravantes seront atténuantes et réciproquement, les circonstances atténuantes, aggravantes. Que dire alors des régimes totalitaires dont les circonstances deviennent le mobile, en fonction des humeurs du tyran ?

Le droit, et notamment la jurisprudence, ne sont qu'une fumiste interprétation. Si nul n'est censé ignorer la loi, la majorité d'entre nous ignore les pirouettes juridiques de la jurisprudence. Seuls ceux qui écrivent le droit, dans leur unique intérêt, sont en capacité de le comprendre. A l'Est de l'Eden, rien de bien nouveau, et notre ami Jean se délecte encore de son adage : « Selon que vous serez puissant ou misérable, les jugements de cour vous rendront blanc ou noir. »

A ce propos, Klaas avait été choqué par la condamnation d'un chanteur célèbre dont les simples regrets d'avoir tué sa compagne passionnément avaient suffi à atténuer sa peine mais certainement pas celle de la famille de la défunte. Peut-on vraiment tuer par passion ? « *Le vent l'emportera-t-elle, avec son parfum des années mortes* » ? Lorsque nous rêvons d'un amour qui se termine en passion, ce n'est certainement pas de cette manière que nous l'envisageons. « *A sa mitraille* », nous préférons de loin « *sa caresse* » qui elle, ne nous tue pas. L'encéphalite de notre fuyarde avait-elle atténué sa condamnation, la torture de ses propres enfants l'avait-elle au contraire aggravée ?

Juger est un exercice d'équilibre, si bien représenté par la déesse Thémis, qui consiste à harmoniser les relations des masses dans le cadre défini par l'élite. A la faculté, le droit objectif émerveillait Klaas. Sa construction, son évolution, les différentes doctrines le captivaient. Il encensait l'État de droit. Mais sur le terrain de la réalité et non plus sur celui des étagères de la bibliothèque universitaire, il se rendit compte, très rapidement, que le droit n'est que la forme qui déforme le fond. Alors, aujourd'hui, son combat de justicier se traduit par une volonté de constituer des dossiers objectifs afin que le délinquant soit condamné à une peine juste, ou du moins qui lui semble juste.

Quand Klaas perd la foi en son idéal, il juge l'activité juridique comme une activité commerciale à part entière avec des clients et des fournisseurs, le criminel n'étant en fin de compte que le produit de ce commerce. Son packaging dépend tout simplement de ceux qui le vendent et le représentent et sa consommation de ceux qui l'achètent. Qu'importe la peine, l'important est que le produit soit intéressant et motive toutes les parties prenantes, sinon c'est l'oubli et la punition expéditive. Plus le criminel s'avérera exceptionnel, et plus le monde judiciaire sera en ébullition, faisant sortir les rats des prétoires vers la scène médiatique. Pourrait-on imaginer, pensait Klaas, qu'un avocat n'étant pas parvenu à sauver son client d'une perpétuité le remercie en fin de procès, en lui disant : « merci pour votre contribution à ma notoriété ! » Pourquoi pensez-vous donc que les avocats offrent gratuitement leurs services au plus grand des criminels ? Au nom de la justice et du droit ? Le cauchemar de ce commerce est l'utopie d'un monde idéal.

La voiture file à vive allure. Dans l'habitacle sombre, les deux policiers ne sont que des ombres. Chacun d'eux sait, au-delà de l'enquête, ce que pense l'autre.

Klaas défend les thèses du déterminisme contrairement à sa collègue qui ne jure que par le libre arbitre car sa pratique religieuse nourrit ce concept.

Pour Klaas, comme l'écrit un de ses auteurs préférés, Georges Simenon, le libre arbitre est un mirage et il ne pourrait avoir de sens qu'à la condition que nous soyons en capacité de maîtriser notre subconscient.

Pour Floortje, son approche est diamétralement opposée : le libre arbitre est la pleine conscience de ce que nous sommes et nous oblige à assumer nos actes quel que soit le chemin qui nous a amené à cette conscience. Pour elle le déterminisme n'est qu'un prétexte pour ne pas assumer ses actes, alors que pour lui, le libre arbitre est un trompe-l'œil qui désigne un coupable sans remettre en cause les processus qui créent ce coupable.

Pour Klaas, nul criminel ne naît assassin ou ne rêve de le devenir, c'est son parcours qui le rend criminel, tandis que pour Floortje, même si le subconscient a un rôle déterminant, la justice ne peut s'exercer que sur des actes conscients et le libre arbitre donne un sens au jugement et à sa sentence, dès lors que le coupable reconnaît avoir conscience de son crime. Il s'agit d'appréhender les conséquences d'une réalité, et non d'une fiction, celle des interactions sociales, de contraindre les assassins à accepter leurs actes et d'assumer en toute conscience la punition. La justice n'a pas cette vocation de dédouaner les meurtriers, sa mission consiste à fixer des limites pour régenter un ordre exemplaire afin d'éviter que le monde ne soit une jungle où seule la raison du plus fort l'emporterait.

Klaas pense, au contraire, que si nous reconnaissons que nous ne sommes que spectateurs de nous-mêmes, alors, c'est tout l'ordre juridique qui s'effondre. Ce paradigme nous obligerait à renforcer l'ordre social et culturel pour prévenir cette possibilité que nous sommes potentiellement, tous, des meurtriers et qu'en fonction de notre parcours nous pouvons, un jour où l'autre, déraper.

Floortje lui rétorque que, dès que nous prenons conscience de cela, nous pouvons librement nous donner toutes les chances pour que nos enfants aient le meilleur environnement, offrant ainsi à leur conscience la possibilité de s'imposer à leur subconscient. En agissant de l'extérieur vers l'intérieur, nous modifions notre nature propre et c'est en cela que le libre arbitre s'impose. Le subconscient ne serait que les archives de notre conscience et il nous appartient de les gérer. Souvent pour avoir le dernier mot, Klaas concluait la conversation par cette métaphore : une rose peut-elle éclore dans une cave ? Mais un jour, Floortje lui répondit : la rose non ! mais les champignons oui ! tout dépend de ta perception et de la valeur que tu donnes aux choses. Elle était coriace, Klaas adorait.

Ils avaient eu cent fois cette discussion et l'entretien avec la mère de Godelieve ne faisait que confirmer leurs divergences. Ils se parlent en silence, il n'est guère temps de s'opposer et de se tirailler.

Ils se reconcentrent et replongent dans leur enquête, cela devient nécessaire. Klaas entend déjà la voix du commissaire lui demandant de passer à son bureau.

Durant ce temps, la pluie poursuit son interminable besogne en arrosant Manhattan sur la Meuse. Erasmusbrug apparaît brillant de mille feux se reflétant, flous, sur le pare-brise de la voiture. Dans quelques instants les deux policiers franchiront, avec un émerveillement sans faille, le magnifique ouvrage dessiné par les talentueux Ben van Berkel et Caroline Bos.

*

XII

Vendredi 27 novembre, Terschelling, 18 heures.

Le soleil frôle déjà les toits de Terschelling lorsque Katelijn accoude sa bicyclette à la clôture de la maison des Elvers.

Katelijn venait souvent rendre visite aux parents de Gwendolyn durant l'absence de leur fille adorée. Elle entretient avec eux une relation constante et confidentielle. Katelijn pourrait être considérée comme leur seconde fille. Sa présence supplétive, durant quatre ans, a soulagé la mélancolie profonde qui rongeait Hella et Claus Elvers. Tous les trois sont unis par l'affection qu'ils se portent.

« Goedenavond, Madame Elvers !
— Goedenavond Katelijn, je suis heureuse de te voir.
— Moi aussi Madame Elvers. Comment allez-vous ?
— Depuis le retour de Gwendo, beaucoup mieux, tu imagines ? Toi aussi, tu dois être heureuse d'avoir retrouvé ta sœur de cœur ?
— Oh que oui, si vous saviez ! Est-elle là ?
— Oui, elle est là ! Que c'est si bon de te le dire. Entre, elle se repose dans sa chambre ; elle est si fatiguée. »

La mère, radieuse et apaisée, tourne la tête dirigeant sa voix vers l'étage, comme jadis :

« Gwendolyn ? Kalelijn vient d'arriver. »

Une voix guillerette fuse de l'étage :

« J'arrive Mam !

— Dis-moi Katelijn, t'a-t-elle parlé ?
— Oui, elle m'a tout raconté.
— Nous sommes tellement soulagés qu'elle soit revenue. Nous devons la soutenir et l'accompagner pour qu'elle reprenne une vie... »

Hella n'a pas le temps de poursuivre. Comme prise en flagrant délit de confidences, elle baisse la tête comme une bête de somme, s'essuie les mains dans son sempiternel torchon qui ne la quitte guère, et s'éclipse discrètement vers son ouvrage culinaire.

Face à la scène, Gwendolyn sourit et descend l'escalier. Elle sait qu'elle n'a rien à craindre de sa mère et elle devine la conversation qu'elle a eue avec son amie.

« Viens Kate, grimpons dans ma chambre cela nous rappellera nos soirées secrètes lorsque nous parlions jusqu'au petit matin. »

Durant quatre ans, la chambre de Gwendolyn était devenue un sanctuaire protégé des différentes ingérences du temps et d'un certain nombre d'usages, comme son entretien. Quand Gwendolyn la quitta, la pièce se figea.

Chaque dimanche de la semaine, alors que ses parents fréquentaient encore la paroisse, sa mère y déposait dans un vase en cristal, signé par Kjell Engman, des fleurs de saisons. Pour la chambre, ces fleurs s'affichaient comme l'unique distraction de la semaine. Ensuite, le bouquet demeurait seul et fanait sans visite en se contentant de son unique ration hebdomadaire d'eau. Quand elle procédait à la relève, quasi mortuaire, madame Elvers s'asseyait quelques instants devant le bureau de sa fille, dont l'horizon s'ouvre sur la fenêtre, et elle l'imaginait studieuse, piochant dans la rue déserte l'espoir d'une animation.

Dès que l'émotion intense étranglait sa gorge, elle se levait, quittait la chambre, qu'elle fermait à double tour, en laissant la clé sur la porte. Elle voulait surtout éviter un courant d'air qui l'aurait plongée dans quelques souvenirs poignants, les jours où sa petite fille gambadait allégrement entre l'étage et la cuisine ; le temps de l'insouciance heureuse que nous consommons frénétiquement sans nous en rendre compte et qui alimente notre profond chagrin de parents. La porte scellée pour sept jours, elle redescendait, séchait délicatement ses larmes, reprenait son torchon et invitait son mari à passer à table. Lui, ne disait rien, il connaissait le rituel mais ne l'évoquait pas, c'était celui de son épouse, il respectait cette intimité anxiolytique.

Les deux amies s'allongent sur le lit puis s'adossent au mur pour mieux échanger.

« Alors Kate, as-tu trouvé quelque chose ?

— Pas grand-chose, juste un article, mercredi, dans le Algemeen Dagblad. Le journal parle brièvement de l'agression du gérant du bar du Mahzen et évoque la présence éventuelle de deux personnes en fuite qui sont désormais recherchées par la police. Aucun nom n'est évoqué. L'article est laconique. Rien trouvé d'autre, désolée Gwendo.

— Tu es certaine Kate, rien d'autre ?

— Oui, certaine !

— Te rends-tu compte de ce que cela veut dire ?

— Non, pas vraiment !
— Quand j'ai quitté la chambre il y avait deux corps, celui d'Harald qui s'est suicidé et celui de l'homme qu'Harald a agressé quand il essayait de me violer. Il l'a frappé plusieurs fois avec un pied-de-biche puis cet homme s'est avachi sur moi. Son sang coulait sur ma poitrine, j'en ai encore des frissons nauséeux. Pour me dégager, je l'ai écarté et il est tombé à côté du lit. Je pensais qu'il était mort, il n'était qu'inconscient, alors ! O mijn God ! »

Katelijn, stupéfaite, prend la main de son amie dont les ongles sont rongés.

« Oui, en effet ! Écoute-moi Gwendo : il faut que tu ailles à la police leur raconter ta version, il le faut.
— Non Kate, ne me demande pas cela, je ne veux pas retourner dans cet engrenage ; le plus tard sera le mieux. Je veux profiter de cette liberté retrouvée. Il sera toujours temps quand la police viendra me chercher, ce qui ne devrait pas tarder car, à mon avis, ils m'ont certainement identifiée avec mon ADN.
— Mais Gwendo, cela veut dire que tu pourrais être en danger. Cet homme sait que tu peux l'identifier. La police te protégera.
— Non Kate, je t'en prie n'insiste pas, je vais profiter de toi, de mes parents, et quand ils viendront me chercher, je leur raconterai peut-être la vérité. »

Son regard est vague, ailleurs. Se construit-elle une parade pour échapper à cette réalité qui la rattrapera indubitablement ?

« Tu sais Kate, rien ne prouve que j'étais dans cette chambre ce soir-là. À part cet homme, qui m'a vue ?

— Mais Gwendolyn, si tu n'étais pas dans ta chambre, où étais-tu ? Il te faudra un alibi, tu n'es pas sérieuse ?

— Oui je sais, il faut que j'y réfléchisse. Je ne veux pas retourner en prison. »

Le regard de Gwendolyn devient avide, effrayant. Il traduit une grande détresse traumatique. Alors son amie, prévenante, la réconforte :

« Veux-tu venir manger à la maison demain à midi ? »

Elle lui répond enthousiaste, son visage sortant de sa torpeur :

« Oui avec grand plaisir. Pour le reste, bouche cousue de tout cela avec qui que ce soit et même ton mari ; d'accord Kate ? »

Elles se regardent. Leurs deux avant-bras se collent verticalement, leurs mains s'entrelacent et elles se regardent franchement et d'une seule voix s'esclaffent « bouche cousue = promesse tenue ! »

Combien de fois avaient-elles passé ce pacte qui les liait secrètement ? Elles ne s'en souviennent guère mais ce geste d'amitié est leur signe de ralliement qu'elles se sont inventées enfants, lorsque naissent les premiers secrets auxquels on donne.... une importance essentielle. Ce qui est certain, c'est que ni l'une ni l'autre n'en avait trahi aucun.

Même le jour où Kate s'était enfuie de sa maison pour se cacher, suite à une dispute avec son père, et que les habitants de l'île s'étaient rassemblés pour la retrouver. Son poney blessé devait être anesthésié et son père le lui avait annoncé. Elle le rendait responsable en le soupçonnant à tort, de ne pas avoir fermé correctement l'enclos. Percuté par une voiture, l'animal avait les jambes arrières fracturées et le vétérinaire ne pouvait le sauver. Alors elle a voulu fuir ce monde et sa méchanceté pour soigner son chagrin et elle s'était cachée, là-haut, dans le clocher de l'église, avec une poupée et quelques friandises. Malgré l'insistance des adultes, qui la questionnaient assidûment, Gwendolyn n'avait rien avoué, jusqu'à mettre en danger la vie de son amie. Kate avait été retrouvée, juste à temps, déshydratée, par l'agent de maintenance de l'horloge qui procédait à la visite annuelle d'entretien de son mécanisme.

Kate quitte la maison, l'encre nocturne enveloppe la piste cyclable. Le vent glace l'air du large qui s'engouffre dans le couloir de la maison ouverte et lumineuse. Elles s'embrassent affectueusement. La porte se referme, privant la nuit de lumière, ce qui ne perturbe pas le jaseur boréal qui chante impassiblement.

Gwendolyn se sert une tasse de thé à la bergamote, et rejoint la baie du salon. La lumière extérieure éclaire le jardin. Son père répare la porte du cabanon en bois qui sert de remise aux outils d'extérieur. Ses gestes sont lents, laborieux. Elle devine les douleurs dorsales qui lui empoisonnent l'existence depuis trop longtemps. Sa silhouette qui se meut dans la presque pénombre et disparaît parfois derrière la cabane lui évoque le temps furtif et énigmatique qui un jour l'emportera sans sommation. En regardant ce jeu d'ombres chinoises, elle sait qu'elle doit profiter de sa présence et ne jamais oublier qu'il a illuminé son existence. A la méfiance des jours de louanges, ceux où l'on adule le défunt, Gwendolyn préfère depuis son retour les jours du présent, qui eux ne mentent pas. Elle suit avec attachement les gestes ralentis de son père, et ses va-et-vient lui évoquent une procession funèbre dans l'obscurité, qu'elle réfute, luttant énergiquement contre la noirceur de son subconscient. Son père ressent son regard, il se retourne. Le soleil de son sourire met fin à ces pensées macabres et son expression joviale la soulage immédiatement.

Elle porte à ses lèvres la tasse chaude et sirote, goulue, le thé parfumé. Que doit-elle faire ? La seule certitude qu'elle a est son obligation de se présenter dans un commissariat chaque mois pour valider sa libération anticipée et conditionnelle. Elle sait qu'elle ne le fera pas à Terschelling pour ne pas mettre l'île en émoi. Peut-être retournera-t-elle à Rotterdam, si de bonheur personne ne venait l'appréhender au domicile de ses parents. Lorsque nous sommes devant une échéance coercitive, nous espérons toujours un miracle. Pourquoi n'en bénéficierais-je pas, s'interroge-t-elle ? J'ai aussi le droit à ma part de chance.

Elle pose sa tasse dans l'évier, embrasse sa mère qui lui demande si tout va bien. Elle la rassure par une accolade affectueuse puis, nonchalamment, elle se dirige vers la salle de bain.

Elle pose délicatement ses affaires sur un tabouret en bambou, actionne le mitigeur de la douche puis se glisse sous le jet brûlant. Le visage en arrière, elle laisse la cascade chaude et relaxante l'emporter vers des rivages où l'on passe ses journées à traînasser et à rêver. Depuis quatre ans son désir contenu lui rappelle qu'elle est une femme et il aimerait qu'elle s'en souvienne.

*

XIII

Vendredi 27 novembre, café de Toekomst, tard...

Franchir le pont éclairé Erasmus est toujours un spectacle. Une harpiste est venue poser son instrument sur la nouvelle Meuse et le chant de ses notes enveloppe les rives des mélancolies qu'elle transporte. Le visage collé à la vitre, les yeux sautillant dans les cordes, Klaas profite des mélodies qu'il s'invente en traversant l'ouvrage phénoménal. Les buildings lumineux qui se reflètent sur le rivage transcendent la mise en scène du pont à haubans sur le fleuve dont le point d'orgue est son basculement, les soirs de nuits claires, pour laisser filer un magnifique trois-mâts, rappelant aux Néerlandais qu'ils sont avant tout un peuple maritime. Chaque jour, ils doivent vivre avec la mer avec qui ils partagent les moindres caprices.

Le pont passé, le trafic de la cité vous replonge immédiatement dans votre réalité, celle ou Willem attend ses deux collègues pour faire un point sur l'enquête.

Entre temps, Klaas a appelé Hartmann et ils ont convenu de poster un policier devant la chambre du suspect dès samedi matin, lorsqu'il ne sera plus sous sédatif et en attendant les résultats du labo le concernant.

C'est la fin de journée, les trois policiers aiment se retrouver au café de Toekomst sans que l'ambiance conviviale nuise à la qualité de leur travail. Bien au contraire, devant un verre, l'émulation qui s'y développe agit comme un brainstorming. C'est bien souvent ici qu'ils trouvent la solution. Willem rend compte de ses investigations.

« J'ai donc rencontré Ute comme convenu. Elle reconnaît, avec beaucoup d'hésitation, Godelieve sur la photo que je lui ai présentée. Il est vrai que la photo n'est pas significative, c'est celle de son dossier prise lors de son arrestation et sur cette photo Godelieve a le crâne rasé et le visage tuméfié. Concernant un éventuel trafic illicite au Mahzen, elle affirme qu'Harald ne se livrait à aucun trafic, ou alors elle l'ignorait. La seule entorse qu'elle lui reconnaît, c'est l'embauche de serveuses qu'il ne déclarait pas ; comme Godelieve. D'ailleurs elle ignorait que Godelieve était son vrai prénom et qu'elle avait été incarcérée. Après, elle admet qu'elle était rarement de service la nuit et qu'il lui est difficile de savoir qui fréquentait le bar, durant ces soirées. Pour l'écart de caisse, elle ne sait pas. Les recettes journalières étaient répertoriées chaque jour dans une enveloppe, qu'Harald déposait le lendemain à la banque. Le reçu bancaire était remis au comptable avec le ticket récapitulatif de la caisse enregistreuse. Le fond de caisse était toujours le même. Harald manipulait, à son sens, peu de liquide, hors comptabilité, juste pour payer les filles non déclarées.

Joep a fait des recherches concernant une disparition éventuelle d'un Frederik mais pour le moment ces investigations demeurent vaines. Et pour les caméras, toujours rien d'exploitable.

— Merci Willem. De notre côté, nous avons rencontré la mère de Godelieve. Aucune piste, elles ne se parlent plus depuis l'incarcération de sa fille. Floortje, tu vas lancer un avis de recherche au niveau national pour que nous puissions la localiser. Godelieve est, j'en suis certain, un élément clé. Elle seule sait vraiment ce qui s'est passé dans cette chambre. Demain, nous aurons les résultats du labo, cela sera certainement décisif. Je sais que vous n'êtes pas de service ce week-end, je vous appellerai si j'ai des informations déterminantes. »

Le débriefing se termine concluant la journée. La tournée qui suit laisse place à la convivialité, celle où ils oublient leur statut pour être quelques instants eux-mêmes. Ce sont ces échanges qui consolident une équipe et créent des liens sociaux et amicaux, sans eux, la grande famille policière ne saurait prendre corps.

*

XIV

Samedi 28 novembre, Hôpital Erasme, 5 heures.

L'immense paquebot, amarré pour l'éternité, aux quais brumeux de la Nouvelle Meuse s'étire avant les premiers rayons du soleil. Les étages du navire s'illuminent successivement et éclairent progressivement le complexe hospitalier qui se réveille de son voyage au pays des incertitudes. Le personnel navigant s'affaire énergiquement, face à la besogne. Dans moins d'une heure, il circulera de cabine en cabine pour s'assurer que chaque voyageur a survécu à son excursion nocturne. La valse des médicaments rythmera alors les yeux scintillants de celles, de ceux qui auront survécu à ce voyage qui ne s'accomplit que très rarement en un seul trajet. Paradoxalement, c'est à bord de ces vaisseaux de croisières glaçants que notre sommeil est le moins reposant et qui plus est, c'est le restaurant où nous nous nourrissons le plus mal.

Au 3ème étage, la nuit n'a rien révélé, aucun secret, aucune tourmente, aucune tempête, le vent n'a guère soufflé, le navire n'a pas tangué, ou si peu.

Le grand couloir s'illumine. Jane et Christyntje engagent leur service et poussent leur chariot avec détermination. Elles vont, tour à tour, servir le petit déjeuner et s'assurer que tous les voyageurs sont encore présents et vivants pour poursuivre leur croisière.

Il est 6 heures, elles pénètrent dans la chambre de Frederik. Le lit est déserté. Christyntje pousse la porte des toilettes entrouverte, puis celle de la salle de bain, mais elle n'y trouve aucune âme qui vive. Calmement, les deux employées informent l'infirmière qui est en train de préparer son chariot de soins. Ensemble, elles s'agitent fouillant le long couloir, la salle de détente, le couloir de service... Après 10 minutes de recherche, le constat s'avère implacable, le patient de la chambre 301 s'est éclipsé avec toutes ses affaires. La sécurité de l'hôpital, informée, prend le relais et tente en vain de retrouver le malade évaporé. A 6h30, Frederik est porté disparu.

*

Hendrik Ten Berge a la corpulence d'un acteur de film d'aventures, ceux capables avec un simple revolver de venir à bout d'une équipe de professionnels assurant la garde du parrain dont tous les spectateurs espèrent l'expiation. A cela s'ajoute une sagesse charismatique dont manquent cruellement certains amuseurs du 7ème art, dont particulièrement un certain Willis. Hendrik ne correspond guère à ces commissaires décrits dans les nombreuses séries télévisées qui abreuvent nos écrans et qui apparaissent, impatients, colériques et toujours animés par la crainte d'une sanction venant d'un préfet ou ministre fantomatiques qui n'apprécieraient guère que l'enquête demeure au point mort.

Hendrik connaît le terrain et ses aléas. Il ne sermonne pas. Cartésien, méthodique, il analyse les faits et recherche assidûment les dysfonctionnements qui ont grippé le bon déroulement d'une enquête. Comme il aime le répéter, « à l'impossible, nul n'est tenu, mais au possible nous y sommes tous tenus ! »

D'un ton posé et avenant, le commissaire questionne l'inspecteur sans présager de la réponse :

« Alors Klaas, que s'est-il passé ? Pourquoi votre suspect n'a-t-il pas été surveillé ? »

« Lorsque nous nous justifions, ne commençons-nous pas à avoir tort ? » Klaas se souvenait de cette phrase formulée par un de ses mentors qui ajoutait : « Un jour où l'autre, vous serez contraints de répondre de vos actes devant votre hiérarchie. Ce jour-là, si vous ne souhaitez pas vous retrouver dans la peau du petit garçon que l'on va punir parce qu'il a fait une bêtise, il conviendra toujours en amont de réfléchir avant d'agir : toutes vos actions devront être justifiées. Il vous faudra donc mesurer en même temps que vous agissez les motivations de vos interventions pour les expliquer. Dès lors que vous serez incapables de les légitimer, alors vous serez hors-la-loi et vous vous mettrez administrativement et pénalement en danger. Et même dans l'action, il vous faudra poursuivre votre réflexion : en agissant ainsi, vous serez en capacité de défendre votre méthode et vos décisions. Agir instinctivement c'est courir le risque de commettre une erreur ! »

En rejoignant le bureau du commissaire qui l'avait convoqué, Klaas n'appréhendait pas cette rencontre avec le haut fonctionnaire, il avait bien retenu la leçon de son éducateur et sa réponse fut limpide.

« Lorsque nous nous sommes rendus à l'hôpital, vendredi, pour interroger le suspect, ce dernier était en soins intensifs. Le professeur Van Den Berck, responsable du service, m'a informé que nous ne pourrions le rencontrer qu'à compter de lundi. Pour le moment les investigations concernant cette personne sont diligentées par Hartmann de la fluviale avec qui je suis en contact. Aucun élément probant ne valide le fait que cet homme se trouvait au bar du Mahzen dans la nuit de lundi, bien que cela semble crédible à la suite de nos premières constatations. Avec Hartmann, nous avions convenu d'une surveillance dès ce matin 8 heures, rien ne nous laissait objectivement penser que l'homme se réveillerait et s'enfuirait. J'ai été prévenu à 7h que l'homme avait quitté sa chambre, emportant avec lui ses effets vestimentaires. Je me suis rendu sur les lieux pour dresser le procès-verbal. L'homme a emprunté l'ascenseur technique, réservé au personnel de l'hôpital, pour s'échapper. Cet itinéraire ne fait l'objet d'aucune surveillance vidéo. Nous supposons que Frederik, que nous désignons pour l'instant par son prénom puisque nous ne connaissons pas son nom, connaissait le fonctionnement de l'hôpital et le trajet pour ne pas être repéré. Il est également envisageable qu'il ait été aidé dans sa cavale par un complice qui avait une parfaite connaissance des lieux. Willem et moi avons visionné les images des caméras de surveillance qui enregistrent les sorties des véhicules, mais hormis des véhicules techniques ou ambulances, nous n'avons identifié aucun véhicule suspect. Nous attendons les résultats d'une analyse ADN de cet individu afin de vérifier si ses empreintes génétiques correspondent à celles retrouvées au bar du Mahzen.

Willem est toujours à l'hôpital, il poursuit les investigations. »

Le commissaire écoute attentivement et ne dramatise pas la situation.

— « Bien, Klaas, poursuivez votre enquête et informez-moi dès que vous aurez les résultats du test ADN ! Vous avez ma confiance. »

Klaas se lève, jette un furtif regard vers un coin de ciel bleu qui laisse entrevoir un soleil paresseux. Ses faibles rayons illuminent ce grand bureau acajou où s'amoncellent des dossiers qui prennent plaisir à traînasser. Puis il se dirige vers la double porte en bois foncé.

Juste avant de quitter la grande pièce cossue, d'un air presque malicieux, Hendrik prodigue à Klaas un conseil précieux :

« Klaas ?

— Oui !

— Ayez toujours un temps d'avance sur l'inimaginable, il vous évitera de vous justifier. Dès que vous pensez qu'une personne est suspecte, et à défaut du contraire, ne la lâchez jamais d'une semelle, surveillez-la, et ce, dès votre première intuition ! »

Le conseil sonne alors comme une admonestation ou un rappel à l'ordre. Klaas quitte le bureau, certes décontenancé mais certainement plus combattif que jamais. Le commissaire n'avait pas tort. Le jeune inspecteur avait été tout de même défaillant. La fuite de Frederik aurait pu être anticipée. Elle appartenait au domaine du possible et à cela, Klaas était tenu.

*

Samedi 28 novembre, café de Toekomst, 17 heures.

Certaines journées de nos existences comptent davantage que d'autres. Elles sont plus denses et plus accomplies. Elles commencent tôt et se terminent tard. Nous les pressentons mais nous sommes impuissants face à leur déroulement et dénouement. Lorsque celles-ci sont trop intenses, nous devrions lâcher prise et attendre que la tourmente se calme, car « quoi qu'il arrive, demain arrivera ! » La grand-mère paternelle de Klaas répétait souvent cette phrase lorsqu'elle se retrouvait face à un problème qu'elle n'arrivait pas à résoudre.

Durant ces vacances passées chez ses grands-parents agriculteurs, Klaas goûtait à la philosophie de cette femme qui la distillait comme une eau-de-vie, la dispensant à ceux qui avaient l'oreille attentive. Klaas était son disciple ; avec elle, il apprenait les vicissitudes de la vie et de ses contraintes, quand les choses s'acharnent sans raison et qu'elles vous contraignent à courber l'échine.

Un week-end d'août, successivement, il avait assisté à l'incendie d'une grange, un accident de tracteur, le décès de deux vaches qui vêlaient et l'inondation d'une partie de la maison. Alors, lors du dernier événement, sa grand-mère avait posé son seau après avoir épongé la partie submergée et avait prononcé ce dicton arabe : « Il est urgent d'attendre ! » puis elle avait poursuivi : « Allons-nous coucher avant que le ciel ne nous tombe sur la tête, demain tout rentrera dans l'ordre, et alors, nous aviserons. Sortir du jeu, c'est empêcher ce dernier de se dérouler. »

Comme par enchantement, le lendemain, ainsi que les semaines suivantes, furent extrêmement calmes ; à défaut d'acteurs, le diable avait quitté les lieux, plus personne ne lui opposait de résistance. En s'extrayant des choses, nous les sevrons et elles ne peuvent nous imposer leur diktat pensait-elle. Elles se fanent, faute d'être alimentées. Son aïeule était mystique, Klaas l'aimait.

En cette fin de journée, plusieurs informations substantielles venaient de parvenir à l'inspecteur et leur enchaînement obligeait à la patience d'un autre oxymore : « hâte-toi lentement ! »

Cette journée d'été lui revient comme un avertissement et, au lieu d'appeler le commissaire et ses collaborateurs, Klaas prend le temps d'aller siroter une mousse au café de Toekomst. S'isolant dans un coin de la brasserie, il réfléchit calmement.

L'ADN de Frederik est bien celui relevé au bar du Mahzen. Il correspond à celui d'un meurtrier agissant depuis plus de 10 ans, ayant à son actif 13 viols et assassinats. 8 se sont déroulés au Pays Bas, 3 en Belgique, 1 au Luxembourg et un dans les Flandres françaises. Aucun mode opératoire, le tueur agit à l'instinct. Il ne se soucie aucunement de laisser ses empreintes génétiques, à l'inverse de ses empreintes digitales, qui n'ont jamais été relevées. Jusqu'alors la totalité de ses crimes sont commis au mois de novembre, hormis un, perpétré au mois de décembre 2017. Depuis quatre ans, ce sont désormais deux meurtres par an qui s'échelonnent sur ces deux derniers mois de l'année. Frederik est donc un homme ordinaire, sans casier, qui évolue impunément au vu et au su de tous. Le seul lien qui relie ces crimes est celui de choisir ses victimes parmi des femmes seules, sans attache, travaillant toutes comme serveuses dans des tripots de nuit. Les agressions ont toujours lieu le matin, lorsqu'elles rentrent chez elles, après leur service. Sinon, aucun témoin, si ce n'est cette serveuse du Mahzen, à condition qu'elle soit toujours en vie. Frederik aurait-il cherché à la violenter ? son patron serait-il intervenu ? Frederik aurait-il alors tué Harald et contraint la serveuse à partir avec lui ? Cette hypothèse est mise à mal par le fait que l'on a retrouvé Frederik agonisant au Park de Heerlijkheid. La serveuse se serait-elle enfuie ? Serait-elle en danger puisqu'elle a vu Frederik ?

Klaas commande une nouvelle bière. Son cerveau s'excite, bat la chamade. Comme un chercheur qui entrevoit la solution apparaître dans son tube à essai, Klaas la voit se dessiner dans les bulles d'air qui remontent dans le verre avec la promesse de retrouver la liberté de l'atmosphère.

Son plan d'action se construit, il sait qu'il peut désormais réunir son équipe, contacter le commissaire pour l'informer. La nouvelle va provoquer un cataclysme au sein des institutions judiciaires et politiques. Il va falloir gérer une équipe élargie, mener des investigations rapides, et tenir à distance les loups médiatiques dès qu'ils prendront connaissance de l'extravagante nouvelle par un canal anonyme rarement sanctionné. Les quidams et la presse people allaient se goinfrer.

Klaas sait qu'il vient assurément d'entrer en scène. Il jette un regard satisfait vers la rue au travers d'un joli rideau blanc brodé de fleurs et de moulins à vent. Le soleil toujours paresseux se cache derrière le plafond gris d'un samedi d'automne, presque d'hiver, ici au nord de l'Europe.

*

XV

Samedi 28 novembre, commissariat 91 Zaagmolenstraat, 14 heures.

La plus grande salle du commissariat a été réquisitionnée pour préparer ce briefing qui doit mobiliser de nombreux agents afin de retrouver Frederik, tueur en série, dont le palmarès trouvera certainement une place de choix dans les annales de la police judiciaire néerlandaise ou, qui sait, l'incontournable Wikipedia.

Le procureur du roi, Simon Enquist, s'est invité à la messe pour être au plus près de l'enquête et rédiger, si nécessaire, les ordonnances afin d'agir rapidement et légalement. Le commissaire est assis à côté de lui. Ils se connaissent depuis longtemps, se respectent et s'apprécient. Leur connivence pudique ne fait l'ombre d'aucun doute.

Plusieurs commissariats de districts sont également à la fête, connectés en vidéo conférence ; l'affaire concerne désormais le territoire national voire international et compte tenu du contexte, la riposte doit être coordonnée et efficiente. Un agent d'Interpol participe également à la réunion en tant qu'observateur.

« Klaas, commençons ! » souffle le commissaire.

Le brouhaha des échanges toniques s'estompe comme un « fade out » que l'on ajoute à la fin d'un morceau que l'on enregistre et que l'on ne sait pas vraiment comment terminer. Klaas entend désormais un léger murmure, un chuchotement, puis l'imperceptible d'où naît le silence.

Des dizaines de regards se concentrent sur le jeune inspecteur, qui se tient debout, les paumes des mains posées sur une table, le corps tendu et légèrement incliné. Devant lui, des notes qu'il feuillette une dernière fois avant de prendre la parole afin d'exposer sa stratégie. Floortje est à sa droite, à quelques mètres, elle lui sourit amicalement comme pour lui donner le go.

Klaas expose un à un les éléments dont il dispose. L'auditoire ne bronche pas, il écoute. L'exposé factuel est rigoureux et ne nécessite aucune question. Klaas explique les investigations qu'il va falloir mener pour retrouver le présumé coupable. L'ambiance studieuse stimule Klaas.

« Concernant le suspect, nous ne connaissons ni son patronyme, ni son adresse. Hospitalisé dans un état critique, nous n'avons pas de photo. Cet homme a prétendu avoir été agressé aux alentours du Park de Heerlijkheid par deux personnes qui en voulaient à son argent et ses papiers. Nous allons donc explorer cette piste : rechercher ces deux supposés individus, fouiller le périmètre autour de l'endroit où Frederik a été secouru pour éventuellement retrouver un indice ; il nous faut interroger le voisinage, les commerçants, les préposés des services publics, afin d'identifier le nom de notre coupable. C'est un préalable, sans cela, il nous sera difficile de retrouver sa trace. Nous avons établi un portrait-robot avec le personnel médical qui s'est occupé de lui à Erasme. Compte tenu des ecchymoses dont souffrait le suspect, ce portrait-robot n'est guère pertinent. Nous savons que tout ceci est maigre, mais pour le moment, c'est tout ce dont nous disposons.

Parallèlement, nous avons la quasi-certitude que cet homme a agressé Godelieve Elvers au bar du Mahzen avec la ferme intention de la violer, puis de l'assassiner, si nous nous en référons à ses précédentes agressions dont je vous ai communiqué un compte rendu circonstancié.

Nous avons de bonnes raisons de penser qu'elle lui a échappé et qu'il fera tout pour la retrouver puisqu'elle est la seule, à ce jour, à pouvoir l'identifier. Retrouver Godelieve Elvers est notre priorité. Dans le dossier que je vous ai transmis, vous avez sa photo et son pédigrée. Ce n'est pas une enfant de chœur et nous ne savons pas où elle se trouve actuellement. La dernière adresse connue est celle de sa mère qui ne l'a pas revue depuis sa sortie de prison. Nous voulons intervenir discrètement, dans un premier temps, pour ne pas emballer la machine médiatique en diffusant un avis de recherche et en donnant des indices au suspect.

Depuis la fin de son incarcération, il y a six mois, Godelieve Elvers n'a sollicité aucune assistance sociale, n'a déclaré aucun revenu. Elle n'a pas, non plus, cherché à voir ses deux enfants. Nous devons orienter nos prospections dans les quartiers sensibles de nos cités où elle pourrait avoir trouvé refuge. Avec sa photographie nous devrions parvenir à la localiser. Je vous ai fourni les noms et adresses de ses codétenues lorsqu'elle était emprisonnée. Peut-être a-t-elle trouvé refuge chez l'une d'entre elles ? Nous n'avons pas répertorié de lignes téléphoniques à son nom. Selon sa collègue, Ute, qui travaillait avec elle au Mahzen, Godelieve Elvers ne possédait pas de téléphone. Dernière précision : sachez qu'elle se fait appeler Gwendolyn.

Concernant notre suspect ? deux hypothèses : compte tenu de son état physique, nous sommes convaincus qu'il lui était impossible de quitter l'hôpital sans une complicité externe. Nous en déduisons qu'il doit se trouver dans un endroit où il est soigné. Dès qu'il aura récupéré, il deviendra potentiellement dangereux et agira selon sa méthode en toute impunité, se croyant quasi invincible. Il voudra certainement nous prouver sa pleine puissance ; n'oublions pas que nous avons face à nous un authentique psychopathe. La deuxième hypothèse, la moins probable, est qu'il se soit échappé seul. Nous avons visionné toutes les caméras disponibles mais aucune trace d'un homme titubant ou s'enfuyant dans les environs de l'hôpital. Aucun vol de véhicules, quels qu'ils soient, aucun taxi, rien de concret. Au regard des éléments que nous avons analysés, nous écartons cette hypothèse sauf si nous découvrons un indice pour l'étayer. Deux agents poursuivent leurs investigations sur cette piste. Bien évidemment, vous serez tenus au courant si nous la privilégions. Vous avez dans votre dossier l'adresse confidentielle et codée pour que nous puissions communiquer sur les avancées de l'enquête et mon numéro de portable. Aucune intervention sans mon accord. Je rappelle, comme le veut la procédure, que je suis l'interlocuteur direct et le référent unique entre vous, le procureur et le commissaire qui supervise l'enquête. Nous remercions Hartmann pour le travail préliminaire accompli. La fluviale est déchargée de ce dossier pour le bon fonctionnement de l'enquête. Avez-vous des questions ? »

Les participants demeurent immobiles, en apnée, comme si le temps se figeait. Quelques secondes passent, Klaas perçoit les froissements de feuilles et les murmures à peine audibles qui s'amplifient progressivement, en « fade in » cette fois. Il observe le vacillement des corps qui se dénouent après être demeurés raides par concentration ; aucune question, ni suggestion ne surgissent parmi tous ces policiers aguerris et expérimentés, comme l'était son père qu'il imagine en face de lui, l'écoutant fièrement.

L'exposé de Klaas est clair, précis et chacun sait exactement ce qu'il doit faire. La machine policière se met en branle comme une moissonneuse-batteuse qui avancera inexorablement en battant et en moissonnant. Le rabatteur à griffes explorera les pistes, la barre à coupe interrogera les témoins, les informations seront triées, disséquées, les mauvaises écartées, et celles qui auront été tamisées seront récoltées pour faire progresser l'enquête. La machine avancera de son pas sûr et lent mais jamais elle ne cessera de progresser. Nuit et jour durant, elle fauchera jusqu'au dernier grain et elle ne baissera la garde que si elle se retrouve dans une impasse. Lorsqu'elle finira sa moisson, elle transmettra sa récolte à une autre machine qui transformera les grains comme bon lui semblera, leur donnant un goût et un parfum différents en fonction des acteurs divergents qui entreront en scène, et surtout des accusés dont le niveau social sera déterminant.

« Merci Klaas, c'est parfait ! Vous savez tous ce que vous devez faire. Au boulot et bon courage à vous tous. »

Hendrik Ten Berge vient de conclure la réunion. Klaas regroupe ses papiers.

« Pas mal, Monsieur l'inspecteur pour cette première, tu viens de réussir ton grand oral !

— Merci Floortje, j'apprécie. Mais c'est maintenant qu'il va falloir être à la hauteur, et tu sais que je compte sur toi et Willem. » Elle sourit… la pièce s'illumine.

Le pouvoir transcende, Klaas en prend conscience. Quelques heures auparavant, il n'aurait jamais pensé être capable de diriger une telle réunion.

Subitement, des compétences nouvelles émergent et lui donnent des ailes. Une énergie ambitieuse et mégalomaniaque brûle en lui, il la ressent comme un vertige. Il veut la partager. Cette enquête peu ordinaire qu'il espérait tant s'offre à lui. Il en prend conscience et a la certitude qu'il possède les capacités pour la mener rondement ; il sait qu'il peut compter sur le professionnalisme et l'amitié de ses deux adjoints dévoués et constants. Ces deux-là sont incontestablement ses meilleurs atouts.

*

Vers 17 heures, Klaas sort du commissariat et rejoint par la gauche la rue Zwaanshals. Il la remonte sur 100 mètres, s'engouffre dans Hartenruststraat, longe la Rotte en empruntant Zwaanshalskade. Il traverse le cours d'eau en empruntant la passerelle et rejoint Crooswijksebocht par la gauche. Il affectionne particulièrement ce parcours champêtre. Les veines des cours d'eau et les pistes cyclables de Rotterdam contrarient une architecture citadine cubique qui lasserait sans elles. Cette harmonie entre les rues longilignes, les méandres de l'eau, les péniches glissantes, le *batifolement* des vélos donnent à ce pays cette singularité paisible que le sud de l'Europe ignore.

Il parcourt quelques mètres et se glisse sous une des portes d'entrée picturale du cimetière de Crooswijk. Il marche une dizaine de minutes et se dresse devant la stèle de son père.

Comme un cierge fade mais digne, il partage avec celui qui était son phare, sa boussole, la satisfaction d'une promotion professionnelle. Il l'implore délicatement pour ne pas troubler sa quiétude céleste. « Papa, j'aimerais tant que tu sois là ; aujourd'hui j'aurais tant besoin de ta force et de ta sagesse pour m'accompagner sur le chemin de la réussite ». Les yeux de Klaas frétillent comme les ailes d'un papillon. L'enquête palpitante s'avère complexe et il ressent le besoin de partager ses émotions et états d'âme avec celui qui lui a révélé sa vocation. Devant cette tombe silencieuse et apaisante, il mesure sa solitude et le poids de la mort qui emporte, avec elle, les habitudes de l'ordinaire et du quotidien dont nous avons, force est de le constater, le plus besoin. Sans eux notre vie serait trop fantastique pour durer, nous mourrions jeunes et épuisés.

Il reste de très longues minutes, immobile, ému, se consumant comme le cierge qu'il est devenu. Le crachin soudain ne le perturbe pas. Brusquement, comme s'il recevait un électrochoc, Klaas s'en retourne et rejoint le commissariat où sa besogne l'attend.

*

XVI

Dimanche 29 novembre, Terschelling, 14 heures.

Nous ne sommes pas jaloux des gens que nous aimons et assurément pas de ceux qui nous aiment, peut-être juste quelque peu envieux. Nous ne ressentons pas ce sentiment nauséeux, s'immisçant dans les joints qui soude une amitié sincère et durable, en les pourrissant perfidement.

Gwendolyn contemple la famille Verbeeck avec qui elle vient de partager le déjeuner. Nikolaas, le mari de Katelijn, est prévenant. Il a le geste sûr et doux, sans bavure. Ses mots se faufilent entre les phrases avec discrétion et diplomatie.

Le dessert goulûment avalé, Nikolaas s'efface comme un cervidé, emportant sur son dos l'adorable Anouk qui doit rejoindre les bras de son ami Morphée.

Gwendolyn savoure avec délectation le café parfumé, fuyant le temps d'une aspiration, les angoisses qui gangrènent depuis mardi son quotidien. Son amie la surveille avec délicatesse, épiant ses postures pour mieux la secourir. Elle est à l'affût.

« Gwendolyn, veux-tu que nous allions marcher pour discuter ?

— Oui Katelijn c'est une bonne idée ! »

Nikolaas entend les deux amies se préparer et ne se manifeste pas. Il continue à bercer sa fille en fredonnant la comptine du « vélo de notre petit Jean », qui pour la circonstance est devenue le vélo de notre petite Anouk. (De fiets van ons Jantje)

Le plafond est bas, d'un gris sauvage, peu uniforme. Il ne pleut pas mais le ciel menace. Les dernières feuilles résistent mais leurs heures sont comptées, elles le savent ; elles ne bronchent pas de peur d'être emportées pour ce dernier voyage laconique qu'elles redoutent tant, par ce vent permanent qui brosse le paysage des îles du nord et lui donne son allure rebelle face à la mer.

Bras dessous, bras dessus, les deux femmes remontent Badweg Hoorn pour entamer leur pèlerinage. Juste avant d'atteindre la bifurcation avec Duinweg Hoorn, elles croisent madame Schoonraad à qui elles adressent un signe amical. La voisine leur répond d'un sourire courtois, mais l'on devine son ébahissement : « Gwendolyn est donc bien de retour ! Monsieur Van Niftrik ne m'avait pas menti ». Ici les femmes ne sont pas mégères, elles s'intéressent tout simplement à leur environnement.

A Lobke's Snack Place, elles poursuivent tout droit et elles s'engagent vers le sous-bois. Soudain Gwendolyn vacille et se met à trembler. Son chagrin déborde, il se transforme en crise de nerf. La rue est déserte, elle sanglote. Ses spasmes sont puissants, elle pleure, elle craque. Son amie, sa douceur, sa prévoyance ont mis à rude épreuve sa façade qui se fissure de toutes parts. Les assauts d'empathie de Kate, depuis leurs retrouvailles, la contraignent à ressentir toutes les douleurs qu'elle avait volontairement occultées pour se protéger. Ses détonateurs émotionnels implosent faisant jaillir avec puissance les frustrations de ces quatre dernières années.

Alors, Katelijn prend Gwendolyn dans ses bras et la colle contre sa poitrine : « Pleure Gwendo, pleure, pleure… »

Quelques minutes passent… La respiration de Gwendolyn se fait moins haletante et progressivement elle reprend son souffle. Elle redresse la tête, regarde avec tendresse son amie qui lui tend un mouchoir en tissu bleu et dans un ultime sanglot lui glisse : « Merci Katelijn d'être là ! »

« Être là ! », une expression courte qui traduit à elle seule la grandeur de l'amour. Avec « être » on peut tout associer mais rien n'est plus juste que lorsqu'il est uni à cet adverbe. Nous sommes là et pas ailleurs, nous sommes disponibles pour l'autre, nous nous confondons avec lui, nous le soutenons et nous l'aimons : « je suis là, pour toi ! »

Elles reprennent leur chemin, dandinant de gauche à droite, comme si elles étaient ivres, le silence et le vent les accompagnant. Puis revient le temps de la confidence, incontournable privilège des promenades en duo.

« Parle-moi Gwendo, parle-moi, en vrac, comme tu le ressens, tu en as besoin, cela te fera du bien, peut-être y verras-tu plus clair ?

— Tout s'embrouille dans ma tête, je suis là depuis mardi et j'aurais dû être interpellée. Chaque portière qui claque m'effraie, me plonge dans la torpeur. Je ne dors pas, j'attends la bourrasque, je les vois me passer les menottes aux poignets, ils m'emportent, mes parents pleurant sur le palier, désœuvrés, ne comprenant pas ce qui se passe, eux qui pensaient se réconcilier avec ma vérité. Leur regard désabusé me hante, je suis paralysée, dois-je leur confier cette autre vérité ?

— Je comprends Gwendo, il va falloir avancer, si tu es innocente, il faut que tu te manifestes, plus tu attendras et plus cela jouera contre toi.

— Oui c'est vrai, mais je ne peux pas, j'ai besoin de ce temps de liberté pour m'apaiser, retrouver mes forces pour m'engager dans ce combat. Le précédent m'a tellement esquinté. Me présenter aujourd'hui devant les autorités, sans énergie, ferait de moi une coupable idéale. Mon historique judiciaire m'accablerait. Et puis il y a cette échéance qui m'obsède, je dois me présenter jeudi devant un agent de probation ou un officier habilité pour renouveler ma liberté conditionnelle. Si je ne le fais pas, je serai incarcérée d'office et je devrai purger ma peine. Je ne veux pas pointer ici à Terschelling, je ne souhaite pas que les gens le sachent, je veux vous préserver.

— J'ai poursuivi mes recherches sur le net et je n'ai trouvé aucun article sur ton affaire. Peut-être que tu… non c'est stupide !

— Qu'est-ce qui est stupide ?

— Mon idée !

— Quelle idée ?

— Une mauvaise idée, n'y pensons plus.

— Dis-la quand même, on verra bien.

— Bon d'accord ! Je pense qu'il faut que tu avances et que tu prennes l'initiative. Il faut que tu en aies le cœur net. Te recherchent-ils vraiment ? Si c'était le cas, tu devrais déjà être arrêtée, ou du moins, tes parents auraient dû être alertés. Va à Rotterdam, présente-toi dans un commissariat pour valider ta liberté conditionnelle et alors tu sauras. S'ils t'arrêtent alors tu te défendras, tu leur raconteras la vérité et je témoignerai. Nous prendrons un avocat et nous nous défendrons bec et ongles, tu n'es plus seule maintenant.

— Et mes parents ?

— Sois-tu rentres vendredi prochain et il sera toujours temps de leur expliquer, soit tu es écrouée mercredi et alors je les informerai. Il faut avancer Gwendo, sinon tu vas devenir folle. Ainsi, tu te laisses une chance.

— Tu as peut-être raison, ce n'est pas une mauvaise idée.

— Je pourrais t'accompagner si tu veux ?

— Oh que c'est gentil, Kate, tu es adorable mais je pense que je peux y arriver seule. Si cela tourne à mon désavantage, alors oui je voudrais bien que tu viennes me voir pour me soutenir. Pourquoi ai-je paniqué ? Pourquoi n'ai-je pas appelé la police immédiatement ? Pourquoi me suis-je enfuie ? La prison fait naître en toi une culpabilité dont tu n'arrives plus à t'extraire. Tu te rends responsable de ce qui te touche mais ne te concerne pas.

— Quand tout cela sera terminé, il faudra que tu rencontres un médecin pour entreprendre une thérapie, tu as droit au bonheur mon ange et nous allons œuvrer pour cela.

— Je me sens vide de tout, absente. Mon corps réclame de l'amour, mon cœur implore de la tendresse, mon âme quémande de la beauté, je me sens usée, fanée, desséchée, je crie à l'intérieur. J'ai été condamnée lourdement alors que j'ignorais les activités illicites de Wouter, je le hais ! Comment ai-je pu me passer de toi, de nous ? Je vais me battre, il le faut, je veux retrouver ma dignité, ma joie de vivre et me reconstruire pour être présente pour toi, mes parents, ta famille. Je veux être capable de redonner, d'aller vers les autres, je ne veux plus être l'ombre de moi-même.

— Oui, tu vas y arriver, je te connais, je sais que tu vas y arriver et je t'aiderai, ensemble nous y parviendrons. »

Le vent se calme, le jour se noircit peu à peu, il pleut. Lorsqu'elles poussent la porte de la maison, Nikolaas les attend, heureux. Il a préparé du thé et patientait. Il ne pose pas de questions. Sa présence réconforte, il diffuse son esprit sain qui ne s'embarrasse pas de perceptions trop métaphysiques, c'est un terrien pragmatique. La poésie ne se lit pas, elle se regarde, les émotions ne s'écrivent pas, elles se ressentent, l'amour ne se dit pas, il se vit. Telle est sa devise !

*

XVII

Lundi 30 novembre, Rotterdam, 9 heures.

Klaas étale sur son bureau les éléments de l'enquête. Il en extrait la photographie de Godelieve et la regarde avec circonspection, comme s'il cherchait à en percer le secret : « où te caches-tu ma belle ? » L'expression de cette jeune fille, aux traits anguleux, attire autant qu'elle révulse. Son regard brille d'une mélancolie pathétique, un appel au secours perpétuel. On devine la rage qui ruisselle dans les sillons de son visage racontant, déjà, une infinie histoire de souffrances. Son faciès contraste avec le visage biblique de sa mère Erna, rencontrée quelques jours auparavant.

Il se souvient de sa douce « grootmoeder » qui lui rappelait régulièrement que « pour connaître la valeur d'une pièce, il faut voir les deux côtés ». Klaas connaît la pile, il lui faut découvrir la face : qui est Godelieve ? Pour l'instant, un mystère !

Les bureaux des agents sont accessibles par un long couloir spacieux, revêtu de dalles en plastique grises. Quelques claustras ornés de dracaenas et de yuccas agrémentent le corridor. De confortables et coquettes chaises rouges, de couleur lie de vin, *design scandinave* en pin, complètent le décor et contribuent à rendre l'atmosphère conviviale. Les cellules de travail évoquent de gigantesques aquariums avec leurs somptueuses baies vitrées. En traversant la galerie, chaque employé peut apercevoir ses collègues à l'ouvrage et surveiller, ainsi, les entretiens qui s'y déroulent durant les rencontres informelles. Cette organisation architecturale n'est pas le fruit du hasard ; elle temporise l'ardeur des visiteurs véhéments et évite les pugilats. L'absence de communication entre les cellules préserve une certaine intimité. Cette manière d'agencer l'espace de travail est un compromis entre l'open space et les bureaux clos. Les agents qui animent ce commissariat vantent les excellentes conditions de travail dans lesquelles ils évoluent.

Willem frappe sur la vitre monumentale.

« Entre Willem ! »

La politesse et la courtoisie ne sont pas d'usage dans l'administration policière. Elles en deviendraient ridicules tellement il y a d'interactions entre les fonctionnaires durant une procédure. Hormis un « Hallo » amical lors de la première rencontre de la journée, les échanges se font dans un cadre presque militaire : concis et indifférents. Le tutoiement s'impose de lui-même, seul le commissaire bénéficie des égards liés à son rang.

« Le Professeur Van Den Berck est là pour signer sa déposition, suite à la fuite de notre suspect, veux-tu lui parler ?

— Oui ! Fais-le entrer, j'aurai plaisir à le rencontrer, je ne l'ai eu qu'au téléphone. »

Peter Van Den Berck pénètre dans le bureau et salue Klaas chaleureusement.

« Asseyez-vous Professeur, désirez-vous un café ?

— Volontiers ! »

Klaas se lève, ouvre la porte du couloir et appelle Willem à la rescousse. Personne ne répond.

« Excusez-moi ! »

Klaas s'absente quelques instants, abandonnant Van Den Berck dans son bureau en effervescence.

Le praticien scrute le décor et se retrouve plongé, malgré lui, dans l'enquête. Il désapprouve l'attitude désinvolte de Klaas. Il devrait être plus prudent et ne pas accorder sa confiance sur l'unique fait qu'il appartienne à la classe des notables.

Le praticien observe sur le bureau une photo qui surnage à la surface de beaucoup d'autres. Au feutre noir, il déchiffre le nom, à l'envers, d'une probable suspecte, ou plutôt il le suppose : Godelieve Elvers. Il y est également ajouté en rouge le prénom « Gwendolyn », accompagné d'un point d'interrogation. D'autres clichés parsèment la surface du bureau et témoignent de la morbidité des faits qui se sont déroulés au bar du Mahzen. Le diaporama macabre s'expose devant lui ; l'horreur dans tous ses états, pense-t-il ! Ce sang n'a pas la même saveur que celui qu'il côtoie à l'hôpital. Dans son service, le corps médical chérit l'« hémoglobine », car de ce liquide biologique dépend la vie. Ici, c'est le sang de la mort, celui qui coule et ôte la vie, le sang de l'horreur qui nous effraie, presque tous, et nous vide de nous.

« Je vous prie de m'excuser, Willem s'occupe des cafés, il va nous les apporter.

— Prenez votre temps Monsieur l'Inspecteur, j'ai un peu de temps devant moi, une fois n'est pas coutume ! »

Klaas regroupe les pièces du dossier tout en faisant preuve d'empathie.

« Comment allez-vous ? Vous avez eu un accident de moto m'a-t-on dit ?

— Oui effectivement ! Je vais beaucoup mieux, hormis ce bras gauche que je suis contraint de maintenir avec une écharpe durant quelques jours ; je vous remercie pour votre mansuétude. Vous savez, en toute confidence, (il se rapproche) je pleure davantage mon Harley-FLH-1200-Police endommagée, que mon bras gauche ; là est toute ma peine ».

Le sourire de Van Den Berck est à la limite de se métamorphoser en rire convenu mais il se retient, l'attitude retenue de Klaas ne l'y invite pas. Pourtant la remarque cavalière du professeur n'est pas anodine. Il teste Klaas. Va-t-il rester concentré ou au contraire basculer dans le camp de l'échange amical ? Le professeur a l'habitude d'être le maître du jeu ; en principe, il mène la danse et pose les questions. Lorsqu'il se retrouve dans une situation où il perd la maîtrise de l'échange verbal, il cherche systématiquement à reprendre le contrôle et devient séducteur.

Ce comportement n'échappe pas à Klaas qui ne réagit pas. Il fait mine de ne pas comprendre cette antinomie provocatrice, entre échapper à la mort et pleurer sa motocyclette. En général, l'interlocuteur s'esclaffe : « quand même l'important est que vous n'ayez rien, le matériel n'a pas d'importance, ce n'était juste qu'une moto ! » ou alors : « ah bon, vous avez une Harley, le modèle de la police ? »

Klaas ne dit rien, il demeure silencieux. Van Den Berck est quelque peu déstabilisé. Fin psychologue, Klaas sait que le médecin va reprendre la parole. La plupart des gens qui se retrouvent face à un policier parlent spontanément et abondamment sans qu'on leur pose de question. D'où vient cette ardeur excessive des témoins à spéculer sur des faits qu'ils ignorent la plupart du temps, cet excès de zèle ? Comme s'ils quémandaient une confidence ou une reconnaissance que l'on ne leur accorde pas.

« Je voulais vous rencontrer pour vous présenter mes excuses pour la disparition de notre patient. Son état ne laissait aucunement présager d'une cavale possible. Le diagnostic établi par le docteur Bransword rendait cela improbable. Nous avons manqué certainement de vigilance.

— Vous n'avez rien à vous reprocher, nous avons failli en omettant de surveiller la chambre du suspect. N'en parlons plus ! »

Klaas s'interroge : Le médecin dit-il cela pour dédouaner son service ou est-il, tout simplement, sincère ? Essaye-t-il de le manipuler ? Et d'ailleurs pourquoi le ferait-il ? Klaas sait qu'il doit se méfier de son comportement suspicieux qui l'amènerait à manquer de discernement. Lors d'une enquête, on suppose que tous les protagonistes sont suspects et c'est une erreur. Bien souvent, ce temps perdu à accuser tout le monde nous éloigne de celui qui est bien plus habile et sait rester dans l'ombre pour ne pas être démasqué. En se louvoyant parmi une foule d'improbables coupables, on peine à identifier la personne qui, bien au contraire, souhaite nous aider à résoudre l'énigme : le « témoin-clé » comme on dit dans le jargon. Van Den Berck est forcément de ceux-là. Le médecin le rassure :

« Si nous pouvons vous aider pour votre enquête, nous le ferons volontiers, vous pouvez compter sur notre implication et discrétion. J'espère que vous pourrez retrouver cet individu et l'interroger afin de tirer cette affaire au clair.

— Nous progressons, nous recherchons un témoin clé. Je ne peux vous en dire davantage, le secret de l'enquête équivaut bien au secret médical, n'est-ce pas ?

— Certainement ! Tout ceci est tellement passionnant et en même temps si…

— Glauque, docteur Van Den Berck, si glauque et monstrueux. Vous sauvez des vies et nous également. Nos professions ne sont guère antinomiques. Elles se complètent. Nous sommes aussi des urgentistes qui intervenons sur des scènes macabres. Nous devons dresser un diagnostic rapide, pour épargner des vies. Comme vous, nous soignons chaque jour des petits et gros bobos. Parfois, nous arrivons trop tard et nous culpabilisons de ne pas être intervenus plus tôt ou mieux, comme pour certains féminicides.

— J'apprécie votre analyse, votre analogie et j'y adhère, je n'avais jamais appréhendé les choses sous cet angle. Cela paraît plutôt intéressant ! Effectivement, en réfléchissant de la sorte, nombreuses sont les professions complémentaires. Nous cloisonnons à foison les différents corps sociaux en oubliant bien trop souvent les interactions systémiques au sein de notre société. Nous dressons à tort les gens les uns contre les autres et, je vous l'accorde, nous devrions admettre le contraire ; peut-être aurions-nous de plus belles et meilleures harmonies entre nous. Que sais-je ? Avec tout le respect que je vous dois, je trouve que pour votre jeune âge, vous avez une perception réaliste et précoce de la nature humaine. »

Willem entre calmement et pose le plateau sur le bureau. Il évite ainsi à Klaas de répondre à ce compliment qu'il ne peut qualifier. Van Den Berck serait-il obséquieux ? N'est-ce pas, là, l'empreinte génétique des chefs ? Flatter la multitude pour mieux la dominer ? Cette démagogie de dominants qui depuis des siècles asphyxie les manants et les travailleurs.

Willem tend une tasse au Professeur et une seconde à Klaas. Cet entracte recentre la conversation sur les desideratas de l'enquête.

« Dîtes Professeur, pourriez-vous interroger les membres de votre service pour savoir si une personne suspecte n'aurait pas tenté de rendre visite à Frederik ? Une personne à l'air hagard, errant dans le couloir et faisant mine de chercher un patient imaginaire ou prétextant se tromper d'étage ? Un agent de l'hôpital étranger à votre service, avec une fausse blouse blanche comme au cinéma ?

— Bien sûr, je poserai la question lors de notre prochain briefing matinal ! Le docteur Bransword est en repos quelques jours, après plusieurs gardes consécutives, je l'appellerai pour l'interroger. Il m'a chargé de vous informer qu'il se tenait à votre entière disposition.

— Je pense que sa déposition de samedi devait suffire. En revanche, si vous, ou un membre de votre équipe, pensez au moindre détail, même celui qui vous semble anodin, n'hésitez pas à le partager avec moi ; bien souvent la résolution d'une enquête dépend d'un tel élément.

— Vous pouvez compter sur mon implication, inspecteur. »

Van Den Berck parvient à ses fins. L'échange se banalise autour de sa passion : la mer et ses bateaux flamboyants.

« Je possède un yacht en bois qui appartenait à mon père, un Betti Lazuri de 1964, amarré à la Stichting Veerhaven, et si vous le souhaitez, c'est avec plaisir que je vous propose une virée en mer avec vos amis, bien évidemment en toute amitié, si le cœur vous en dit.

— Pourquoi pas ! après l'enquête ? Monter à bord d'un tel bateau est certainement une expérience formidable. Merci professeur pour votre collaboration. Je vous souhaite une bonne journée.

— Merci, inspecteur, pareillement ! »

Les gens ignorent le nombre d'invitations que les inspecteurs de police reçoivent. Chaque citoyen veut à tout prix se prémunir d'un quelconque dommage futur et cherche opportunément à enrichir son carnet d'adresses, surtout chez les personnes aisées. Le spectre de la compromission voire de la corruption se cache derrière ces invitations alléchantes qu'il faut décliner, sans ambiguïté, durant une enquête. Klaas a intégré quotidiennement ce réflexe de méfiance mais il redoute qu'il finisse par déteindre, à un moment adéquat, sur sa vie privée ; il craint que cet état d'esprit frôle un jour les confins de la paranoïa. N'a-t-il pas profité de son statut privilégié pour vérifier la probité d'une petite amie rencontrée lors d'un festival de musique ? Depuis, il s'est promis de ne plus engager ce genre d'investigations dès lors qu'aucun lien n'existe entre une personne et une enquête. D'ailleurs quelque temps après, alors qu'il fêtait sa promotion d'inspecteur avec des copains, l'un deux lui rappela indirectement son engagement en lui balançant cette boutade : « Je ne voudrais pas t'avoir comme voisin de palier, j'aurais l'impression de vivre avec un œil de Judas braqué en permanence sur mes moindres faits et gestes ».

Son ami avait-il vraiment tort ? Force est de constater, et personne ne le révèle, que le premier réseau d'indicateurs de la police est la police elle-même.

Klaas se resserre une tasse de café et poursuit ses investigations à partir de la base documentaire qui s'agglutine devant lui. Le temps presse, il se rappelle la menace que représente Frederik et il a l'obligation de l'empêcher de repasser à l'acte. Pour Klaas, il s'agit davantage d'une obligation de résultats que de moyens. Il s'impose le devoir de se surpasser.

*

XVIII

Jeudi 3 décembre, brasserie BeyMen, 9 heures.

Gwendolyn regarde la rue peu animée. Elle commande un troisième café. Le décor kitch de la brasserie BeyMen, avec ses chaises revêtues de motifs léopard, les pieds de ses tables en fer forgé, le formica beige de ses plateaux, l'ocre de ses luminaires contemporains, son sol en faïence marron et les hautes baies vitrées offre une ambiance conviviale. Les couverts sont espacés, l'ambiance *clarteuse*, et l'entretien méticuleux.

Le bar se trouve à quelques pas de la station de Police de Zuidplein. Elle a choisi ce commissariat car elle connaît peu ce quartier. Gwendolyn veut éviter de rencontrer une personne à qui elle devrait justifier de son parcours durant ces dernières années. Elle a dormi à l'Art Hotel, au bord du Maashaven. La fenêtre de sa chambre lui offrait un panorama nocturne grandiose sur le bras de la nouvelle Meuse, avec en arrière-plan le quartier économique de Katendrecht. Les oscillations fluviales apaisent lorsque nous sommes face à des situations de stress ou d'angoisse ; elle a passé une partie de la nuit à fouiner dans ce décor presque industriel, en quête d'évasion, afin de se détendre et lutter contre son insomnie.

Quitter ses parents ne fut pas une mince affaire. Les larmes, bien évidemment, enveloppèrent ce départ malgré la promesse de rentrer vendredi. Son père s'engagea à venir la chercher à l'arrivée du bac. « Tu m'appelles où tu m'envoies un texto pour me dire à quelle heure tu rentres, je serai là, sans faute. » Elle espère, ô combien, ne pas manquer ce rendez-vous.

L'heure de vérité sonne et re-sonne. Gwendolyn ne veut pas l'entendre, elle la refuse, la snobe comme ces jours où elle séchait les cours d'allemand qu'elle trouvait indigestes. Après cette liberté passagère et illusoire, il fallait de nouveau retourner au collège, et plus elle attendait, plus elle reculait. Les libertés volées ne sont en fin de compte que des prisons. Il faudra les justifier et elles seront, la plupart du temps, sanctionnées.

Elle se lève enfin. Elle règle ses consommations et se dirige vers le boulevard Zuidplein qu'elle remonte en prenant à droite en sortant du café. A hauteur du centre commercial, elle traverse le boulevard en empruntant une longue passerelle qui l'amène à hauteur du commissariat. Le trafic dense et le vacarme des automobiles lui provoquent des vertiges. Elle a peur, ses muscles deviennent mous, elle est à la limite de s'évanouir mais elle continue à avancer. Elle descend les marches une à une et entrevoit le bâtiment vitré de la station de police : un bloc de quatre étages moderne que l'on devine fonctionnel. Elle entend son cœur qui gronde dans sa poitrine. Elle pousse le tourniquet de la porte d'entrée et elle se retrouve dans un vaste hall accueillant. Un agent s'approche ; avenant, il lui demande poliment l'objet de sa visite. Alors subrepticement, Gwendolyn, les larmes à l'affût, lui murmure :

« Bonjour Monsieur, je viens pour rencontrer un agent de probation. J'ai l'obligation de me présenter devant lui pour valider ma liberté conditionnelle.

— Détendez-vous mademoiselle, ce n'est pas le tribunal ici, nous allons enregistrer votre passage et tout va bien se passer. Asseyez-vous quelques instants, je vais contacter ma collègue qui s'occupe de cela.

— Merci Monsieur, vous êtes bien aimable.

— Soyez sans crainte, tout va bien se passer. »

Gwendolyn s'assied et regarde désespérément le plafond, espérant y entrevoir son salut. Quelques minutes sont à peine passées qu'une officière se présente à elle et l'invite à la suivre.

« Bonjour Madame, je suis l'agent Jannetje Van de Wetering et je vais enregistrer votre pointage.

— Bonjour Madame !

— Veuillez me suivre, Madame !

Elles pénètrent dans un menu bureau niché derrière la banque d'accueil. La pièce est équipée basiquement d'une table ordinaire, trois chaises et un ordinateur. La policière allume l'écran et tape son code confidentiel. Ses cheveux brillants et noirs charbon sont magnifiés par un regard bleu d'azur crétois. Deux puces d'oreilles argentées garnissent ce visage jovial qui s'illumine, parfois, d'un sourire bienveillant.

« Madame, pouvez-vous me présenter votre pièce d'identité ?

— Oui bien sûr ! »

Gwendolyn ne la cherche pas : elle tient dans ses mains tous les papiers nécessaires pour accomplir, du mieux possible, cette formalité. L'agent enregistre ses coordonnées, sans même prononcer son nom, quelques secondes se passent et la policière se lève brusquement :

« Attendez-moi un instant je reviens ! »

Gwendolyn s'affole. Doit-elle s'enfuir ? Que se passe-t-il ? Elle entrevoit l'agent de probation en train d'échanger avec le policier à l'accueil. C'en est-il fini pour elle ? Elle craint le pire, s'avachit sur sa chaise et attend la sentence. Elle est sans voix, sans vie, écrasée par l'angoisse de ce qu'elle pressent.

La femme revient, trois formulaires à la main qu'elle est allée chercher dans le bac d'une imprimante centralisée. Elle pose les feuillets sur la table :

« Pouvez-vous signer chaque exemplaire s'il vous plait ? »

Gwendolyn s'exécute. Une euphorie intérieure l'envahit, une sève de joie redonne du tonus à ses muscles. Elle sait qu'elle vient de passer cette épreuve qu'elle redoutait tant. Elle signe puis reçoit le document qui lui est destiné.

« Voilà, Madame, tout est en règle. N'oubliez pas de vous présenter selon le calendrier prévu par votre ordonnance de liberté conditionnelle et tout se passera bien. Allez courage… (Elle sourit pudiquement) bonne journée Madame Elvers !

— Merci Madame, je vous souhaite aussi une agréable journée ».

Elle est heureuse, soulagée. Elle agrippe son téléphone portable et envoie un premier message à Kate pour la rassurer : « Prépare les Janhagels, je rentre vendredi. Je t'aime ! » puis un second à son père : « Tout se passe bien Papa, je rentre vendredi comme prévu, je vous appelle en fin de journée. Je vous embrasse très très fort, votre fille qui vous aime. »

Elle reprend le chemin à l'envers et décide de retourner à la brasserie BeyMen pour cette fois apprécier paisiblement son café.

Elle s'installe à nouveau à la même table, pose son sac à dos et savoure délicatement sa boisson en récoltant avec sa cuillère la mousse dorée qui gît en surface. Soudain une voix l'interpelle :

« Pardon mademoiselle, mais je crois que nous nous connaissons ? »

C'est Klaas qui se présente devant elle. Pour son enquête, il avait rendez-vous avec un collègue de la Police de Zuidplein pour identifier la fugitive. C'est tout naturellement qu'il a rejoint cette brasserie pour siroter un café. Pouvaient-ils tous les deux imaginer que leurs destins les amèneraient à se rencontrer ? Quelle en était la probabilité ? Infime, certainement ! mais pas impossible compte tenu de leurs parcours, de leurs histoires. La vraisemblance que leurs trajectoires se croisent s'avérait inéluctable, puisque Klaas la recherchait. Le hasard prenait les choses en main ; il allait surtout les contrarier et, de surcroît, mettre la vie de Gwendolyn en danger.

Avant que Gwendolyn ne puisse répondre, leurs regards se défient dans une apesanteur et une attirance incontrôlable. Comme s'il existe entre eux, un passif amoureux qui demeure en suspens et qu'ils ignorent. Les longues secondes accentuent la gêne que procure un tel moment, seuls les mots peuvent l'interrompre. L'absence de gravité n'est pas le privilège de l'espace, elle existe sur terre.

« Oui… peut-être ! Ah, j'y suis, la fac de droit ? première ou deuxième année. N'étions-nous pas dans le même groupe de travaux dirigés ?

— Oui c'est bien cela, comment vas-tu ?
— Bien, très bien et toi ? Tu veux t'asseoir ? »
— Désolé, je ne me souviens plus de ton prénom ?
— C'est presque vexant !

Elle se laisse emporter par une certaine euphorie puisque personne ne la prive aujourd'hui de sa liberté.

— Laisse-moi deviner ?

Les tentatives de Klaas échouent et Gwendolyn décide, pour le moment, de conserver son secret ; cela la distrait et la réconforte, elle en a bien besoin.

— Écoute, Klaas, tu as droit à ton joker, tu essayeras plus tard.
— Tu te souviens de mon prénom ?
— Comment peut-on oublier le prénom de celui qui excellait lors de nos cours, surtout en pénal, autant que je m'en souvienne. »

La trotteuse avale les minutes puis l'heure. Ils échangent, se souviennent, se rapprochent à une vitesse folle. Klaas en oublie son enquête. Ils évoquent leurs souvenirs sur les bancs de l'université jusqu'en deuxième année. Ils sont comme deux adolescents partageant l'abîme de leur détresse affective en la masquant par des anecdotes de connivences exaltantes. L'euphorie de l'attirance agit comme un aimant qui les conduira à la soudure, celle qui nous donne l'illusion de devenir invincible.

Le téléphone de Klaas sonne et le ramène à la réalité. C'est Floortje, il ne répond pas.

« Désolé, je dois y aller, peut-être pourrions-nous diner ce soir… (Klass se lâche, sans retenue) cela me ferait vraiment plaisir ? »

Elle ne réfléchit pas, trop heureuse de cette rencontre impromptue qui lui offre un bol de jouvence. Sa soif de plaire et sa frugalité de désirs l'emportent sur la raison et spontanément elle répond :

— Oui bien sûr !
— Super, on dit 20 heures. Aimes-tu la nourriture chinoise ?
— Oui, pourquoi pas ! c'est une bonne idée.
— Nous pourrions aller à l'Aqua Asia Club. Connais-tu ? C'est au pied du pont Erasme.
— Oui je connais, c'est très chic !
— Parfait, voici mon numéro de téléphone, au cas où tu changerais d'avis, ce que je n'espère pas, évidemment.
— Ne t'inquiète pas, je serai là. »

Klaas s'éclipse comme un courant d'air laissant son parfum « Extreme Blue » flotter dans l'air. La journée de Gwendolyn prend des allures de miracle. Cette rencontre impromptue l'entraîne sur un Carrousel sans fin. Les notes voltigeuses de l'orgue de barbarie emmitouflent ses rêves d'un tourbillon prodigieux et enivrant qui la saoule de joie. Tourner en rond n'est pas toujours un signe de stagnation. Les manèges en apportent la preuve. Interrogez donc les enfants…

*

Le père de Gwendolyn avait glissé dans son sac à dos une enveloppe avec une coquette somme d'argent. Sur une photographie d'elle à 17 ans, où elle apparaît radieuse comme un tournesol gorgé de soleil et qui défie la lumière, il avait paraphé ces quelques mots : « Prends le temps de t'acheter quelques robes et revient nous resplendissante. Ton Papa qui t'aime fort ! »

Elle avait parcouru plusieurs centres commerciaux, se laissant aller à la frénésie du lèche-vitrine. Beaucoup d'hommes ne comprennent pas cet engouement que les femmes ont à errer dans les galeries de la mode. Les boutiques de vêtements créent et offrent des espaces d'évasions parfumés où les couleurs et les tissus se mettent en scène sous des projecteurs savamment positionnés par de brillants *visual merchandisers*. La douceur des moquettes et les ambiances calfeutrées emportent les sybarites d'un après-midi ailleurs, loin de ce monde où les contraintes pèsent davantage que les plaisirs. La mode confectionne des labyrinthes multicolores, attractifs et féériques où se promènent les fashionistas. Elles s'y inventent des défilés exclusifs sans pour autant être obligées de consommer. Les cabines d'essayage se transforment en loges où les femmes sont face à elles-mêmes. Elles y béatifient leur jeunesse avant d'y découvrir, désenchantées, les premiers signes de leur vieillesse. C'est à l'intérieur de ce parallélépipède anonyme que s'éteignent pour la première fois les feux de leur rampe. Elles y perdent, seules, devant le miroir, dépitées, les atouts auxquels elles tenaient tant.

En réalité, les femmes reviennent plus souvent avec un « petit truc » qu'elles ont chiné durant toute la journée qu'avec de gros cabas bourrés de vêtements. Elles n'ont pas toutes, et heureusement, la fièvre acheteuse. Ce monde parallèle du chic et du moins chic apaise, et seules les passionnées, entre elles, peuvent appréhender l'intérêt des nombreux divertissements que la mode propose et suggère. L'agencement de certaines boutiques provoque de l'émotion comme le ferait le décor d'une scène d'opéra.

La plupart des hommes sont insensibles à cela, et lorsqu'ils accompagnent leur gazelle dans la jungle féérique du prêt-à-porter, ils préfèrent attendre sur un banc, devant la boutique, en manipulant leur smartphone pour voyager, eux aussi, à leur tour dans les méandres de leur passion. Ne pas avoir de passion, c'est accepter de vivre sans raison. Grâce à la passion nous échappons à la réalité d'une vie qui apparaît, au final, n'être qu'une succession de deuils. En prison, elle avait compris le sens de ce mot et durant ces années de purgatoire, la privation de passions pesait beaucoup plus que la privation de liberté. Dans les alvéoles des ruches pénitentiaires, la passion ne se vit que par procuration et à la condition vitale d'être imaginatif. Sans imagination, on ne ressort pas intact de cet internement.

Au centre commercial de Koopgoot, Gwendolyn s'était acheté quelques « petits trucs » pour préparer sa rencontre avec Klaas. Elle avait traîné, de longues heures durant, dans les galeries marchandes, goûtant son plaisir avec délectation, agrémenté d'une pause dans un salon de thé, où elle s'était goinfrée d'une gaufre bruxelloise au chocolat et à la chantilly.

A 19h15, elle avait rejoint la station de Métro Beurs. Après deux arrêts, elle était descendue à la station Wilhelminaplein pour rejoindre le restaurant se situant à quelques minutes à pied.

*

Gwendolyn est en avance. Il est 19H40 quand elle atteint le pont Erasme. Elle préfère attendre à l'extérieur du restaurant. Elle se rapproche de la berge et contemple le magnifique ouvrage routier qui lui rappelle le pont de l'Alamillo à Séville qu'elle découvrit lors d'un voyage scolaire avec son amie Katelijn.

Elle porte un duffle coat camel. La capuche, les boutonnières originales et la coupe féminine qui lui cintre la taille, la rendent attirante. Elle a choisi une robe rétro de couleur mauve avec quelques motifs dentelés plus foncés et elle porte des bottines à talons. La jeune femme retrouve les élans des langoureuses sensations qui hibernaient en elle. Son sac à dos de voyage et son cabas d'emplettes trahissent son élégance de circonstances mais elle n'y accorde aucune importance. Elle les stockera dans un coin, Klaas n'y attachera aucune attention, il ne regardera, c'est certain, qu'elle.

Les pattes de velours du chat se rapprochent délicatement d'elle. L'animal s'arrête à quelques pas et attend que sa proie se retourne pour jaillir languissamment.

« Ah ! tu es là ! Je ne t'ai pas entendu venir.

— Bonsoir. Ce pont est majestueux, n'est-ce pas ?
— Oui il l'est, comme la journée d'aujourd'hui. Cela me fait un bien fou. »

Elle vient de se dévoiler. Elle offre à son prédateur sa fragilité. Va-t-il en profiter ou cherche-t-elle tout naturellement à le provoquer ? Klaas apprécie imprudemment cette remarque, et pense que leur rencontre nourrit ce bien fou alors qu'elle n'en est qu'un des ingrédients.

Gwendolyn sait déjà que l'homme ramène trop souvent et opportunément les circonstances flatteuses à sa propre personne ; cette attitude démasque sa nature égocentrée et égocentrique. Il cherche rarement à connaître les origines des désirs et plaisirs féminins, convaincu qu'il en connaît les mécanismes et que son instinct suffit à les satisfaire. L'homme anticipe rarement les besoins d'une femme. Pour preuve, les femmes aguerries suggèrent à leur partenaire, à dose infinitésimale, le cadeau qu'elles aimeraient bien recevoir, afin d'éviter tout désenchantement. En suggérant à l'homme ses désirs et ses plaisirs, la femme le rend beaucoup moins puissant mais également moins vulnérable. Sans cette stratégie, il commettrait davantage de bavures sentimentales. Cette subtile tactique jouissive d'obtenir ce que l'on souhaite procure un sentiment d'autosatisfaction que certaines femmes partagent entre elles et rares sont les hommes qui décèlent cette manipulation. Sans la force physique, que serait vraiment un homme ?

Sans être insidieuse, Gwendolyn anticipe les comportements masculins pour ne pas se laisser surprendre. Elle peut désormais se défendre face à des hommes sans scrupules dont l'objectif s'avère la plupart du temps lubrique. Son expérience avec Wouter, si elle l'a profondément marquée, l'a également endurcie.

Mais que cherche-t-elle vraiment ce soir ? Elle ressent soudainement une pulsion qu'elle ne connaît pas et qu'elle ne souhaite pas maîtriser. Une folie étrange et agréable circule dans ses veines, un désir masculin, pense-t-elle ? Elle ne souhaite pas jouer à cache-cache avec le temps ; d'ailleurs, elle n'en a guère. Tout au long de la journée, elle s'est languie de cette rencontre et elle ne la veut pas ordinaire, banale à pleurer. L'exceptionnel exige de l'audace et oblige à déconventionner ces codes communs, faits de compromis, qui ne créent que des situations répétitives engendrant inéluctablement la routine. Demain, il lui faudra *sauter* dans le premier train, elle a promis de rentrer et ses parents comptent plus que tout. Elle ne les décevra pas. Ce soir, elle prendra l'initiative, elle sera audacieuse, elle obtiendra ce qu'elle veut, ce qu'elle désire, la braise ne pouvant plus patienter.

Lorsque l'on se souvient d'un amour perdu, quelles sont les saynètes qui nous reviennent précisément ? Les heures du quotidien où nous étions pourtant si bien réunis, ou ces heures où nous nous perdions dans nous-mêmes ? Pourquoi temporiser avant de s'acheter une friandise, quand nous avons la possibilité de nous l'offrir, en salivant devant la vitrine, alors qu'il suffit d'entrer dans la boutique et de la commander ? Le désir est-il un prélude au plaisir ? Plaisir, sans désir, n'est-ce pas jouer ?

Gwendolyn ôte son manteau et entre en scène. Klaas, évidemment, sans pudeur, la regarde en se noyant. Le félin ne la quitte plus des yeux. Elle attend la phrase conventionnelle. Entrera-t-il ou sortira-il du sentier battu ? Elle ne se fait pas attendre :

« Tu es resplendissante ! »

Elle sourit, le regarde, brûlante d'attirance, puis d'une voix douce, audacieuse, lui répond :

« Je suis heureuse d'être là, assise en face de toi et du pont Erasme qui m'éblouit et me réjouit. Ne nous mentons pas et ne cherchons pas à nous séduire maladroitement. L'exercice est périlleux et il ne m'intéresse pas. »

Elle voit Klaas se glacer. Elle comprend qu'il soit touché dans sa chair de mâle et qu'il craint que ce repas ne se transforme en simple dîner des anciens combattants de l'université de Rotterdam. Mais déjà il interprète sans savoir quel est son propos. Un bref instant, elle profite de sa déconfiture, malicieuse, elle le regarde s'avachir sur son siège mais elle doit, surtout, ne pas briser son élan amoureux, ce quitte ou double peut se retourner contre elle. Elle poursuit :

« Quand nous sortirons de ce restaurant, tu me prendras la main et nous irons chez toi et nous dormirons l'un contre l'autre. C'est acquis, j'en ai besoin, tu en as besoin, nous en avons besoin. Alors ne passons pas ce repas à nous séduire vainement et niaisement. Nous nous plaisons, j'en ai la certitude sinon pourquoi serions-nous là ? Pourquoi m'aurais-tu invitée à dîner sans délai, pourquoi aurais-je accepté ? Partageons ce repas en toute quiétude, détendons-nous, profitons de ce moment sans stratégie affective. Regardons-nous en sachant que nous terminerons cette soirée en partageant le plus intime de nous-mêmes. »

Klaas n'est pas abasourdi. La détermination de cette jeune fille délurée provoque chez lui une euphorie inconnue, un fluide bouillant. Pourquoi serait-il déstabilisé ? Elle a raison, pourquoi tourner autour du pot ? La juge-t-il légère ? Non, bien au contraire, il apprécie cette franchise et redoute ses conséquences. Il va tomber amoureux et elle risque de se volatiliser laissant son mystère le hanter. Cette femme respire l'air pur jusqu'à s'en asphyxier. Il la regarde et perçoit l'époustouflante liberté qui déborde de ses mots, de son corps, de son regard et de ses mains. Que cache-t-elle pour être frénétiquement si franche ? Est-elle condamnée ? Combien de temps lui reste-t-il à vivre ? Il sait qu'il ne peut lui poser de questions, tout interrogatoire demeurerait vain. Alors, il lui prend la main chaleureusement. Elle est douce et chaude.

« Prenons ce temps effectivement, apprenons à nous connaître sans fioritures et ensuite, c'est promis, nous irons chez moi, je t'y amènerai en te prenant la main…

— Gwendolyn, mon prénom est Gwendolyn.

— Gwendolyn, j'aime ce prénom.

Elle sourit. Décidément ! pense-t-il secrètement, Gwendolyn, Godelieve me poursuivent. La vie crée de drôles de similitudes.

Le repas les rapproche davantage. Leurs échanges construisent un puzzle où chaque mot, chaque geste s'épousent parfaitement, laissant apparaître le décor concupiscent de leur attirance. Il n'y a pas de fausses notes, tout se joue en majeur, la vérité n'a pas d'artifice, elle s'expose loyale et sans bavure. Klaas demande l'addition et Gwendolyn s'absente quelques instants pour se regarder une dernière fois en face quelque part, là-bas, dans cette pièce au fond de la salle de restaurant où les intimités sont, encore, sexuées.

« Bonsoir Inspecteur ! »
Klaas lève les yeux. C'est Van Den Berck !
« Quelle surprise !
— Oui effectivement. Vous allez bien ?
— Oui très bien,
— Je vois que vous êtes en parfaite compagnie, je ne m'attarderai pas, je vous laisse profiter de votre soirée.
— Je vous remercie. Bonsoir Professeur, bonne soirée également. »

Van Den Berck quitte le restaurant. Klaas le suit à travers la vitre. Il se volatilise comme par enchantement dans une légère brume qui s'échappe de l'eau que l'on pourrait supposer bouillante. Gwendolyn rejoint Klaas ; il l'aide à enfiler son manteau. Il prend son sac à dos, pour ne pas brouiller son élégance, et ils se dirigent vers la sortie.

« Tout va bien Klaas ? Tu as l'air troublé, quelque chose te contrarie ?
— Non, non absolument rien. Je viens juste de croiser quelqu'un avec qui je suis en contact ces derniers temps pour le travail et, je te l'avoue, je n'ai vraiment pas envie d'y penser. Je veux rester sur mon nuage et profiter de ce qui nous arrive. »

Étrangement ou tout simplement parce que Gwendolyn ne veut pas aborder ce sujet, ni elle, ni lui n'ont posé cette question coutumière lors des premières rencontres : « que fais-tu dans la vie ? » préférant cette autre question plus audacieuse et plus inquisitrice : « qui es-tu dans la vie ? »

*

Le premier désir n'a pas de modèle, d'histoire, il est unique et il transcende tous les autres. C'est lui qui brise la frontière et unit. Il nous fait perdre notre identité et rancarde la séduction à un rang inférieur, il la rend ridicule. Cette première fois prépare les suivantes ou les élimine in facto. Le compromis n'est pas permis. Elle révèle le corps et sa nudité, elle nourrit les fantasmes, ajuste les errances de notre imagination amoureuse. La première relation corporelle donne du sens aux mots, à l'esprit ou alors elle démasque l'imposture, celui de la banalité des relations sexuelles, ce faux chemin à deux où l'un des deux partenaires se perd la plupart du temps.

Le désir ? ce sentiment vertigineux qui rend nos pensées interdépendantes et inhibe notre libre arbitre, nous rendant parfois, malheureusement, esclave et soumis. Nous ne redevenons maître de nous-même que lorsqu'il est assouvi.

Notre corps est notre ultime rempart : l'offrir en manquant de discernement conduit au dégoût ou à la résignation. Les hommes devraient réfléchir davantage à leurs pulsions qu'ils confondent avec le désir, qui lui est le corridor qui mène à l'amour. Combien de viols sont ainsi perpétrés sans qu'ils soient qualifiés ?

Le désir accompagne la fusion des âmes par le corps. C'est un préalable qui demande du temps. Celui qui prétend le contraire est un prétentieux ou un performeur qui n'est animé que par ses trophées.

Klaas désirait-il vraiment Gwendolyn ? Gwendolyn désirait-elle vraiment Klaas ? Leurs pulsions, leurs solitudes expriment-elles vraiment leur désir ? Peut-on soudainement désirer une personne et l'aimer pour un temps, le fabuleux temps où l'on apprend mutuellement ? Le coup de foudre est-il le désir absolu, celui de la certitude amoureuse que l'on ignore ? Ce temps où nous sommes maître et esclave en même temps et réciproquement ?

La violence du premier acte nous donne des indices sur l'avenir d'une relation. La douceur de cet acte ne la compromet que très rarement, sauf dans le cas d'un usurpateur qui a fait de la manipulation sa perversion.

Gwendolyn se sent irrésistiblement attirée par Klaas. Elle a besoin d'amour, de sexe. Le sait-elle ? Elle prend l'initiative et déstabilise Klaas qui n'a pas l'habitude que l'on décide à sa place. Elle l'embrasse profondément, cherche goulûment sa langue, elle s'agrippe à lui. Klaas est calme, doux, canalise cette ardeur en lui caressant les cheveux délicatement. L'élan de Gwendolyn devient plus langoureux, les corps se rapprochent comme deux arbres jumeaux élevés l'un contre l'autre. Klaas prend la main de Gwendolyn et l'entraîne vers la chambre. Il enlève sa chemise, elle déboutonne sa robe et un ballet érotique se déroule devant leurs yeux, chacun étant le spectateur de l'autre.

Plus rien ne presse, ils prennent le temps de dompter leur désir, de se regarder, d'apprécier cet instant qui nous marque à jamais et que nous regretterons quand le temps aura fait ses ravages, que la vieillesse nous renverra les plus belles images de notre existence.

Les gestes sont hésitants, maladroits mais le premier désir les ignore. Gwendolyn s'évapore dans ce labyrinthe sensuel qui redonne à son corps son éclat et ressuscite la frénésie des sens. Klaas s'approprie, le temps de cet échange unique, les contrées bucoliques de sa partenaire dont le parfum stimule la passion. Et lorsque son corps, trop empressé, se vide de lui-même, Gwendolyn prend sa main pour poursuivre leur union. Elle le guide sur un autre chemin, offrant une issue à sa virilité mal-en-point ; s'ils n'ont pas atteint l'orgasme communément, ils s'en sont approchés et cela compte. Ils ne se sont pas perdus dans une séance d'onanisme périlleux où chacun en ressort frustré et dépourvu.

Leur désir latent demeure intact, la nuit leur offrira un autre rendez-vous, une seconde chance, qu'ils ne manqueront pas puisqu'ils commencent à s'apprivoiser.

Le temps suspend les tourments de Gwendolyn qui s'endort apaisée. Elle sait qu'elle est encore vivante. Son désir ostracisé par son incarcération sort de son hibernation. Son visage détendu exprime une certaine quiétude charnelle, enfin, retrouvée.

*

XIX

Vendredi 4 décembre, quartier Delfshaven, Rotterdam, 5 heures.

Gwendolyn se glisse sous un filet d'eau pour ne pas réveiller Klaas. Son corps brille. Elle se regarde dans le miroir et sourit, heureuse et rassurée. Son reflet affiche sa pleine connivence.

Elle s'affaire pour rejoindre la gare centrale et prendre le train de 6h35, celui qui arrive à Harlingen à 10h00. Cette fois-ci, elle prendra le ferry de 10h35 et n'errera pas dans les rues comme elle le fit ce mardi 24 novembre, hésitante, désemparée, pour rejoindre ses parents.

Au moment d'embarquer, elle manqua de courage et reporta son départ durant toute l'après-midi. Vers 19h, prise de frayeur, à l'idée de passer la nuit dehors, elle franchit le pas et s'empressa de rejoindre le dernier ferry, celui qui quitte le port, chaque soir, à 19H45 et rejoint Terschelling en 110 minutes.

Klaas occupe un coquet appartement au 5 Voorhaven, dans le quartier historique Delfshaven. Ses fenêtres se jettent sur le bucolique canal de Aelbrechtskolk où accostent des péniches et voiliers d'exception en bois, aux brillantes teintes de vernis marins et époxy.

Elle ferme délicatement la porte d'entrée du logement et rejoint l'escalier qui la mène du 2ème étage vers l'extérieur. La gare centrale se trouve à 25 minutes de Voorhaven. Il est 5h51. A hauteur du Pont de Piet Heyn, elle remarque la présence d'une grosse berline noire à l'arrêt avec un homme à l'intérieur, encapuchonné dans son pardessus, camouflant son visage. Dort-il ? Elle remonte la rue Aelbrechtskolk pour rejoindre le Boulevard Schiedamseweg qui la mènera à la station Ruilstraat. Elle avance légère, presque sautillante, gorgée du sucre revitalisant de l'amour.

Elle entend, derrière elle, la voiture démarrer, la rejoindre et la dépasser. Puis, une centaine de mètres plus loin, la voiture s'arrête avant de tourner à droite. L'homme descend, ouvre son coffre arrière, et se penche à l'intérieur. Gwendolyn ralentit, préoccupée, inquiète. A hauteur de la voiture, elle se dirige vers la droite afin de l'éviter. Soudain, l'homme surgit, la saisit par l'arrière, pratique un étranglement, la pique dans l'artère jugulaire avec dextérité et lui injecte un anesthésiant à effet immédiat. Elle se sent vaciller tout en reconnaissant l'homme qui l'agresse, son regard s'emplit de torpeur, elle chute à l'intérieur de la malle qui se referme brutalement. Le noir, le silence et l'absence. La voiture démarre, la rue redevient silencieuse.

Gwendolyn manquera son train et ne rentrera pas à Terschelling. Son père l'attendra comme jadis et sa déception sera d'une extrême douleur : il devinera qu'un événement grave l'a empêchée de revenir puisque lors de leur conversation de la veille, en fin d'après-midi, elle lui avait annoncé son retour avec enthousiasme et sans aucune hésitation. « Tu verras Papa, je me suis acheté de jolis vêtements avec ton enveloppe, j'espère qu'ils te plairont. Je suis tellement heureuse de rentrer. »

*

Lorsque Gwendolyn claque, le plus délicatement possible, la porte, Klaas sursaute et se réveille. Il se lève calmement et la cherche quelques instants mais il a compris que la guêpe s'était déjà volatilisée.

Il entend subrepticement une porte qui claque et le démarrage en trombe d'une puissante automobile. Il ne peut imaginer le drame qui se déroule à quelques mètres de son immeuble cossu.

Il regarde instinctivement par la fenêtre, espérant apercevoir la silhouette langoureuse de Gwendolyn mais il ne peut observer, au loin, que le bruyant véhicule qui n'est plus qu'une tache noire s'évaporant dans le matin paresseux. Il se dirige vers la cuisine où il espère une explication pour ce départ *cendrillonaire* et non négocié. Sur la table de la cuisine, un mot patiente…

En regardant la feuille de papier, l'esprit de Klaas s'égare. Chaque objet, chaque chose, chaque situation peuvent déclencher chez lui une réflexion métaphysique et parasiter l'instant présent. Est-ce vraiment le moment ?

Nos outils modernes éliminent progressivement l'écriture et nous pourrions, si légitimement, nous demander pour quelles raisons apprenons-nous encore, à nos enfants, à écrire ?

Ils sauront se servir d'un clavier avant d'atteindre la première classe d'apprentissage à l'écriture. Hormis le fait que de sérieuses études démontrent les bienfaits thérapeutiques de l'écriture, l'écriture manuscrite possède un avantage indéniable : elle est personnelle et intime. L'auteur d'une lettre écrite à la main offre à son lecteur une partie de lui-même. Cette communion n'existe pas avec l'écriture imprimée. Pour preuve, lorsqu'on lit un livre, nous partageons l'histoire de son auteur, que nous interprétons, mais nous ne partageons rien de personnel avec lui. A l'inverse, en recherchant et découvrant l'écriture de son auteur préféré nous découvrons, instinctivement, une autre facette de sa personnalité.

La couleur choisie pour écrire n'est pas anodine : elle inspirera le grand large ou les ténèbres, la nature ou la colère ; les hampes des mots exprimeront la douceur ou la passion, les ratures révèleront l'hésitation puis l'allégation.

L'écriture artisanale s'apparente à une pâtisserie faite maison : sa saveur est consubstantielle et nul ne pourrait la cuisiner à l'identique. Car au-delà du savoir-faire, son premier ingrédient ne s'achète pas, puisqu'il nous appartient et seule notre main en détient le secret.

Aucune écriture n'est identique, elle est notre ADN sentimental. Les imprimantes et les écrans, les boites emails et les textos ont industrialisé nos écritures et les ont rendues insipides, bourrées de quiproquos et d'incompréhensions que les smileys ont juste, à peine, atténué. La correspondance épistolaire a perdu son âme, en est-elle pour autant orpheline ?

Lorsque Klaas avait visité la Maison d'Erasme à Anderlecht, il avait davantage ressenti la personnalité de l'écrivain qu'en étudiant « Éloge de la Folie ». Après cette visite, il avait participé durant quelques mois à un atelier de calligraphie, à Rhoon, mais la distance avait eu raison de sa motivation. Il lui fallait plus d'une heure pour s'y rendre, alors il avait renoncé.

L'écriture ronde et régulière de Gwendolyn, sa police de caractères élégante et fluette lui évoquent sa grâce qui lui manque déjà. Il appréhende le contenu de cette courte lettre. L'absence de ratures le rassure et il commence par la fin par crainte de vivre une désillusion. La lettre se conclut par cette phrase engageante : « Je t'embrasse affectueusement. Je t'appelle samedi. » Alors il revient au début du message et entame la lecture avec délectation :

« Mon cher Klaas,

Pourrais-je avoir le temps d'être expansive et de t'exprimer toute ma gratitude pour le bonheur que tu m'as offert durant cette soirée merveilleuse ? Bien sûr, il me tarde de te revoir et d'échanger à nouveau avec toi. Nous avons, il est certain tant de choses à partager et ce qui compte pour moi est davantage l'intensité que la durée. Il me faut rentrer chez mes parents, aujourd'hui, je leur ai promis. Me réveiller à côté de toi aurait retardé mon départ et je ne voulais pas être confrontée à ce dilemme ; j'aime tenir mes engagements. Lorsque nous nous reverrons, (je l'espère sincèrement) je devrai te raconter mon histoire. Peut-être que cette dernière obscurcira notre horizon mais je souhaite être honnête avec toi. Je ne l'ai pas fait hier soir car cela ne me semblait pas essentiel. Initialement, je voulais juste passer un bon moment avec toi, aller jusqu'au bout de cette irrésistibilité qui nous a unis. Et puis en te regardant dormir, juste avant de partir, j'ai réalisé que j'avais envie d'aller peut-être plus loin, construire un temps quelque chose qui pourrait nous faire du bien à tous les deux. Il est possible que je me trompe, mais j'ai senti que nous n'étions pas vraiment très heureux. Alors, pourrions-nous envisager ces quelques pas à deux, qui parfois mènent bien plus loin que ce que voient nos yeux ? Ne t'inquiète pas, je comprendrais que tu ne partages pas pleinement mon élan et que tu sois plus prudent. Cela serait légitime.

Je t'embrasse affectueusement. Je t'appelle samedi. »

Gwendo...

Les mots de Gwendolyn soufflent sur son jardin secret et leurs soleils nourrissent ses espoirs les plus audacieux. Il est amoureux. La femme fatale peut aussi être saine d'esprit. Il n'entrevoit aucune perversion de la part de Gwendolyn, juste un secret qu'il a hâte de connaître.

Durant une soirée, une nuit, il a lâché prise. Il a oublié l'enquête et laissé sur le bas-côté le stress qui l'accompagne. Il cherche dans la pièce une trace du passage de cette femme gourmande, voluptueuse et généreuse qui a réveillé chez lui son désir, jusqu'alors en réclusion. Il apprécie ce lendemain qui chante, ce jour exquis où il ressent l'exceptionnalité de son existence, lorsque l'amour rend anodin la matérialité qui nous entoure et rend la vie abstraite et magique. Tout apparaît-il pour autant futile ?

Lorsqu' une relation est saine et fluide, elle ne freine pas un homme, bien au contraire, elle le booste et Klaas ne craint pas de reprendre son travail avec Gwendolyn en gyrophare dans sa tête.

Il boit son café paisiblement ; progressivement, tel un fondu enchaîné, il reprend les rênes de son dossier qui se confond puis se superpose au portrait de Gwendolyn, avant de l'effacer complètement. Il se prépare à rejoindre son bureau, il doit impérativement se reconcentrer. La récréation est-elle pour autant terminée ? Il ne le pense pas, l'irrésistibilité s'avère prégnante.

Juste avant de quitter son appartement, il aperçoit, sur la table basse du salon, un monceau de papiers froissés prêts à être jetés. Gwendolyn a certainement vidé toutes ses poches avant de s'en aller et n'a pas eu le temps de trouver la poubelle en dessous de l'évier. Tendrement, en amant précautionneux, il les récupère un à un, les défroisse et, en bon inspecteur, leur donne une signification : quelques tickets de caisse dont le prix de la jolie robe mauve, des mouchoirs perdus, des enveloppes de bonbons, un ticket de tram et un autre concernant la traversée de Terschelling à Harlingen datant de mercredi. Une splendide vue de l'île est imprimée au dos du ticket avec un slogan séducteur : « ici, nulle part ailleurs, l'excellence ! »

Gwendolyn habite-t-elle à Terschelling, une partie de son mystère se cache-t-elle dans cet archipel sauvage de la région de Wadden où un chapelet de cinquante îles et ilots jonchent un territoire marin et écologique rare ? Klass le connaît à peine.

Lorsque sa mère vivait encore, ils avaient passé quinze jours sur l'île de Texel. Ses parents avaient loué une charmante maison au pied du Phare de Eierland, à De Cocksdorp. Déjà sa maman, native de Lisbonne, connaissait la nature du mal qui la rongeait. En septembre, elle s'effondra, le crabe l'emportant en quelques mois.

Durant ce dernier été, il l'avait vue dépérir chaque jour comme un rosier Hadangel que l'on prive de soleil et d'eau, laissant la rouille dévorer inexorablement l'éclat de ses pétales jaunes et luisants. Son courage ne put masquer la maladie qui la meurtrissait. Son père pleurait en cachette, face à la mer, quand elle s'accrochait et qu'elle se battait désespérément pour tenter de vivre heureuse ses derniers instants d'amour substitués au patrimoine de la veuve. Ces vacances furent bien sûr les pires de sa vie. Leurs souvenirs suintent encore et la douleur s'intensifie les soirs où il pleut des crachins nostalgiques.

Klaas glisse le ticket de transport dans sa poche ; il sera comme un linge parfumé que nous respirons pour nous souvenir de celle que nous aimons.

*

XX

Vendredi 4 décembre, quartier Delfshaven, Rotterdam, 8 heures.

Klaas suit les traces de Gwendolyn et longe le canal comme elle, deux heures auparavant. Il rejoint la station Delfshaven qui se trouve à 400 mètres de son appartement. Il emprunte ensuite la ligne 4 qui le mène à la station Noordsingel en moins de 20 minutes. Douze stations défilent, durant lesquelles il se replonge dans l'enquête. Les va-et-vient incessants, les claquements de portes bruyants, les voix et les cris des enfants, les klaxons bien trop souvent, tout ce que la ville transpire assidûment ne perturbe pas sa concentration. Le tramway file à faible allure et le transporte, imperturbable, sans obstacle, à sa destination.

Klaas descend du tram qui poursuit son itinéraire paresseux vers Molenlaan, certainement un des quartiers les plus riches de Rotterdam. Il traversera, ensuite, Hillegersberg, dont les pieds bourgeois trempent dans Bergse Plassen et Voorplas à quelques encablures de la Rotte, devenue par dépit discrète.

La chenille mécanique, en quittant son arrêt, dévoile sur sa gauche, un majestueux saule pleureur. Les plumes végétales de cette essence de salicacées caressent la surface du canal Noordsingel, revêtu d'une fine couche de vase que le soleil du matin magnifie. La carte postale exulte la béatitude dans laquelle baigne Klaas depuis ce dîner exquis à l'Aqua Asia Club.

Klaas s'engage, par la droite, sur Burgemeester Roosstraat pour rejoindre Zwart Janstraat. Après 7 minutes d'une marche modérée, il rejoint Willem et Floortje dans leur fief, face au commissariat. Ils ont convenu de débriefer autour d'un café chaud à 8h30.

*

Le district d'Amsterdam a fourni à Floortje une information lui indiquant que Godelieve travaille dans la zone De Wallen d'Amsterdam. Des policiers amstellodamois ont interrogé certains de leurs informateurs et grâce à la photographie de la fugitive, un signalement a pu être recueilli.

« Allons rencontrer nos collègues, à Amsterdam. En rencontrant Godelieve, sortirons-nous enfin de l'ornière dans laquelle nous sommes embourbés ? »

*

Klaas et Floortje roulent à vive allure sur l'autoroute A4 qui relie le plus grand port marchand d'Europe à la capitale européenne de l'innovation et à la ville la plus sûre de l'Union.

Ils ont rendez-vous à midi avec l'inspecteur Harry Grünberg pour se rendre ensuite dans le quartier attractif et animé de la *Venise du nord*.

Amsterdam n'a pas à rougir de son surnom, elle compte davantage de canaux et elle est construite en dessous du niveau de la mer. Pourquoi ne parlerions-nous pas alors de *l'Amsterdam du Sud*, en citant la capitale de la Vénétie ? Ce n'est pas faire de l'ombre à Amsterdam que d'écrire qu'à Venise le nombre de palais et églises y sont bien plus nombreux ; les déplacements se font tous à pied ou en gondoles et la frénésie vélocipède n'y a pas sa place. Il existe dans ce lagon plus d'une centaine d'îles offrant chacune une singularité historique et aucune d'entre-elles ne peut être atteinte autrement que par les flots.

Si les deux cités offrent des styles architecturaux d'une extrême richesse, il règne à la cité des Doges une ambiance de comédie Dell'arte romantique et mystérieuse qui la rend unique et éternelle ; l'âme de la cité lacustre est une exception luxuriante que l'on ne retrouve nulle part ailleurs. Venise fait vivre ses fantômes, qui hantent nos imaginations et nous transportent vers d'autres époques où l'histoire anime intemporellement le quotidien.

Dans la digue d'Amstel, il est préférable de préparer son itinéraire en amont pour éviter l'ennui et finir sa journée dans un coffee-shop. En revanche, dans la cité des masques, il n'est pas nécessaire d'anticiper son parcours : il suffit d'errer et de se faufiler entre les ruelles et les canaux. Se perdre dans Venise, ne jamais savoir vraiment où l'on est, s'impose comme une règle de voyage et permet aux tourtereaux de s'aimer davantage. A elles seules, les deux cités attachantes et particulières cristallisent les tempéraments du nord et du sud de l'Europe. L'une présente un décor touristique captivant et ordonné, que l'on visite avec bonheur en famille ou avec des amis, tandis que la seconde sert de décor romantique aux escapades langoureuses des amants, parfois infidèles, qui viennent s'y blottir en cachette, le temps d'un long week-end languide.

« Comment vas-tu, Klaas ? Tu as l'air bien silencieux. Des soucis ?

— Tout va bien Floortje, on ne saurait aller mieux, je te remercie et toi ?

— Super top, la pêche, comme d'hab ! Alors qu'en penses-tu, allons-nous la coincer, notre fugitive du Mahzen ? »

Elle sort son flacon de parfum Dune et vaporise l'habitacle.

« Je l'espère bien.

— Connais-tu Amsterdam, Klaas ?

— A peine, exception faite du quartier De Wallen. »

Il y a une dizaine d'années, ce quartier *pustulait* de ces légendaires vitrines où s'exposent encore, mais beaucoup moins nombreuses, des prostituées qui présentent une partie de leurs attributs pour alpaguer les passants, composés en grande partie de touristes.

Désormais seuls Oude Nieuwstraat et Oudezijds Achterburgwal présentent encore un achalandage pornographique attractif. En début de soirée, une foule épaisse, curieuse, honteuse et voyeuse s'active, offrant un ballet incessant d'hommes léchant et reniflant sans pudeur les vitrines lubriques de Red Light District.

Depuis 2012, une fronde est menée par les différents bourgmestres pour déplacer ces officines vers la périphérie d'Amsterdam ou obliger les péripatéticiennes à travailler à domicile.

Plus de la moitié des commerces du sexe a fermé. *Boboifier* le quartier rouge devient l'objectif subreptice des politiques municipales. La capitale néerlandaise part à la chasse à la prostitution. Comme pour tout changement, les pour et les contre s'affrontent et chaque partie expose ses arguments. Mais, comme pour toutes les industries, plus on libéralise et plus les travailleurs se retrouvent isolés et en situation de précarité. L'industrie du sexe n'échappe pas à cette règle.

Le quartier rouge a pourtant cet avantage de contrôler la prostitution et de la réglementer. Il protège le client et la prostituée. L'exposition de ces corps de femmes, de transsexuels et de transgenres est-elle pour autant décente ? Qu'adviendra-t-il de ce quartier, lorsque ces comptoirs charnels auront été décentralisés et que les millions de touristes déserteront le quartier ? Le musée de l'érotisme suffira-t-il à les contenir ?

« Sais-tu, Klaas, que la mairie d'Amsterdam projette d'éteindre les lumières rouges et de construire un centre érotique, loin du quartier De Wallen, où elle concentrerait toutes les boutiques ?

— Un supermarché du sexe ?
— Oui ! en quelque sorte ; elle réfléchit à la mise en œuvre d'un portail web pour soutenir les prostituées et les accompagner afin de trouver des clients en ligne. S'adapter aux nouvelles technologies, dit-elle ! Les autorités locales augmenteraient le nombre de permis de travail afin d'offrir de nouvelles opportunités aux travailleuses du sexe.
— Et bien ! Imagines-tu le fichier-clients des prostituées piraté par des Anonymous ? Nous ririons un long moment ! Après tout, pourquoi pas ! Si nous la comparons à d'autres pays d'Europe, je préfère notre manière de

gérer la prostitution, contrairement à la douce France. Tu connais ce pays ?

— Bien sûr ! (Elle rit énergiquement)

— Celui qui donne des leçons à tire-larigot et qui fait toujours le contraire de ce qu'il prétend. Le pays des râleurs qui savent tout sur tout et qui parlent tous en même temps.

— T'es sérieux, là ?

— Bon, je déconne, tu connais mon attachement pour ce pays. Quand on généralise, nous disons forcément des inepties. »

Floortje sourit ; Klaas se reprend toujours lorsqu'il est pris en flagrant délit de trivialité ou la main dans le sac des pensées malséantes ; il entretient son apparence d'homme progressiste et son réflexe consiste, alors, à formuler une assertion pour s'élever au-dessus de la mêlée.

« Eh bien, sais-tu, que la France interdit les maisons closes mais qu'il existe à Paris des centaines de salons de massages où la prostitution se pratique au vu de tous et parfois à quelques mètres des écoles. Les travailleuses du sexe sont des chinoises contraintes de rembourser la dette de leur voyage vers l'Europe qui s'alourdit chaque année. Leur souteneur confisque leur passeport qu'elles ne récupéreront que lorsqu'elles se seront honorées de leur engagement pécuniaire. Dans les faits, elles ne le récupèrent que le jour où elles ne sont plus opérationnelles.

— Jolie litote, Klaas…

— Gare à celles qui n'atteignent pas les objectifs ; elles sont battues, bien évidemment ! Elles ne touchent pratiquement rien sur les massages, leur rémunération provient essentiellement de ce qu'ils nomment là-bas : *le massage intégral.*

— Eh bah, Klaas, tu connais bien le sujet. Aurais-tu testé le massage intégral ?

— Bah oui, Floortje, plusieurs fois. » Il sourit amicalement.

*

Amsterdam approche, ils l'ont en point de mire. Ils entendent les avions de l'aéroport de Schiphol passer au-dessus de leurs têtes et frôler la grande artère qui alimente le cœur de la ville.

Après vingt minutes, ils arrivent à destination. Klaas éteint la radio qui annonce les informations de midi. Ils se garent devant le building du commissariat, un imposant paquebot moderne aux cabines bleutées, amarré sur les quais du boulevard Nieuwezijds Voorburgwal.

Harry Grünberg les reçoit dans son antre de Burgwallen. L'homme tout rond, de petite taille, aux billes noisette et *pépitantes*, sautille sans cesse comme s'il voulait se grandir pour regarder ses interlocuteurs, droit dans les yeux, à la même hauteur.

L'accueil chaleureux de l'inspecteur les honore. Ce mec-là, il a tout du bon pote, du bon flic, du bon père, du bon de tout, sauf qu'il aimerait être plus grand, c'est tout.

« Nous avons prospecté dans le quartier de De Wallen et particulièrement dans la zone où se trouvent les vitrines. Grâce à la photo de la personne que vous recherchez, nous avons eu un tuyau. Elle travaillerait au My Red Light, une maison close de De Wallen, fondée en 2016, à l'initiative de la municipalité et gérée par des travailleuses du sexe qui proposent sur internet des emplois, des chambres ou des photos floutées de prostituées. Les filles peuvent facilement y exercer anonymement ou sous une fausse identité. Je vous propose de nous y rendre pour interroger les filles qui s'y prostituent. Nous ne l'avons pas fait car, conformément à vos directives, nous sommes à votre disposition et c'est à vous que l'on a confié cette enquête. »

Klaas s'interroge : ironie ou simple précision de procédure objective ? Cet homme est bien trop sympathique pour exprimer la moindre frustration ou rancœur. Klaas est le seul maître à bord, sa vanité n'a pas besoin de s'offusquer.

« Merci Harry, pour cet excellent travail. Pouvons-nous nous y rendre ? Tout est ok ? »

*

Hormis l'étalage des chairs enjolivées par des bas résille, Oudezijds Achterburgwal ne présente pas vraiment de particularités, excepté son bras d'eau qui sépare la rue en deux. La rangée d'arbres quelconques évoque une ligne de pieds de vigne où les vélos s'enroulent en grappe autour de chacun d'eux. L'absence de courbes rend l'espace trop cartésien, il manque cruellement de fantaisie. Les façades à pignons à redents, caractéristique de la Renaissance néerlandaise, de la majorité des maisons apporte un intérêt à l'artère. Malheureusement pour elles, peu de touristes lèvent la tête, préférant épier, le regard oblique, les boutiques du sexe qui s'estampillent d'un euphémisme puritain : *The office*, suivi du numéro de rue. Cette indication leur donne alors un aspect convenable et respectable, quand la fille de joie baisse le rideau pour gérer son affaire en toute, ou presque, discrétion. Comme les congolais qui rendent visite à leur maîtresse en disant à leur femme légitime : « Je me rends à mon premier, second, voire troisième bureau », le néerlandais qui visite une prostituée répond à sa femme ainsi :

« Où vas-tu chéri ?

— Eh bien, mon cœur, comme chaque jour, au bureau ! »

My Red Light se trouve à l'angle de la ruelle Boomsteeg et de Oudezijds Achterburgwal. *The office* est légèrement en sous-sol. Son activité enregistrée est : agence de location de grands bureaux à Amsterdam.

Il faut descendre quelques marches pour atteindre la porte d'entrée. Des rideaux rouges patientent et n'attendent que le client pour empêcher la lumière et les regards extérieurs de pénétrer dans la maison bien entretenue. Durant toute la visite des trois policiers, ils resteront grands ouverts : pourrait-il en être autrement ?

Harry Grünberg est à la manœuvre. Oudezijds Achterburgwal est son territoire, Klaas ne le conteste pas. L'inspecteur pousse la porte suivie des deux collègues rotterdamois. Une femme apprêtée les reçoit. L'entrejambe érotique parfait et attirant qu'elle révèle pourrait être perturbant. Comment lutter face à une telle tentation, s'interroge Harry ? Il se ressaisit rapidement pour ne pas être surpris en flagrant délit de luxure.

En retrait, Klaas se questionne : quels sont les hommes qui pourraient prétendre, sans duplicité, ne pas être attirés par les couleurs et les mouvements des lignes parfaites des provocations charnelles ?

Quant à Floortje, elle trouve ces jambes si sensuelles qu'elle en serait presque jalouse.

« Bonjour Madame, nous sommes de la police et nous aimerions vous interroger au sujet d'une personne qui utiliserait vos services pour pratiquer son activité ? »

La femme reste calme. Dans ce secteur, les contrôles sont fréquents. L'État vérifie que les prostituées respectent bien les consignes d'hygiène qui leur sont imposées. C'est tout le paradoxe de la profession et de son hypocrisie : on vous autorise à vendre votre corps mais on vérifie que vous le faites proprement. En principe les états de droit européens interdisent la commercialisation du corps humain en ce qui concerne ses éléments ou produits mais concernant son usage, seuls cinq pays l'interdisent. Il est d'autant plus curieux que ce sont des partis progressistes qui ont transformé l'Allemagne en plus grand bordel d'Europe.

Si l'inaliénabilité du corps humain est un élément intangible des États de droit, nous avons bien du mal à comprendre comment celui-ci peut être « loué » sans représailles. Ah le droit et ses pirouettes juridiques au service des pervers qui le créent… murmure une petite voix quelque part par-là !

Son visage doux, sans fracture, regarde attentivement la photo. La voix est claire, sans vulgarité, sans hésitation :

« C'est Godelieve, elle loue effectivement un studio ici. A-t-elle des problèmes ?
— Savez-vous où nous pourrions la trouver ? Connaissez-vous son adresse ?
— En principe, elle travaille tous les jours, mais depuis mardi, elle n'est plus venue.
— Vous a-t-elle contactée ?
— Non !
— Avez-vous son numéro de téléphone ?
— Non, elle ne souhaitait pas le communiquer.
— Pourriez-vous nous montrer votre registre ?
— Oui, bien sûr ! Suivez-moi !
— La réservation du studio n'a pas été faite au nom de Godelieve mais à celui de son compagnon, Freddy Holleeder, pourquoi ?
— Je ne sais pas, je ne suis pas la gérante, juste une locataire comme Godelieve. Je suis navrée mais si vous voulez interroger la gérante, elle est partie déjeuner, elle sera de retour vers 15 heures.
— Non ce n'est pas nécessaire, pour le moment. »

L'inspecteur relève l'adresse notée sur le registre puis ils quittent My Red Light. Leur prochaine destination se situe au 102 Nieuwendammerdijk au Nord de la ville, en bordure du parc de Vliegenbos.

*

La maison mitoyenne se cache derrière une haie d'arbustes touffus. Le 102 a un étage de moins que le 100. Il est plus modeste et moins bien entretenu. Une discrète clôture en fer forgé délimite une minuscule cour extérieure dont la fragile porte d'accès se rabat sur un parterre où poussent des herbes hautes et sauvages. Deux bicyclettes vintages sont accolées au mur de la maison. Harry précède Klaas et Floortje. Il s'approche de la porte d'entrée et repère la sonnette. Elle ne fonctionne pas. Il frappe énergiquement. Aucun bruit, la porte demeure close. Concomitamment, sa porte jumelle, celle du 100 s'ouvre. Une femme âgée, mégère, apparaît sous sa marquise qui surplombe la porte d'entrée. De sa voix éraillée, elle interpelle les agents :

« Je ne les ai pas vus, ni entendus depuis mardi. »

L'œil de Judas, ce quidam, cet informateur précieux pour les enquêteurs, se présente devant les trois inspecteurs. Elle a le flair et l'intelligence pragmatique, elle sait qui ils sont et, compte tenu du comportement belliqueux de ses voisins, elle savait qu'un jour ou l'autre, la police se présenterait.

« Bonjour Madame ! Nous sommes policiers et nous sommes à la recherche de cette personne. »

Harry lui présente la photographie de Godelieve.

« Oui, je la connais, elle habite ici au 102 avec Freddy Holleeder, depuis quelques mois. Ils sont toujours en train de se chamailler. D'ailleurs, je crois qu'il la bat. Ils font tellement de bruit que je n'ai pas eu de mal à me rendre compte qu'ils ne sont pas là. Tout est calme depuis mardi.

— Quand les avez-vous vus pour la dernière fois ? (Certainement la phrase la plus populaire et commune de la littérature policière !)
— Vus ou entendus ? (Elle pouffe de rire.) Lundi, ils sont rentrés vers trois heures du matin. Elle fait le tapin à De Wallen. Je les ai entendus, je me suis levée, énervée. Ils se sont engueulés comme d'habitude, mais pas longtemps, à peine quelques minutes, juste au moment où ils sont rentrés ; puis plus rien, juste le vacarme d'une voiture qui démarrait en trombe. Je n'ai pas eu le temps de relever l'immatriculation, mais c'était une belle voiture noire, une voiture de riche. »

Entre-temps, Floortje a actionné la poignée de la porte d'entrée. Elle n'est pas fermée. Elle la pousse avec prudence. Soudain, à l'affût, profitant du courant d'air, la mort, libère et répand son odeur âcre et piquante.

« Klaas, Harry, venez ! »

Le ton de la policière avertit ses collègues d'une situation anormale. Ils anticipent le drame et commencent à déployer un filet de sécurité autour de la maison.

« Rentrez chez vous Madame, nous revenons vous interroger dans quelques instants.
— Que se passe-t-il ?
— Rien ! Ne vous tracassez pas, rentrez chez vous, nous revenons rapidement. »

Dans le salon qui jouxte un jardin extérieur en friche gisent deux corps : celui de Godelieve et probablement de son compagnon. Leur assassin devait certainement les attendre dans l'obscurité. Ils n'ont pas eu le temps de se dévêtir. Godelieve allongée sur le dos, son sac à main près d'elle, conserve les stigmates de sa souffrance. La mort ne l'a même pas apaisée, contrairement à son compagnon qui a rencontré les anges. Ils ont chacun une balle au centre du front, les tirs ont été précis et sans bavure.

En moins de 15 minutes, la scène de crime prend des allures de forteresse. Le quartier s'anime d'une activité extraordinaire. Les sirènes, les voitures, les hommes en uniforme défilent dans cette modeste maison. Il ne manque plus que la meute journalistique pour commencer. Enfin elle arrive, alors on pourrait entendre : « silence, on tourne ! »

Le légiste est à pied d'œuvre. Il confirme les constatations des inspecteurs. Bien qu'il ne puisse déterminer avec exactitude les circonstances et l'heure de la mort des deux victimes, plusieurs indices corroborent l'idée que l'assassinat a eu lieu durant la nuit de lundi à mardi.

En premier lieu, le témoignage de la voisine ; en second lieu, Godelieve ne s'est plus présentée au *bureau* depuis mardi, et en troisième lieu, le dernier message de Freddy Holleeder envoyé à un de ses amis à 23H35 le lundi soir : « je t'appelle demain, on en reparle ». Depuis, plus aucun message n'a été émis et tous ceux qu'il a reçus n'ont fait l'objet d'aucune réponse.

Aucune infraction, ni vol apparent ne sont constatés. Le tueur ou les tueurs n'avaient qu'un objectif : éliminer Godelieve et Freddy. Godelieve était-elle la cible initiale ? Frederik voulait-il éliminer ce témoin gênant capable de l'identifier ? Freddy ne serait alors qu'un dommage collatéral ? Comment Frederik a-t-il pu être plus rapide que la police qui dispose de moyens conséquents ? Depuis une semaine, ce sont des dizaines de policiers qui sont mobilisés sur cette affaire hors norme.

« Vu la précision des tirs, l'homme manie avec dextérité les armes à feu ; pile poil au milieu du front et forcément avec un silencieux puisque la voisine n'a pas entendu de détonation. » relève Harry.

Klaas et Floortje se regardent, embarrassés : La découverte de Godelieve, au lieu d'éclaircir l'enquête, ne fait que l'assombrir.

*

La grande aiguille franchit la première minute de 21 heures. Les scellés sont mis sur la porte du 102. Les différents interrogatoires de proximité, hormis le témoignage de la voisine, n'ont apporté aucun indice ou information supplémentaires. Rien de probant, nécessaire à la progression de l'enquête ! Klaas devine que le rapport du légiste ne fera que confirmer les premières constatations. Floortje suggère tout de même de pratiquer un test ADN pour vérifier s'il correspond bien à celui de la serveuse du Mahzen.

« Tu as raison, Floortje, sage décision. J'ai peur qu'il ne nous confirme que Godelieve était bien la serveuse qui travaillait avec Harald. Mais bon, n'écartons aucune éventualité.

— Je vous envoie le rapport du légiste le plus rapidement possible, je pense lundi au plus tard.

— Merci Harry pour votre précieuse collaboration. Nous nous tenons au courant. A bientôt ! »

Ils se saluent amicalement. Klaas et Floortje se préparent pour le retour. Avant qu'elle n'ait démarré la voiture, il se tourne vers sa collègue, l'air mielleux quelque peu dépité :

« Écoute Floortje, je reste à Amsterdam ; je vais profiter d'être ici pour régler un différend familial. C'est l'occasion ! Je te laisse rentrer seule à Rotterdam. Cela ne te dérange pas ?

— Non, aucun problème Klaas, à la condition que tu m'assures que tout va bien. Je te sens préoccupé.

— Non, ne t'inquiète pas, tout va bien. Je reste mobilisé. Je t'appelle demain pour que nous fassions un point. Dans tous les cas, nous nous voyons lundi. Pour le moment c'est le statu quo. Harry va poursuivre son enquête et rechercher des éléments et indices facilitant la reconnaissance du ou des agresseurs : poursuivre les interrogatoires, visionner les vidéos de surveillance afin d'identifier la voiture aperçue par la voisine, chercher des correspondances aux empreintes relevées par la scientifique… enfin tout le train-train, tu connais la chanson. Je t'avoue que je suis stupéfait. Nous avons un tueur en série, en cavale, qui s'autorise, à la barbe et au nez de tous, de venir éliminer notre principal témoin. Je vais contacter Ten Berge, j'espère qu'il ne va pas me retirer l'enquête, ça sent le roussi. Si la presse découvre le dessous de nos investigations et établit un rapprochement avec le double assassinat d'aujourd'hui, nous allons avoir un emballement et une psychose médiatique. Je ne suis pas certain d'être capable d'affronter la meute de chacals.

— Oh tu sais Klaas, ce n'est pas ton problème mais celui du commissaire ; il est aguerri et préparé à répondre aux médias. Je te dépose où ?

— Près de la gare si tu veux bien. Il y a un hôtel Ibis, cela sera parfait !

*

Klaas assis sur le lit de la chambre d'hôtel, confortable et standardisée, déchiffre le ticket de transport qu'il avait délicatement mis dans sa poche pour se souvenir de Gwendolyn.

Sur son recto, il est inscrit : voyage aller-retour 1/2. Klaas suppose qu'il y avait donc à ce ticket aller, comme en témoignent les pointillés et les indications « aller/retour » et « 1 de 2 » un ticket retour accolé « 2 de 2 ». Il en déduit que Gwendolyn a repris le ferry vendredi pour aller voir ses parents avec ce second ticket qu'elle a détaché du premier. Les deux reliés formant son titre de transport aller et retour. Ses parents habiteraient donc à Terschelling.

L'irrésistibilité conduit l'amant aux prouesses les plus audacieuses : rejoindre Gwendolyn pour la surprendre et recevoir en récompense cette allégresse que seules les folies amoureuses sont capables d'inventer.

Il avait pris sa décision durant la journée, lorsque son esprit fuyait la monstruosité des corps inanimés pour toujours.

Demain, il prendra le bateau pour se rendre à Terschelling. Il cherchera Gwendo et s'il rentre bredouille, tant pis. Le temps passé sur l'île lui procurera l'évasion et le réconfort dont il a besoin. Décompresser, s'imposer le recul nécessaire pour mieux avancer et recharger ses accus : il pressentait des lendemains tumultueux.

Se sentait-il coupable de la mort de Godelieve ? Avait-il commis une erreur qui aurait permis à l'assassin de dénicher la victime ? Avait-il besoin d'amour, tout simplement pour se réconforter ?

La nuit ne répondrait à aucune de ces questions, il le savait ; il s'endormit nerveusement. Une nuit agitée commençait.

*

XXI

Vendredi 4 décembre, Rotterdam, 23 heures.

Gwendolyn fouille, sans grande conviction, dans une malle à la recherche d'un outil qui lui permettrait de tenter d'ouvrir la porte blindée de la pièce dans laquelle elle est prisonnière. Elle y trouve des jouets parfaitement disposés, certains encore dans leur emballage d'origine. Ce sont des jeux de garçon, de petit garçon.

La cave, où elle est séquestrée, a été aménagée avec le mobilier d'une chambre d'enfant. Un trompe l'œil représentant une fenêtre qui s'ouvre sur un jardin asiatique est dessiné sur les pierres sèches. L'endroit est sain, on ne détecte aucune humidité. Un lavabo, une douche et un cabinet de toilette se nichent dans un coin, derrière un mur en carreaux de verre.

Dans une armoire en hêtre clair, les affaires d'un garçonnet sont rangées convenablement, pliées et repassées.

Les affaires de Gwendolyn sont posés sur un joli bureau d'écolier en chêne foncé. Dans les tiroirs on y trouve la parfaite panoplie de l'élève studieux.

Le lit est encadré, pour partie, par un cosy où sont exposés une vingtaine de voitures et camions militaires miniatures. Des soldats de plomb remplissent une boîte en métal et quelques bandes dessinées sont alignées dans un des casiers du meuble.

Une lampe de chevet, avec un abat-jour en bambou bleu pastel assortie au mobilier de la pièce, repose fièrement sur une table de nuit, Des figurines chinoises, nombreuses, encerclent la lampe de nuit.

Un tapis de couleur bleue, moucheté d'étoiles jaunes, cache et feutre les dalles en grès gris. Différents objets célestes phosphorescents collés au plafond éclairent l'espace, lorsque l'on éteint la lumière.

Une cage à grillon, avec son occupant vivant, et posée sur une colonne en marbre blanc, occupe le centre de la pièce.

Du linge de toilette, des produits cosmétiques et des provisions, en quantité suffisante pour tenir plusieurs jours, sont entreposés sur une étagère en roseau tressé.

Contrairement à sa cellule de prison, ici, elle n'entend aucun bruit, aucun cri, aucune plainte, aucune porte qui claque, aucune clef qui grince, rien que le silence assourdissant, celui qui rend fou.

Au début de son séjour en prison, ces fonds sonores la rendaient furieuses. Ensuite lorsqu'elle avait cartographié les couloirs, les cellules, les lieux de promenades, ces bruits devenaient familiers et elle devinait grâce à eux la vie de la prison, comme dans une maison de famille. Les sons variés rythmaient les journées et les rendaient moins monotones et plus supportables.

Quant aux bruits de la nuit, au bout de quelques semaines, elle avait compris qu'elle devait les ignorer pour éviter de sombrer vers la neurasthénie. Pour dormir profondément, elle se bouchait les oreilles avec du papier toilette qu'elle trempait dans de la cire épilatoire, qu'elle se procurait à la boutique de la prison.

Depuis combien de temps est-elle enfermée dans cette pièce ? Son téléphone et sa montre lui ont été confisqués. Ses chaussures sont parfaitement alignées au pied d'un mannequin de vitrine que l'on a revêtu du manteau qu'elle portait le jour de son enlèvement.

Elle n'a subi aucune violence. Elle est réveillée depuis plusieurs heures mais elle ne sait pas quel jour nous sommes : Encore vendredi ? Samedi ? Dimanche ?

Gwendolyn ne s'affole pas et ne s'angoisse pas. Elle fait preuve d'un sang-froid qu'elle ne se soupçonnait pas. Elle comprend la situation et elle doit réfléchir pour trouver une issue à l'impasse dans laquelle elle se trouve.

Elle pensait son agresseur du Mahzen mort et le voilà qui resurgit, la kidnappe au petit matin. Pour quelles raisons ? Elle comprend aisément qu'elle pourrait l'identifier et le compromettre. Que va-t-elle devenir ? Pourquoi n'est-elle pas morte ? Quelle est la signification de ce décor de théâtre enfantin ? Désormais prisonnière, va-t-elle devenir l'esclave sexuelle de ce prédateur ? Là, maintenant, elle prend peur. Son corps se glace et elle transpire en même temps. Elle s'asphyxie en respirant trop rapidement ; elle suffoque et ses larmes frigorifiées de peur d'affronter la réalité restent prisonnières de son désarroi. Elles se nichent dans la chaleur de son corps refusant de vivre à l'extérieur. Son imagination la terrifie. Elle envisage raisonnablement le pire. Elle se cloue sur le bord du lit et se fige ainsi de longues minutes, tel un cierge de glace.

Qui pourrait la soutenir ? La secourir ? Elle se rassure comme elle peut mais toutes les solutions qu'elle espère sont sans issue.

Va-t-elle se résigner pour autant ? Elle pense à toutes ces femmes qui disparaissent chaque année et que l'on ne retrouve jamais. Elle s'allonge sur le lit, se recroqueville pour adopter une position fœtale qui la réconforte. Elle sanglote dans le silence persistant, espérant entendre les lourdes clefs s'enfiler dans la lourde porte blindée, sauvée par un miracle qu'elle n'est pas capable d'invoquer.

*

XXII

Samedi 5 décembre, Harlingen, 9 heures 18.

Sans retard, l'intercity de la Nederlandse Spoorwegen s'immobilise à la station Harlingen Haven.

Klaas quitte la station ferroviaire pour rejoindre Waddenpromenade qui se trouve à 7 minutes à pied. Sur sa gauche, un haut mur vert en pierre surplombe le quai opposé. Au sommet du parapet, de hauts mâts surgissent comme des joncs, qui se trémousseraient dans les hautes herbes des marais. Il devine, retranchée en arrière du mur-rempart, la mer en embuscade. Son niveau d'eau se trouve bien au-dessus de la voie ferrée.

Rien d'extraordinaire pour ce pays qui connaît la mer mieux que quiconque et pourtant, la moindre brèche dans cette digue engloutirait Harlingen. Comme le Bangladesh, les Pays-Bas vivent avec une épée de Damoclès sur la tête.

Depuis le 17 siècle, le peuple néerlandais assure sa survie en s'adaptant aux aléas et caprices des fleuves et de la mer. « Dieu a créé le monde, et les Néerlandais ont créé les Pays-Bas » énonce un dicton populaire.

Grâce aux polders, les néerlandais grignotent, domestiquent et apprivoisent la mer docilement, et inlassablement ; ils augmentent ainsi la surface viable de leur territoire tout en assurant leur survie. Les digues, qui entourent ces étendues artificielles de terre, empêchent également la mer de tenir sa revanche en envahissant des terres vulnérables, à fleur d'eau. Klaas a toujours été subjugué de savoir qu'un quart de son pays se situe en dessous du niveau de la mer alors que celui-ci ne cesse de s'élever avec le réchauffement climatique. Parfois, cela provoque en lui une crise de panique qu'il ne partage pas ; il serait forcément la risée de ses compatriotes qui, chaque jour, investissent, expérimentent, innovent et redessinent les provinces pour les empêcher d'être submergées. Cette bataille, contre cet élément naturel puissant, les néerlandais ne peuvent la perdre alors ils écartent tous les scénarios de films catastrophes et pathos. Ils sont cartésiens et prévoient l'imprévisible ; ils n'ont pas d'autre choix et ils agissent avec un optimisme à toute épreuve.

Les Pays-Bas s'affirment incontestablement comme le leader pour lutter contre la montée des eaux qui menace implacablement nos continents. Ses habitants imaginent la planète de demain et Klaas peut être fier de cela. Jamais il ne devrait douter de leurs capacités et volonté à empêcher les eaux de soulever des montagnes.

Le vent léger chahute l'accastillage des bateaux qui se dandinent le long des lourds embarcadères bordant le front de mer. L'horizon clair, les mouvements des navires, l'architecture marine et le chant monocorde des goélands, survolant en escadrille le rivage en pratiquant des huit paresseux, invitent à la virée au large. Là-bas, tout apparaît paisible et si loin de tout.

L'inspecteur emprunte la passerelle de l'écluse qui protège le vieux port des assauts maritimes. Il laisse sur sa gauche le sémaphore et poursuit son itinéraire vers le ferry. Il l'aperçoit à quelques centaines de mètres.

A perte de vue, les mâts des bateaux dominent et forment une forêt dont les cimes titillent le ciel bleu. Les maisons pittoresques en briques rouges d'Amsterdam complètent ce décor où s'entremêlent les plaisanciers, les touristes, les pêcheurs et les employés de la marine marchande. L'activité dense agite Harlingen en permanence et éveille la curiosité des enfants qui épuisent leurs parents.

Klaas pénètre dans le terminal et achète un titre de transport : un aller et retour pour West-Terschelling. Il est identique à celui de Gwendolyn. Cela le conforte à poursuivre sa pérégrination. Il rejoint le ferry et présente son ticket au marin qui l'accueille à l'entrée de la passerelle. Son visage buriné lui donne un air hollywoodien, de capitaine Barbossa au long cours, vous promettant une aventure sans retour.

Jamais Klaas ne cesse d'être en mouvement et son cerveau l'entraîne, bien malgré lui, dans les coulisses de son imagination et réflexion fécondes. Il se surprend à se fatiguer lui-même. Il envisage, d'ailleurs, de pratiquer la méditation de pleine conscience pour canaliser cette anarchie cérébrale qui le disperse et l'empêche de rester concentrer sur un seul sujet.

La traversée sera courte. Klaas a pris le Ferry qui rejoint rapidement Terschelling en 50 minutes au lieu de 110 minutes avec un autre bateau. La différence ? Le prix ! Du simple au double, et le transport de véhicules qui s'avère impossible sur l'express, sauf situations d'urgences.

L'officier voyage incognito. Il s'installe sur le pont supérieur, à l'air libre avec les touristes qui veulent immortaliser les mouvements du bateau avec leur smartphone. Cet obscur objet transitionnel témoigne d'un début du 21ème siècle tambourinant de technologies et algorithmes aliénants, qui nous privent, à notre insu, de nos libertés fondamentales.

L'important n'est plus d'être mais d'y être. Les gens balancent leur intimité familiale sans filet et sans contrôle sur les réseaux sociaux mais intentent un procès à leur voisin pour une utilisation non autorisée d'un drone qui survole leur propriété. *To be or not to be* est devenu *not to be but to be here*. Hamlet est à la ramasse. L'essentiel consiste à prouver que l'on se trouve à un endroit et qu'importe ce que l'on y vit. Les blogueurs, les influenceurs, les internautes lambda passent désormais plus de temps à mettre en scène leurs avatars et alimenter le flux de leurs activités ad-hoc et imaginaires que de profiter des instants qu'ils vivent. Ils deviennent dépendants de l'image qu'ils se créent, conditionnés par des programmes qui manipulent sans relâche leur *Buyer Persona* afin de les transformer en *Inbound marketing*. Les *Prosumers* n'échappent pas à la règle malgré tous leurs efforts pour préserver leur intimité. Le virtuel s'impose au réel et chacun cherche à se différencier en augmentant son capital social : le *Whuffie*. Toutes nos langues s'uniformisent en utilisant des anglicismes qui nous rendent communs et sans particularisme. Désormais notre propre poison est en nous et nous le laissons se développer sans nous prémunir ni nous révolter, pense-t-il, désabusé.

Toute résistance est ringardisée, mise au pilori par des tweets et fake-news incontrôlables et incontrôlés. Les machines, et ceux qui les pilotent, prennent en main la destinée du monde. La démocratie saura-t-elle se réinventer ? Klaas en doute, il est déjà résigné. Il entend son père murmurait : « Je préférais notre futur d'avant, il était moins angoissant ! ». Depuis qu'il a compris le sens de cette phrase, seul le présent guide ses pas.

Il perçoit, au bas de l'escalier qui mène au pont inférieur, le brouhaha des autochtones, blasés de la traversée dans le vent du large. Ils préfèrent la grande salle couverte où l'on voyage confortablement, vautrés dans de larges fauteuils en simili cuir de couleur caramel. Durant la traversée, l'odeur des cafés distribués par un barman apathique parfume la grande salle lumineuse. Les insulaires s'y retrouvent et échangent, sans smartphone, à propos de leurs escapades brèves sur le continent.

Un voyage sur un ferry-boat ne se compare à aucun autre. Le temps de la traversée, les passagers s'unissent inconsciemment. Il se crée une fraternité de circonstance, pudique. Chaque épisode du voyage offre ses péripéties. L'embarquement, la traversée et le débarquement. Et lorsque l'on pose ses pieds sur la terre ferme, on se sent orphelin d'une chose que l'on a du mal à décrire. Une espèce de vide, celui d'avoir côtoyé des gens sans avoir partagé avec eux.

Puis un jour, durant nos vacances, nous croisons un passager qui avait emprunté le même trajet que nous ; nous lui sourions, le saluons comme un ami. Nous comblons un peu ce vide qui nous avait envahis sans pour autant franchir le pas d'une invitation amicale qui pourrait nous entraîner ailleurs, quelque part, où nous rêvons tous d'aller. Comme un fantôme qui nous hante durant notre séjour, nos trajectoires se recroiseront à plusieurs reprises, ici et là ; puis une ultime fois, lors du trajet retour, sur le pont, renforçant cet abîme que l'homme moderne creuse inlassablement. Plus nous inventons des engins pour nous rapprocher les uns des autres et plus nous nous éloignons.

Une dizaine de minutes avant d'atteindre West-Terschelling, un homme élégant s'assied à côté de Klaas.

« En vacances ?

— Oh que non, j'aimerais bien ! juste un aller-retour à la recherche d'une amie.
— A la recherche ?
— Oui ! à la recherche. (Klaas sourit, avenant.) Je sais qu'elle habite à Terschelling mais je n'ai pas son adresse. Cela doit vous paraître curieux ?
— Non pas vraiment, vous êtes jeune, je devine votre audace. Je me présente : Dork (Il lui tend la main), je suis Professeur d'Histoire à Amsterdam mais ma maison, mon cœur, ma vie se trouvent à Terschelling.
— Enchanté ! Klaas, je suis de et travaille à Rotterdam. »

Dork est vif, intelligent, instruit et instinctif. Il connaît la nature humaine, il sait la déchiffrer. Sympathique, il recherche la compagnie des hommes et affectionne de leur porter secours.

Ainsi il obtient une forme de reconnaissance et d'estime de lui-même.

« Je peux essayer de vous aider, si vous me le permettez ?

— Volontiers ! »

Klaas lui présente une photographie de Gwendolyn prise au restaurant avec l'appareil photo de son smartphone.

« C'est Gwendolyn, la fille d'Hella et Claus.

— Vous les connaissez ?

— Tout le monde se connaît à Terschelling. Hella a longtemps été la favorite de mon cœur mais elle a préféré mon ami Claus. C'est un homme d'une bonté rare. Il a été le gardien du phare durant toute sa carrière. C'est un pilier de notre archipel, un homme avec du tempérament, une droiture exemplaire, des convictions… Un ami fidèle que j'apprécie particulièrement. Avec lui, rien n'est confus. Quant à sa femme, j'éviterai les louanges, je risquerais de contrarier mon épouse. (Son regard s'éteint un instant) Mais vous ne savez peut-être pas, Gwendolyn, leur fille a disparu depuis de nombreuses années. Hella et Claus sont meurtris. Quand avez-vous pris cette photo ? »

— Il y a quelques jours.

— Alors Gwendolyn est toujours vivante, quelle joie pour ses parents ! Écoutez, j'ai ma voiture sur le parking de l'embarcadère, je vous dépose chez eux.

— Avec plaisir ! « *Hartelijk bedankt voor jouw hulp* »

*

Dork gare sa voiture devant la maison des Elvers, une vieille Kadett B de 1972, couleur café au lait. L'Ancienne est impeccable et encore dans son jus, ce qui la rend remarquable.

« Voilà, c'est ici, je vais vous accompagner et je reviendrai demain prendre des nouvelles. »

En passant devant la boîte à lettres, Klaas tente de déchiffrer le nom de famille des parents de Gwendolyn mais la pluie a détrempé l'encre bleue et le rend illisible.

« Dork, quelle surprise ! Quel bon vent t'amène ?

— Bonjour Hella, heureux de te voir. Je te présente Klaas que j'ai rencontré sur le ferry. Il recherche Gwendolyn. Je pense qu'il a de bonnes nouvelles à vous communiquer.

— Ah bon, de bonnes nouvelles, si seulement. Entrez donc Monsieur, mon mari et moi allons vous recevoir.

— Je passe demain matin, Hella, vers 11 heures, cela te convient ?

— Oui, parfait Dork, à demain. Viens avec Leentje.

— Excellente idée, à demain Hella. Salue amicalement Claus.

— Bien sûr, je n'y manquerai pas ! »

Il existe, entre ces deux-là, une connivence qui va bien au-delà d'un simple secret ou ragot des îles. Des regrets, peut-être ?

« Entrez Monsieur, installez-vous dans le salon. Mon mari arrive dans quelques minutes, il s'est absenté pour acheter quelques provisions chez Sligro. Il ne va pas tarder, c'est à 10 minutes à vélo. D'ailleurs, je crois qu'il arrive, je l'entends ranger sa bicyclette dans la remise. »

Hella se sent mal à l'aise. Qui est cet homme qui prétend connaître Gwendolyn et apporter de bonnes nouvelles alors que leur fille ne leur a pas donné signe de vie depuis plus de vingt quatre heures ? Elle préfère attendre que Claus soit là pour engager formellement la conversation. Elle trouve un subterfuge.

« En attendant que mon mari nous rejoigne, souhaiteriez-vous un rafraîchissement ou une boisson chaude ?

— Oui, volontiers ! Un café ? Cela est-il possible ?

— Bien sûr, mettez-vous à l'aise, je reviens dans quelques instants. »

Klaas se retrouve seul dans la salle à manger, cette pièce qui avait été quelques jours auparavant le théâtre des retrouvailles de Gwendolyn et ses parents.

L'œil de Klaas inspecte un à un les éléments qui décorent l'espace chaleureux, en quête d'un objet qui lui rappellerait le doux souvenir de cette languissante soirée et nuit. Soudain, une vieille photo de mariage attire particulièrement son attention. Un couple pose devant une chapelle, l'air pleinement heureux, arborant ce sourire béat du bonheur infaillible, cette expression insolente de certitudes que les époux affichent le jour de leur union et qui immortalise l'accord parfait avant de devenir, la plupart du temps, chimérique.

Sur la photo, une date est annotée : Hetty – Pierre, 10 janvier 1949. L'algorithme de Klaas sort de sa léthargie. Cette date correspond à celle retrouvée sur la bague au bar du Mahzen. Ce n'est pas possible ! Klaas tombe des nues ! Quelle coïncidence ! Godelieve, Gwendolyn… son secret, quel secret ?

Klaas se lève vivement, prend la photo dans ses mains à la recherche d'un indice supplémentaire, puis se dirige vigoureusement vers la cuisine où Hella prépare le café. D'une voix empressée, Klaas interroge la femme, quelque peu apeurée par cette intrusion brutale.

« Madame, quel est votre nom de Famille ?

— Eh bien, Elvers, pourquoi ?

— Hella, je suis rentré.

— Claus approche, nous avons de la visite, c'est un ami de Gwendolyn qui a de bonnes nouvelles concernant notre fille. »

L'homme se rapproche et tend amicalement sa main ferme à Klaas.

« Bonjour Monsieur, de bonnes nouvelles ? Nous aimerions bien en avoir, cela serait un tel soulagement et un nouveau miracle, si je puis m'exprimer ainsi. »

Quel sens donner à ces allusions ? Que se cache-t-il derrière les propos du bon père de famille ? Le cerveau de Klaas bouillonne, les remarques de son hôte le déstabilisent et il feint de maîtriser la situation, mais... son teint devient blême et le trahit.

« Vous sentez-vous bien Monsieur, vous êtes tout pâle ?

— Oui, je vais bien, ne vous inquiétez pas Madame, je vous remercie, juste un peu de fatigue. Je n'ai pas beaucoup dormi ces derniers temps. Asseyons-nous si vous le voulez bien. Il faut que je vous pose quelques questions, si vous me le permettez. »

Klaas ne sait plus. Doit-il annoncer son statut d'enquêteur ou son lien affectif avec Gwendolyn ? Et s'il se trompe ? Cette suspicion, qui naît en lui, risque de compromettre la bonne entente qu'il espère engager avec les parents de Gwendolyn.

Il choisit, dans un premier temps, une approche cordiale et stratégique. Il explique aux parents sa motivation initiale : surprendre leur fille dans son cadre familier et créer une magie romantique grâce à sa venue impromptue. Les plus belles histoires se nourrissent de l'inattendu, n'est-ce pas ? Il raconte avec franchise sa rencontre avec Gwendo et son envie irrésistible de la revoir.

Le père écoute avec circonspection ce jeune homme expansif dans un pays où l'on apprend à contrôler et distiller ses sentiments. Est-ce les origines maternelles de Klaas qui l'emportent sur celles du nord ? Afin de freiner tant d'exubérance peu commune, il informe le jeune homme que sa fille n'est pas rentrée comme elle l'avait annoncé. Dépité, Claus se met à pleurer spontanément et tente de justifier cette absence de maîtrise. Il murmure à qui veut bien l'entendre :

« L'âge endurci ou rend émotif lorsque les absences sont douloureuses. C'est la seule alternative qui s'offre à nous.

— Pourquoi êtes-vous si inquiet Monsieur Elvers ?

— Pourquoi ? Notre fille a été absente durant quatre ans, elle est rentrée il n'y a une dizaine de jours. Nous étions si heureux de la retrouver. Elle se volatilise à nouveau, alors que rien ne le laissait présager, bien au contraire. Elle devait arriver au dernier ferry, hier soir, je l'ai attendue, désespérément comme nous l'avons attendue durant quatre ans. Elle n'était pas là. Je suis certain qu'il lui est arrivé quelque chose.

— Pourquoi ne pas avoir prévenu la police, si vous êtes certain de cela ?

— Je ne peux pas, Gwendolyn ne voulait pas que je prévienne la police de quoi que ce soit. »

Klaas pressent le pire, il anticipe la réponse à la question qu'il va poser. Il devine l'identité de sa fugitive, il constate la mauvaise piste empruntée, il évalue son erreur, il revoit le visage de Godelieve et sa torpeur. La douceur de Gwendolyn lui revient et il décèle désormais l'ombre qui voilait son regard, comme celui d'une personne condamnée et qui bouffe la vie à s'en étouffer. Alors, habile, il bluffe pour obtenir la pleine confiance de Claus dont les traits se sont creusés, arides par tant de chagrin.

« Rassurez-vous, Gwendolyn s'est confiée, je connais son passé.

— Vraiment ?

— Oui je connais son passé,

— La prison ? sa condamnation ?

— Oui je sais, dites-moi ce qu'elle vous a raconté quand elle est rentrée ? »

Klaas se concentre. Claus et Hella racontent mot pour mot ce que leur fille leur a révélé. Raconter les soulage. Mais rien sur le Mahzen, aucun mot. Pourquoi ? Peut-être qu'elle ne voulait pas leur provoquer une peine supplémentaire ? Si elle était fugitive et qu'elle voulait se cacher chez ses parents, pourquoi leur annoncer qu'elle devait retourner à Rotterdam pour se présenter devant un agent de probation ? Si elle est la serveuse du Mahzen, pour quelles raisons se jeter dans la gueule du loup en se présentant à cet agent ? Klaas veut se rassurer. Il veut s'extraire de ce début de cauchemar en arguant que l'ADN retrouvé au bar ne correspond pas à celui de Gwendolyn. Mais immédiatement son cerveau écarte cette échappatoire qui lui serait bien trop confortable. Godelieve Elvers, Gwendolyn Elvers, toutes les deux ont été emprisonnées. Une erreur de saisine pourrait-elle être à l'origine d'une erreur manifeste ?

« Qui pourrait bien en vouloir à notre fille ? Qu'a-t-elle fait que nous ignorons ? J'espère que rien ne lui est arrivé.

— Monsieur, Madame Elvers, Gwendolyn ne vous a rien dit d'autre ? Réfléchissez bien, cela peut être important. »

Claus regarde avec discernement Klaas. A-t-il deviné qu'il appartient au corps de la police ? Klaas interrompt cette supposition en détournant la réflexion du sexagénaire par un élément factuel et rassurant.

« Regardez, elle m'a laissé un message. Elle m'informe qu'elle m'appellera aujourd'hui. Soyons patients, elle a eu un contretemps, cela va s'arranger, elle va me téléphoner. »

L'ancien gardien de phare le regarde fermement. Il n'est pas né de la dernière pluie et a démasqué son visiteur. Il connaît le langage du corps et ses cabrioles pour ne pas révéler la vérité. Klaas louvoie mais Claus choisit de ne pas l'interroger sur sa profession. Il a conscience de la situation dramatique et décide d'accorder sa confiance à cet homme. Il pense à sa femme et si l'enthousiasme amical de Klaas peut la rassurer, il ne s'opposera pas à cela. Il garde le silence, évite d'aborder ce sujet polémique, et laisse Klaas poursuivre son interrogatoire. Il discerne chez Klaas un moral de battant. Cet homme tranquillise, il pose les bonnes questions, celles qui empêchent de demeurer indolent et d'agir pour changer le cours du destin. Qu'importe qui il est, l'essentiel consiste à retrouver Gwendolyn et il doit l'encourager dans cette démarche. Pragmatique, mobilisé et volontaire, le père évoque Katelijn.

« Peut-être que sa meilleure amie sait davantage de choses. Elles sont très proches et elles ont passé de longs moments ensemble la semaine dernière. Si Gwendo avait un poids sur la conscience, nul doute qu'elle s'est confiée à Katelijn. Je suggère que nous allions la rencontrer. »

*

Katelijn accueillent les deux hommes avec amabilité et franchise. Elle comprend la gravité de la situation. Klaas lui est déjà familier puisque Gwendolyn lui avait envoyé une photo d'elle en sa compagnie, lorsqu'ils se trouvaient face au pont Erasme.

Katelijn raconte tout ce qu'elle sait sur les faits qui se sont déroulés au Mahzen. Elle explique le comportement de son amie et justifie sa fuite en avant.

Pour la première fois de sa carrière, Klaas comprend ce que l'on appelle communément le conflit d'intérêt. En tant qu'amant, il approuve cette fuite compte tenu du passé pénitentiaire de Gwendolyn, mais en tant que policier, il ne saurait l'accepter. En fuyant, elle se met dans de vilains draps et devient une suspecte potentielle qui devra désormais contester les preuves qui se sont amassées, pour se disculper.

Mais ces preuves seront-elles pertinentes puisqu'elle a pris la fuite et a disparu ? A-t-elle vraiment disparu ? Est-elle vraiment en fuite ? A-t-elle été kidnappée, est-elle morte ?

Pour l'inspecteur, les évènements apparaissent plus concrets et rationnels : l'assassin ne veut pas de témoins gênants, qui seraient susceptibles de l'identifier. Il poursuit Godelieve puis la tue avec son compagnon. Il se rend compte de son erreur et il se met en chasse pour retrouver Gwendolyn. Mais comment retrouve-t-il aussi vite sa trace ? Faut-il craindre le pire ?

Au fond de lui, il sait que Gwendolyn dit la vérité et que son rôle désormais est de la sauver puisqu'il a la certitude qu'elle a été kidnappée et qu'elle est encore vivante. Il refuse d'admettre le pire. Soudainement, son corps sécrète un excès d'acidité. Elle lui brûle l'estomac, remonte dans l'œsophage puis glisse dans ses membres inférieurs qu'elle paralyse. Il redécouvre cette sensation morbide que nous ressentons lorsque nous craignons de perdre quelqu'un que l'on aime. Cette peur exprime ce sentiment d'abandon qui nous anéantit et nous traumatise la plupart du temps. Il revoit le visage de sa mère, Andréia, éclairé par son infinie tendresse, qui le prend dans ses bras ce soir d'été, sur la plage au pied de Vuurtoren Texel ; elle le serra si fort qu'il sentit l'expression de sa détresse face à la mort qui n'a aucun état d'âme. L'âme est la réverbération du vivant, pas de l'enfer. La mort prend et ne laisse que du chagrin sans espoir, elle n'éclaire rien, elle ne reflète rien, elle éteint tout. Cette amertume lui noue la gorge et Klaas demande un verre d'eau pour calmer sa lourde peine. L'eau claire réveille sa raison. Il pense à Gwendolyn vivante, appelant au secours. Cette vision incantatoire provoque un électrochoc, il se ressaisit instantanément.

« Écoutez-moi attentivement. Ce que je vais vous confier doit absolument rester entre nous et n'être divulgué sous aucun prétexte, à personne, vous m'entendez, personne ! Vous devez m'accorder votre confiance. Gwendolyn ne sait pas que je suis inspecteur de police, ce que vous avez deviné, Monsieur Elvers. Lorsque je suis venu chez vous, mon but était simplement de la voir, rien de plus. Je vous l'assure, je n'avais aucune arrière-pensée. Je ne connaissais même pas le nom de votre fille, juste son prénom et mon seul indice pour venir la rencontrer se résumait à un ticket de ferry périmé qu'elle a laissé sur la table de mon salon. Je voulais simplement revoir Gwendolyn. Des circonstances que je ne peux vous dévoiler m'amènent malheureusement à penser que Gwendolyn est en danger et je ferai tout pour la sauver. Effectivement, il est probable, comme vous l'a évoqué Katelijn, que Gwendolyn ait juste été témoin d'un crime monstrueux et qu'elle ait fui pour ne pas se retrouver dans l'engrenage de la justice. Je commence à comprendre, ce qui s'est passé cette nuit-là, au Mahzen. Gwendolyn peut identifier une personne très dangereuse que nous recherchons activement et qui l'a probablement enlevée. Le temps presse et je dois agir vite, très vite, si nous voulons sauver votre fille et amie. Je vais reprendre le prochain ferry et train pour Rotterdam. Laissez-moi vos coordonnées

Monsieur Elvers, je vous tiendrai au courant. Voici mon numéro de téléphone le cas échéant.

*

Monsieur Elvers dépose Klaas devant la passerelle du ferry de 16h25.

« Tenez, prenez ceci, ma femme a pensé que vous apprécieriez ce pique-nique durant votre retour à Rotterdam ; ce n'est pas grand-chose mais elle a supposé que vous n'aviez rien mangé depuis hier soir. »

Klaas prend le sachet poliment. Il reste coi. Dork ne mentait pas quand il disait que ces deux-là étaient la bonté incarnée. Le visage de Klaas affiche un rictus tout à la fois de gêne et de remerciement. Les deux hommes se serrent cordialement la main. Klaas descend de la voiture, s'éloigne, puis revient sur ses pas. Claus baisse la vitre de la voiture et Klaas, familièrement, s'accoude à la portière. Il regarde Claus avec détermination.

« Je retrouverai votre fille, je m'y engage, vous pouvez compter sur moi, Monsieur Elvers, je la retrouverai. »

Klass donne une légère claque sur le capot de l'automobile, regarde intensément Claus, dubitatif, et s'en retourne.

L'embrun soudain engloutit la silhouette de l'inspecteur. Le compte à rebours se déclenche. Claus regarde une dernière fois la passerelle. Il voit sa fille arriver, sautillante et ravie de le retrouver. Il attend, impatient, quelques minutes. La porte ne s'ouvre pas. Il ne la voit plus. Abattu, il démarre le véhicule. Il sanglote éperdument.

*

XXIII

Samedi 5 décembre, Rotterdam, 16 heures 15.

Il la regarde sans gêne, sans scrupule, avec appétit, comme toutes celles qu'il a emprisonnées reniant son rituel commémoratif des agressions nocturnes et solitaires.

Dans cette cellule hermétique dont personne ne connaît l'existence, il séquestre des femmes pour assouvir ses pulsions sexuelles.

Celles qui sont violentées dans cette cage ne se confondent pas avec le double crime qu'il commet chaque année pour exorciser sa rage. Elles ne sont que des fantaisies sexuelles, contrairement aux autres qui sont des sacrifices commis en pleine nuit, défiant le monde et sa justice ou plutôt son injustice.

Gwendolyn gémit, par soubresauts, sur le lit, telle une bête blessée qui attend l'hallali. Elle a échappé par miracle à la mort qu'il lui avait programmée, le 23 novembre au Mahzen.

En revanche, personne ne pourra s'opposer à celle prévue le 7 décembre prochain, conformément au calendrier qu'il s'impose chaque année. Depuis plus de 10 ans, il exécute sans remords, de sang-froid, deux femmes qu'il viole auparavant.

L'intervention du patron du Mahzen a contrarié ses plans et déstabilisé sa vie de criminel anonyme et invincible. Il se sait désormais traqué et presque démasqué ; il doit réagir rapidement afin de ne pas être arrêté prochainement par la police, qu'il ne craint pas. Il anticipe depuis quelques jours sa nouvelle vie. Il devra durant un temps se cacher, ailleurs, avant d'imposer sa nouvelle identité. Il a prévu cette échéance matériellement et financièrement. Sa confiance ne s'ébranle pas, bien au contraire ; le chassé-croisé avec la police l'excite, il exulte sa pleine puissance. Il va, enfin, mesurer le degré de son charisme diabolique.

Sa perversité ne l'effraie plus. Elle alimente son équilibre psychopathe. Depuis plus de dix ans, il a acquis une expertise qui le rend unique.

Il aime le privilège exorbitant de soumettre une femme à ses propres désidératas.

Derrière ses multiples écrans de surveillance, il attend patiemment que sa prisonnière éprouve le besoin de se glisser sous la douche. Il pourra la surprendre dans son intimité. Son corps se gorgera d'un flux chaud et tendu qui le conduira presque à l'orgasme. Il décèlera sous le jet tiède sa peur, celle qui la frigorifiera le jour où il la prendra malgré elle, cette frayeur qui éclairera ses yeux lorsqu'il l'étranglera et qu'elle suffoquera sans se défendre. Il captera cet effroi résigné de celle qui va mourir et qui sait que tout appel au secours demeurera vain. A ce moment précis, il entreverra l'abîme de son âme, la frontière entre Satan et Jéhovah. Cette vie qu'il prendra redonnera du souffle à la sienne.

Il ne cherche pas à justifier ces sacrifices humains autrement que par une logique personnelle qui anime et apaise sa colère. Cette vengeance guide ses pas et lui apporte l'énergie pour survivre. Son égocentrisme maladif n'accepte aucun jugement. Seul le sien compte et il est fier de ce qu'il fait, de ce qu'il accomplit, au nom des siens.

*

La geôle insonorisée, dans laquelle Gwendolyn se morfond, accentue l'angoisse du confinement. L'absence de résonance étouffe les bruits dans le silence. Les minutes, les heures, les jours passent et l'absence de repères la rend folle.

Dans ce calme assourdissant, Gwendolyn élucubre. Tétanisée, recroquevillée, terrorisée, son appétit est en berne et son esprit chavire.

Aujourd'hui, nous fêtons le soleil quand il se couche, moins souvent à l'aurore pour sa beauté, et très rarement pour son utilité. Sans lui, la terre serait un glaçon.

Nous ne vénérons plus le soleil comme nos anciens le sacralisaient. Son culte mercantile ne se dispense que durant le temps des vacances : « pourvu qu'il brille, c'est tout ce que nous lui demandons ! »

Doit-on être privé de quelque chose pour en apprécier l'existence ? Sommes-nous réactionnaires lorsque nous affirmons qu'avant nous prenions le temps d'apprécier les éléments qui nous entourent et que les cultes prodiguaient cette pédagogie ?

L'homme privé de soleil durant un moment le glorifiera le jour où il le retrouvera, mais il l'oubliera quelques jours plus tard, reprenant sa paresse mystique quotidienne sans lever les yeux, sauf lorsqu'il pleut.

« Si je sors vivante de cette prison, me mettrai-je chaque jour à genoux pour célébrer Inti comme le faisaient les Incas ? » s'interroge Gwendolyn.

L'homme devient volatil, à l'image d'une société lyophilisée où le moindre objet perd de son intérêt dès qu'on l'obtient. La frénésie d'« avoir » inhibe la quête d' « être ».

Elle prenait conscience de cette lumière vitale, ce métronome qui rythme nos jours et nos nuits.

En perdant la notion du temps, Gwendolyn perdait conscience de celui qui passe. Elle mesurait à quel point le temps gradue l'existence humaine et grâce à lui nous pouvons l'évoquer, la situer et la partager. Au bout de combien de temps l'esprit d'une femme privée de repères mécaniques ou visuels s'invente-t-elle une autre notion du temps pour se mouvoir dans l'espace et éviter ainsi la folie ? Lorsqu'il l'aura violée et assassinée, pourrait-elle renaître ailleurs, comme David Bowman qui se voit vieillir à la fin de l'opus de Kubrick, dans 2001, l'odyssée de l'espace, prisonnier d'une chambre de 8 mètres sur 10 ? Cette question provoque chez elle un effroi vif et électrique. Ses yeux balayent l'espace autour d'elle hâtivement avant de se fixer sur le four micro-ondes, posé sur le réfrigérateur.

Gwendolyn se lève et se dirige vers l'appareil. Elle aime cette force qui surgit en elle, celle de la combattante qui ne va pas rester impassible face à un destin dont elle ne veut pas. Son père, sans cesse, lui martelait quand elle était enfant : « Être intelligente, Gwendolyn, c'est s'adapter à son environnement et trouver des solutions pour s'extraire des situations critiques. »

Durant sa détention, elle avait appris à s'adapter pour ménager sa santé mentale. Elle avait vite trouvé un rythme grâce au temps qui passe, qu'elle avait intégré et dompté. Son cerveau avait mesuré la valeur temporelle de ces 1460 jours emprisonnés. Il existait un point temporel zéro, une balise finale et un compte à rebours qu'elle pointait chaque soir dans un cahier à petits carreaux. Elle avait évalué la parenthèse forcée que cela représentait pour sa vie. Alors, stoïque, elle s'était investie amicalement, sportivement et intellectuellement. Elle obtint avec mention son master de droit qu'elle avait repris après avoir purgé son interdiction de se présenter aux examens.

L'appareil ménager est éteint. Elle le branche, le cadran s'éclaire, affichant des pointillés clignotants. Elle tâtonne, cherche le fonctionnement. Après quelques minutes, l'horloge affiche 12h00 et un point matérialisant la seconde cligne infatigablement.

Soulagée, heureuse, conquérante, elle apprécie cet instant où elle se ressaisit. Elle fouille dans les provisions et en extrait son péché mignon. Elle grignote les carrés de chocolat savoureusement en observant longuement l'horloge du micro-ondes, tel un trophée.

Elle décide d'inspecter chaque recoin de la pièce pour se préparer à combattre un adversaire dont elle ignore le mode opératoire. Elle ne se laissera pas assujettir et le défiera.

Soudain, elle s'arrête longuement devant le miroir qu'elle fixe avec insistance et agressivité, comme si elle devinait la caméra qui l'observe.

Puis elle détaille la monumentale porte blindée lisse et sans serrure. Elle a conscience qu'aucune des questions qui traversent son esprit ne trouvera de réponse, tant que cette porte blindée restera close. Quand s'ouvrira-t-elle ? Qui sera derrière cette porte ? Il s'agira forcément de son geôlier et qu'adviendra-t-il d'elle à ce moment précis ? Sera-t-elle condamnée ? Deviendra-t-elle le jouet d'un détraqué sexuel qui n'ouvrira cette porte que lorsque son niveau hormonal dépassera la limite supportable ?

Elle s'allonge sur le lit et scrute le plafond de la pièce. Elle devine qu'elle est espionnée. Elle s'attarde sur le plafonnier qu'elle ne peut éteindre. Aucun interrupteur accessible ne le lui permet. Brusquement, elle se relève, prend une boîte de conserve, agrippe une chaise qu'elle glisse sous le hublot lumineux, grimpe sur le siège et fracasse adroitement le luminaire qui s'éteint dans un bref arc électrique.

Elle redescend, victorieuse, débranche les deux lampes sur pied avec abat-jour qui tentent d'offrir à ce lieu morbide un semblant d'humanité. Elle se retrouve dans la pénombre, se rassied sur le bord du lit et attend un long moment. Aucun bruit, le silence poursuit son supplice meurtrier.

Elle se redresse et se dirige dans l'obscurité vers la douche. Elle laisse glisser sa jolie robe. Elle se remémore le sourire séduisant de Klaas qui la complimente pour sa tenue. Elle ôte délicatement ses sous-vêtements et s'engouffre dans la cabine. L'eau chaude ruisselle abondamment sur son corps sale et blessé.

Elle penche la tête en arrière, laissant les cascades du jet masser son visage, l'emportant sur une île lointaine où le soleil brille et réchauffe le sable des plages dorées. Dans le noir, elle retrouve son intimité. Elle savoure ce premier round en imaginant son bourreau frustré derrière ses écrans de contrôle.

« Ton heure viendra, ma jolie, et la nuit ne pourra pas te protéger de ma fureur ».

*

XXIV

Samedi 5 décembre, gare de Zwolle, 19 heures 12.

Le train entre en gare de Zwolle. La voiture, quasiment vide, ralentit et se fige sous l'imposant dôme qui protège les voyageurs de la pluie. Klaas entame le pique-nique que madame Elvers lui a si obligeamment préparé. Nos mères nous mijotent avec prévenance des paniers-repas que nous dévorons goulûment, et rares sont les fois où nous les remercions. Il espère lui exprimer prochainement sa gratitude tout en lui annonçant qu'il a retrouvé sa fille.

Il observe les voyageurs, peu nombreux, qui s'affairent pour grimper dans le wagon. Depuis son départ de Terschelling, il cogite ; comment justifier la manière dont il a obtenu des informations cruciales, sans expliquer son périple à ses collègues ? Klaas a conscience que sa relation avec Gwendolyn compromet le bon déroulement de l'enquête. Un policier se doit d'être impartial et surtout de ne pas être concerné affectivement, comme les chirurgiens qui n'opèrent jamais leurs proches. Cette liaison lui a-t-elle permis de booster l'enquête ou est-elle la cause de la disparition de la jeune femme ? Cette dernière hypothèse, incommodante, lui pince l'estomac.

La sirène retentit, les portes automatiques se ferment, calfeutrant la cabine. Le convoi s'élance à l'assaut de la province de Flevoland, entièrement créée par l'homme qui a asséché une partie du Zuiderzee. La prouesse remarquable a duré 36 ans. Des villes nouvelles, sans âmes et rectilignes, ont surgi, telles que Almere, Dronten, Lelystad, Noordoostpolder et Zeewolde. Seul le village historique d'Urk échappe à la règle et présente une architecture classique, similaire aux autres cités néerlandaises. La plaine, clairsemée d'exploitations agricoles, simule un immense damier dont le patchwork des cases change selon les saisons. Celle des fleurs, si singulière, hypnotise le voyageur. Les forêts d'éoliennes en bordure de mer et sur la mer parachèvent ce paysage futuriste, acclamant la victoire de l'homme sur son environnement naturel. L'homme acculé développe des capacités faramineuses d'adaptation et conjugue, alors, innovation et écologie. Pour preuve, une partie de cette province, extraite du fond des eaux, est classée en parc naturel. Ici, les vacances sont forcément savantes. Chaque jour, l'eau domptée métamorphose les paysages de Flevoland qui ne cesse de s'agrandir et elle en devient la sève qui les nourrit.

Longeant le National Park Nieuw Land, Klaas se décide, enfin, à appeler Floortje pour l'informer du résultat de ses investigations. Pourquoi avoir attendu si longtemps, que craint-il ? D'autant que chaque minute compte s'il veut sauver Gwendolyn. La procrastination est certainement le talon d'Achille du policier.

« Floortje ?

— Oui ! Comment vas-tu Klaas ?

— Bien ! Je suis dans le train pour Rotterdam. J'arrive dans moins de deux heures. J'ai du nouveau concernant notre enquête.

— Parfait ! Raconte.

— Tu avais raison de suggérer une analyse ADN pour Godelieve. J'ai acquis la certitude que ce n'est pas elle, notre fugitive du Mahzen. Il faut que tu consultes le fichier central ; envoie-moi par mail les informations concernant une certaine Gwendolyn Elvers. C'est elle, notre suspecte. Il y a eu manifestement une inversion concernant l'enregistrement de son empreinte ADN avec celle de Godelieve Elvers.

— Sérieux ? Comment sais-tu cela ?

— Viens me chercher avec Willem à la gare, nous avons du pain sur la planche. Je vous expliquerai. J'arrive à 21h06.

— D'accord. J'y serai.

— Et toi de ton côté ?

— Je suis allée informer la mère de Godelieve du décès de sa fille.

— Comment a-t-elle réagi ?

— Lorsque je lui ai annoncé la mort de sa fille en lui précisant les circonstances tragiques, elle a prononcé une incantation libératoire à voix basse, que j'ai notée : « Elle a cherché le diable, elle l'a trouvé : Celui qui pratique le péché est du diable, car le diable pèche dès le commencement. Que dieu lui accorde sa miséricorde. »

— Ainsi, en invoquant Satan elle se dédouane de toute culpabilité et responsabilité, elle s'en remet à Dieu qui a offert à sa fille le libre arbitre de pactiser avec le démon.

— Si tu veux mon avis Klaas, je crois qu'elle avait renié sa fille depuis bien longtemps en épousant Dieu. Elle lui avait confié son destin. Cela la rassurait. On ne vient pas à

Dieu innocemment. On a toujours quelque chose à lui demander ou à se faire pardonner car lui seul pardonne, même à ses bourreaux, n'est-ce pas ?

— Ouah, tu es en forme ! Espérons que cette femme retrouve sa sérénité afin de s'occuper avec amour de ses deux petits-enfants. Je comprends pourquoi les services sociaux ne lui ont accordé qu'une garde partielle.

— Sinon, je trouve que nous avons un peu « merdé » concernant Godelieve. Comment l'assassin a-t-il pu nous doubler avec les moyens que nous avons mis en œuvre ?

— Oui, c'est aussi mon avis Floortje. Mais, nous ne devons pas nous accabler. Nous nous sommes mobilisés et nous ne sommes pas restés inactifs. Il faudra comprendre comment notre criminel a pu remonter aussi vite la piste, car ce n'est pas tout, malheureusement.

— Ah bon ! Que veux-tu dire ? Explique-toi !

— Gwendolyn Elvers a disparu depuis hier.

— Quoi ? Gwendolyn Elvers ? Tu la sors d'où, celle-là ? De quel chapeau ? Je ne comprends pas.

— Je t'expliquerai à mon arrivée.

— Eh bien ! tu as vachement avancé durant ton séjour à Amsterdam. Bravo !

— Écoute, Floortje, on se voit dans deux heures, je ne suis plus seul, difficile d'échanger confidentiellement. Préparez-vous Willem et toi, les prochains jours risquent d'être très compliqués.

La communication s'interrompt. Elle aurait tellement aimé qu'il prenne de ses nouvelles, qu'il s'intéresse un tantinet soit peu à elle. Mais les hommes sont ainsi, égoïstes quand ils ne sont pas en chasse.

*

Floortje habite 115 Zwart Janstraat, une rue commerçante dans le quartier d'Oude Noorden. Elle loue un appartement agréable, spacieux et lumineux au second étage.

Lorsqu'elle ouvre ses fenêtres elle perçoit les bruits des agitations citadines ainsi que les guirlandes de voix qui s'échappent, puis s'élèvent, de la modeste terrasse du café Tarantella. C'est ici, dans ce bar coquet, qui se niche à ses pieds, qu'elle finit, assez souvent, ses journées. Sa solitude se dissout, alors, dans quelques verres de Grolsch.

Le secteur accueille une population cosmopolite qui la berce. Ce mélange coloré la sécurise et la réconforte ; elle y retrouve l'ambiance du quartier Bennekel d'Eindhoven où elle a grandi.

Le 12 décembre 1982, ses parents ont fui Paramaribo suite à la répression violente du 8 décembre 1982, menée par le sergent, puis dictateur Désiré Delano Bouterse ; ce jour sanglant, 15 de leurs camarades de lutte sont assassinés par le régime militaire à Fort Zeelandia.

Inquiets pour leur sécurité, ses parents rejoignent clandestinement la Guyane française avant de s'envoler vers les Pays-Bas où l'ancien colonisateur leur octroie un logement dans la cité ouvrière de la province de Brabant-Septentrional. En 1983, ils obtiennent le statut de réfugiés politiques et en 1992, ils sont naturalisés néerlandais.

Ses parents Sugrim et Lesly habitent toujours cette modeste maison à Bennekel. Ses quatre sœurs et trois frères vivent, clairsemés, ici et là, comme des graines de calliandra, sur le territoire européen. Elle les voit peu, hormis une fête que toute la famille honore fidèlement chaque 1er juillet : la fête Ketikoti. Tous savent que leurs parents accordent à cette commémoration une valeur symbolique essentielle. La manquer serait un affront.

Durant sa jeunesse, la ravissante Floortje a fréquenté davantage la communauté surinamienne que toutes les autres ethnies, très diverses dans ce quartier populaire d'Eindhoven. Elle est convaincue que les communautés se côtoient plus qu'elles ne se mélangent et les rares métissages sont plus de couleurs que de cultures. Ce sont des trompe-l'œil. Naturellement, quoi qu'on en dise, la couleur de la peau et les origines géographiques agissent comme un aimant soudant les différentes communautés entre elles. Les immigrés se reconnaissent et expriment ainsi une solidarité instinctive. Quand on est loin de chez soi, on éprouve le besoin de se recréer un entre-soi. On se rassure en perpétuant les usages et coutumes de sa terre d'origine. D'ailleurs, il n'est pas rare, dit-elle, de constater que certaines diasporas sont plus figées traditionnellement que leur territoire de référence.

Si le racisme est évidemment la conséquence d'une méconnaissance de l'autre, nombreux sont ceux qui prétendent ne pas l'être mais qui n'ont pourtant dans leur entourage amical aucune personne appartenant à une autre communauté culturelle que la leur. Et lorsque Klaas lui demande de définir les contours de cette communauté, puisqu'il se sent concerné, elle lui répond qu'au-delà de la couleur qui reste un facteur déterminant et implicite, une communauté partage en premier lieu une identité qui l'assemble autour d'une histoire commune et parfois traumatique. Elle lui explique que les enfants nés de parents immigrés doivent sans cesse s'adapter. Lorsqu'ils sont en famille, ils sont contraints de respecter les usages et coutumes de leur communauté et lorsqu'ils sont dans la société civile, à l'école ou chez des amis, ils s'adaptent aux règles du pays d'accueil. Ces codes apparaissent tellement antinomiques que cet effet caméléon perturbe leur propre développement, et davantage, lorsque les parents sont religieux dans un pays laïc où la foi devient illusoire et circonstancielle.

« Qui suis-je vraiment ? » s'interroge très souvent Floortje. Une néerlandaise de fait ou une surinamienne d'esprit ? Elle redoute son instabilité émotionnelle. Cet état la rend susceptible et cynique. Quand Klaas la pousse dans ses retranchements, elle perd de son éclat et elle boude comme une enfant capricieuse. Car quoi qu'il en soit, lorsque l'on naît (est) noire et de surcroît une Marron ou une Boni, on n'échappe pas à son histoire d'autant que les médias ne cessent de vous la rabâcher. Il est plus complexe d'être une descendante d'esclaves que d'être une héritière de la République batave. La honte et la fierté n'empruntent pas les mêmes voies pour accéder aux honneurs. L'une est un combat militant de longue haleine tandis que la seconde décline des commémorations sans fin, des exploits déifiés des héros et pères fondateurs de la démocratie. L'inconscient collectif de chaque communauté ne prend pas sa source à la même fontaine. Son collègue lui répond qu'elle est trop impliquée et qu'elle ne prend pas assez de recul, puisque que dès la troisième génération, les enfants sont réellement intégrés et qu'ils s'ancrent sur la terre d'accueil. Alors, elle lui répond, agacée : « mais pourquoi n'essayes-tu pas de comprendre et d'entendre ce que je te dis ? »

Derrière cette question, se cache une amertume profonde. Floortje est amoureuse de Klaas mais il ne le voit pas. Elle aimerait tant franchir avec lui cette étape de la troisième génération. Parfois, elle pleure en cachette pour soulager ce mal qui la ronge. Elle sait qu'il lui faudra demander sa mutation pour se retrouver seule et admettre le deuil de cet amour impossible. Pour le moment, elle se satisfait de sa présence et de leur complicité professionnelle. L'amour à sens unique gangrène le cœur qui se fane, emportant avec lui le cimetière de nos illusions. Parfois il provoque la rancœur, redoutable poison.

Floortje rejoint la gare centrale pour accueillir Klaas à son arrivée. Elle a demandé à Willem de les retrouver au commissariat. Veut-elle se retrouver seule avec Klaas ? A-t-elle ressenti une intuition dont la révélation pourrait lui procurer du chagrin ? Veut-elle se prémunir d'une éventuelle douleur ?

Elle gare la voiture sur un parking réservé aux forces de l'ordre et décide d'attendre l'inspecteur à l'extrémité du quai comme si elle avait envie de rêver, de croire qu'elle vient accueillir son amant revenant d'un voyage professionnel. Elle le verra, lui sourira et il accourra pour la prendre passionnément dans ses bras. Elle sait ce jeu dangereux, mais cela lui importe peu ; il lui procure une joie éphémère, celle dont elle a tant besoin.

Lorsqu'elle se regarde, face à la glace, le corps nu de tout artifice, elle rigole, malicieuse, effrontée et caustique : « comment peut-il ne pas voir cela et surtout ne pas en profiter, je suis si belle ! »

Son visage fin enveloppe des yeux noirs en amandes, qui lui donnent une ligne anguleuse et sensuelle. Sa bouche fraîche, sublimement dessinée, s'ouvre sur un sourire séduisant qui invite à voyager au pays de l'échange amical et sincère. Il n'y a pas chez cette fille l'once d'une manipulation sournoise ou dominatrice. Ses principales qualités sont sans équivoque la franchise et la constance. Sa silhouette équilibrée et droite lui donne une prestance altière. La souplesse et la grâce de ses gestes vernissent la plasticité d'un corps ébène, délicat et superbe. Elle ne marche pas, elle flotte. Floortje ne profite pas de ses atouts. Elle cherche à se protéger du regard prédateur des hommes. Elle choisit volontairement des vêtements qui l'enlaidissent afin de ne pas provoquer des situations qui la contraindraient à revendiquer son statut de policière. Ses jean et pull-over amples, son manteau trop grand, masquent sa beauté sublime, seul son visage la trahit. Alors elle ne se maquille pas et porte des vanilles irrégulières, lui donnant ainsi une apparence de souillon. Elle se parfume, juste pour se rappeler, chaque matin, qu'elle est avant tout une femme. Chez elle, le masculin n'a pas la moindre place. Elle est 100% féminine.

Le speaker annonce l'arrivée du train et avec elle le retour brutal de l'enquête. Elle devine les premiers mots de Klaas qui la ramèneront à la réalité. Elle gardera son amertume, en sommeil. Elle aura tout le loisir de la gérer lorsqu'elle se retrouvera seule dans son appartement en écoutant les rires excités des rencontres qui naissent au Tarantella. Elle se regardera à nouveau devant le miroir, sans comprendre. « Comment résister à un tel don du ciel ? » se dira-t-elle pour ne pas sombrer dans la morbidité de sa déréliction amoureuse.

Klaas vient à sa rencontre et sonne le glas.

« Bonjour Floortje, c'est sympa d'être venu m'accueillir mais tu aurais dû attendre dans la voiture. »

Pourquoi les hommes mettent-ils toujours des « mais » derrière tout ce qui les engage ? pense-t-elle quelque peu désenchantée.

« Nous devons reprendre l'enquête, point par point. Il y a forcément un détail qui nous a échappé. Il nous faut revisionner les caméras de surveillance de l'hôpital et scruter une à une les images de chaque véhicule ayant quitté le complexe Erasme, le jour où Frederik s'est volatilisé.

— Tu as certainement raison, un détail nous a échappé.

— Alors comment es-tu arrivé à confondre Godelieve et Gwendolyn ? »

Un silence inhabituel traduisant un embarras certain s'installe durant quelques pas. Klaas tarde à répondre. Il profite de l'absence de Willem pour différer sa réponse. A vrai dire, il ne sait pas comment aborder le sujet. En principe, il se doit d'informer Ten Berge qui le déchargera de l'enquête puisque le conflit d'intérêt est avéré. Le jeune inspecteur n'envisage pas cette procédure. Il souhaite en premier lieu retrouver Gwendolyn au plus vite et chaque seconde compte. Transférer l'enquête à un autre inspecteur risque de compromettre les chances de sauver Gwendolyn. En second lieu, cette enquête représente une opportunité de carrière qu'il ne veut surtout pas manquer. D'un ton évasif qui la frappe et la vexe en plein cœur, il lui souffle :

« Je t'expliquerai quand nous serons avec Willem. »

*

XXV

Dimanche 6 décembre, commissariat 91 Zaagmolenstraat 07 heures 15.

Les trois officiers ont passé la nuit à scruter les cassettes de surveillance.

« Klaas, Willem, approchez, je crois que j'ai quelque chose. C'est la caméra de la sortie du personnel médical. Regardez la berline qui sort. Une audi S3, mon frère a la même. Maintenant je vais zoomer. Et qui est au volant ?

— Bransword ?

— Exactement !

— Peux-tu zoomer davantage, le siège arrière ?

— Il y a quelque chose de volumineux posé sur la banquette arrière mais cela est très difficile à identifier. Possible que ce soit un corps allongé qui se camoufle. Mais pas certain.

— Pourtant Bransword, qui était de garde cette nuit-là, nous a assuré qu'il n'avait pas quitté les lieux.

— Pourquoi n'avons-nous pas vu cela plus tôt, soupire Klaas, embarrassé.

— Tout simplement parce que l'hôpital avait omis de nous transmettre volontairement ou involontairement la cassette de cette sortie. Je suis retournée sur les lieux vendredi soir et j'ai pointé avec Van Den Berck tous les accès à l'hôpital. Il nous manquait l'enregistrement de l'entrée et sortie des personnels. Je n'ai pas pu obtenir la cassette immédiatement. J'ai réclamé cet enregistrement vidéo que

Aïke est allé chercher samedi. Van Den Berck la lui a remis personnellement en précisant que son contenu était très contrariant et compromettant pour son collaborateur direct.

— Ok ! Nous pouvons compter sur Van Den Berck, il est coopératif. Je pense qu'il cherche à nous aider du mieux possible pour corriger l'erreur de son service en ne surveillant pas davantage Frederik. Après si Bransword s'avère être vraiment le complice de Frederik, Van Den Berck n'a rien à se reprocher. Il nous faut interroger ce Bransword et connaître les raisons pour lesquelles il nous a menti. Floortje, appelle l'hôpital pour savoir si Bransword est de garde. Sinon, nous nous rendrons directement à son domicile. Demande-leur son adresse.

« Klaas, je viens d'avoir le service du professeur Van Den Berck au téléphone. Bransword ne travaille pas actuellement. Il est en congés pour quelques jours. J'ai obtenu son adresse personnelle.

— Ah oui effectivement, Van Den Berck m'avait averti que Bransword serait absent, rendons-nous à son domicile ! »

*

Le docteur Bransword vit dans une luxueuse maison à Bergse Plassen, au Straatweg 179. Cette maison lui a été léguée par ses parents, de riches armateurs qui habitent désormais sur Les îles Fidji.

Le salon s'ouvre sur un green impeccable qui jouxte un canal où est amarré un bateau de plaisance. De cet embarcadère privé, Bransword peut rejoindre la Rotte et les nombreuses voies fluviales qui irriguent Rotterdam. Ainsi, il accède à toutes les commodités sans nécessairement utiliser sa voiture ou sa bicyclette, comme la majorité des habitants de ce quartier de haut standing.

La maison transpire le vide et l'abandon qui l'accompagne. Aucun véhicule ne stationne devant le garage, resté grand ouvert. Klaas et Floortje pénètrent dans la maison par cet accès. Ils gravissent les escaliers qui les mènent à l'étage. L'intérieur opulent accentue l'exception du lieu. Les matériaux, le mobilier et les objets, d'une extrême qualité, défilent dans chaque pièce créant une atmosphère rare, presque irréelle. Le luxe discret de cette demeure provoque un anachronisme déconcertant. Le silence s'exprime majestueusement. Ici, le temps s'arrête et les années se confondent. Peut-être que le paradis est ainsi, suggère Floortje.

En pénétrant dans le salon, le sentiment de béatitude s'estompe à la vue d'une énorme tache de sang sur le tapis beige en cachemire et en soie. Sur le plateau en verre ciselé d'une table en merisier reposent deux flûtes et une bouteille de champagne Veuve Clicquot, à moitié vide.

Les inspecteurs s'immobilisent.

« On sort Floortje et nous appelons la scientifique. »

*

L'inspection approfondie de la villa n'a pas permis d'élucider le mystère de la tache de sang, en l'état. Une analyse sanguine s'avère nécessaire pour identifier éventuellement la personne blessée ou assassinée. De nombreuses empreintes ont été relevées ; espérons que, grâce à elles, nous pourrons identifier la victime, à défaut de démasquer un supposé agresseur.

« Qu'en penses-tu Klaas ?

— Je m'interroge sur le rôle joué par Bransword. J'ai du mal à penser qu'il puisse être le complice de Frederik. A-t-il été contraint d'organiser la cavale de Frederik ? Que s'est-il passé dans cette maison ? Le champagne ? on l'ouvre plutôt pour fêter un événement important, non ? Quel était cet événement ?

— Pourquoi Bransword ne serait-il pas le complice de Frederik ? N'oublions pas que Frederik a quitté le Mahzen, blessé très sérieusement. Si Bransword l'accompagne ou vient à sa rescousse, il ne peut l'emmener à l'hôpital sans orienter les soupçons vers lui. Il l'abandonne au parc, appelle les secours, s'arrange pour qu'il soit affecté à son service puisqu'il est de garde. Il déclare qu'il est inapte à subir le moindre interrogatoire et dès l'occasion venue, il le libère pour éviter que nous l'interrogions.

— Mais quel lien pourrait-il unir le lapin et la carpe ? Tu as vu le niveau social de Bransword. Que ferait-il avec notre supposé serial killer ? Non, cela ne tient pas.

— Justement pour connaître quelqu'un faut-il encore découvrir ce qu'il cache. Bransword a certainement un secret qui permet à Frederik de le faire chanter.

— Oui, cela se tient !

— Et toi, Klaas que caches-tu ? Nous ne savons toujours pas comment tu as su que Godelieve n'était pas la serveuse du Mahzen.

— Un peu de patience, Floortje, je t'expliquerai quand le moment sera venu. »

*

XXVI

Dimanche 6 décembre, commissariat 91 Zaagmolenstraat 17 heures 00.

La lumière grise de décembre vacille sous les assauts des nuages qui épaississent le ciel de Rotterdam.

Klaas éclaire la salle de réunion. Floortje a acheté quelques Stroopwafel pour agrémenter la réunion et accompagner le café préparé par le brave Willem. Klaas rencontre le commissaire dans 45 minutes pour un point de situation. Les dernières évolutions de l'enquête mettent le commissariat en ébullition. Le procureur du Roi exige des réponses :

« Nous avons un fou lâché en pleine nature et nous ne parvenons pas à arrêter sa croisade infernale. Il faut vous remuer, Klaas, et mobiliser le maximum de services pour stopper l'hémorragie. Si dans moins de 48 heures je n'ai pas d'avancées significatives, je transfère le dossier à une personne plus chevronnée que vous ! »

Klaas, préoccupé nerveusement, n'affiche pas sa désinvolture habituelle. Une ride du lion discrète creuse un sillon sur son front.

« Nous savons désormais qu'une erreur de saisie a été commise dans notre fichier central. L'enregistrement des profils ADN de Godelieve et de Gwendolyn a été fait le même jour et à la même heure, par un agent stagiaire. Cette inversion inadmissible a conduit à l'assassinat de Godelieve et de son compagnon. Bien sûr, à l'issue de cette enquête, il faudra tirer toutes les conclusions nécessaires sur ce dysfonctionnement inacceptable. Je m'y attacherai.

L'ADN de Godelieve confirme cette inversion. Celui retrouvé au Mahzen confirme bien l'identité de Gwendolyn Elvers. Donc notre fugitive du Mahzen se prénomme bien Gwendolyn, comme Ute nous l'avait indiqué.

Madame Elvers a été condamnée en 2016 pour trafic de drogues et fraude aux examens. Dès sa sortie de prison, elle travaille au Mahzen pour gagner un peu d'argent et tenter de rentrer dignement chez ses parents qui habitent à Terschelling.

Après s'être présentée devant son agent de probation jeudi dernier, elle aurait dû retourner à Terschelling mais depuis vendredi matin, nous n'avons plus aucune nouvelle. Les échanges téléphoniques et textuels entre Gwendolyn et ses parents, la veille de sa disparition, confirment que notre fugitive avait la ferme intention de rejoindre l'île du Nord.

Godelieve et son compagnon ont été assassinés le 30 novembre ou 1er décembre selon le légiste. L'assassin constate qu'elle n'est pas la personne qu'il recherche : nous pouvons émettre l'idée qu'il est en mesure de la reconnaître puisqu'il a tenté de la violer. Constatant son erreur, il poursuit sa quête et retrouve la trace de Gwendolyn qu'il kidnappe, apparemment vendredi matin. A ce stade de l'enquête, nous supposons qu'elle est toujours vivante.

Nous savons également que la voiture garée devant la maison de Godelieve est bien celle de

Bransword. Harry est retourné voir la voisine et lui a montré l'image du modèle de la voiture qu'elle a parfaitement identifiée. En revanche, elle n'a pas reconnu Bransword lorsqu'il lui a présenté sa photographie. Il a donc un lien certain entre Bransword et ces deux homicides. A nous de découvrir lequel…

Plusieurs questions : comment notre assassin a-t-il pu retrouver la trace de Godelieve avant nous et rebondir immédiatement en enlevant Gwendolyn ? Une fuite de nos services apparait improbable mais il ne faut pas écarter cette éventualité.

Nous avons relevé des empreintes digitales sur un des verres mais pas sur le second. Soit la personne portait des gants, soit elle les a effacées. Nous avons une tache de sang qui devrait, espérons-le, nous révéler son secret. Nous devrions avoir un retour du labo, rapidement, au plus tard demain matin.

— Comment savons-nous qu'elle a été enlevée le vendredi, puisque les dernières nouvelles datent de jeudi ? remarque Floortje.
— Parce que Gwendolyn a quitté mon appartement le vendredi matin à 6 heures et depuis, nous n'avons plus de nouvelles. »

Cette révélation assomme les deux collègues. Une chape de plomb recouvre l'atmosphère qui s'alourdit et devient irrespirable, chacun mesurant les conséquences de cette information.

Les muscles de Floortje se ramollissent et ne la soutiennent plus. Seul son orgueil maintient son apparence. Elle avait bien ressenti ce venin obscur qui envahissait et perturbait son équilibre intérieur. Elle peut désormais presque l'identifier :

est-ce l'intuition jalouse de la femme blessée qui revendique un droit qu'elle n'a pas, ou tout simplement la peine, celle qui anéantit l'espoir et le mortifie ? L'espoir fait mourir parfois, chante Rose et elle comprend le sens de cette chanson française qu'elle aime. Floortje affectionne l'hexagone ; elle parle le français couramment et elle relève, bien souvent, que les français possèdent ce don inné de la formule métaphysique qui manque tant aux hommes du nord.

Elle regarde Klaas, mais ne l'entend plus. Elle espère un réconfort de Willem, mais, tel un bon élève, il attend les explications de son professeur. Pourquoi ne parle-t-il pas ? Cela lui donnerait un peu d'air. Floortje, passablement, se ressaisit. Son histoire familiale et sociale lui a appris à rebondir instinctivement, sa survie intellectuelle en dépendait. Alors elle sort ses griffes, aiguisées et meurtrières.

« Et ben, qu'attendais-tu pour nous en parler ? Tu avais toute la nuit pour évoquer le sujet et nous expliquer comment tu avais obtenu tous ces renseignements déterminants. Tu imagines bien que tu ne peux plus diriger cette enquête.

— Oui je le sais, c'est pour cette raison que je vois le boss dans quelques minutes. »

Klaas affiche alors une détresse et une fragilité inhabituelle. Willem ne peut la concevoir, sa personnalité rationnelle n'a pas de frontière avec ce monde de la passion qui peut anéantir toute une vie de raison.

Willem et Floortje écoutent les explications de leur collègue qui sont capitales pour l'enquête. Floortje comprend le désarroi de Klaas mais elle ne peut l'intégrer émotionnellement. Lui apporter son soutien exigerait d'elle beaucoup trop d'efforts. Elle n'a pas les aptitudes pour cette sublimation. Elle a envie de pleurer, elle se lève calmement, s'excuse poliment, et s'enfuit discrètement vers les toilettes.

Elle se regarde dans le miroir et se parle : « dis-moi, papa, comment dois-je réagir ? Comment puis-je retrouver mon aplomb et me comporter professionnellement ? Comment accepter cette situation qui me touche mais sur laquelle je n'ai aucune prise et revendication légitimes ? »

Elle entend son père la réconforter sagement. Elle se souvient, alors, de ces phrases à l'emporte-pièce qu'il lui martelait souvent, des conseils prémonitoires comme s'il souhaitait la prémunir de toute désillusion :

« On ne peut être amoureux d'une personne qui ne vous aime pas puisque l'amour est une chose qui se partage. Si tu aimes une personne qui ne t'aime pas, c'est tout simplement parce que tu ne t'aimes pas assez. Offrir à une personne une chose qu'elle n'est pas prête à recevoir, c'est s'humilier et s'engager dans une relation toxique… »

Elle écoute cette voix qui l'interpelle. Elle sait qu'elle agira comme un antalgique, calmant sa douleur quelques heures et elle pourra ainsi retourner dans la salle de réunion, dignement. Elle devine que Klaas va être dessaisi de l'enquête et qu'elle sera logiquement désignée pour poursuivre les investigations en attendant la nomination d'un inspecteur plus aguerri.

Complice, elle regarde une dernière fois son reflet dans le miroir. Elle lui sourit. Elle retrouve son aplomb vital. Elle est déterminée à ne pas baisser les bras et à poursuivre avec ténacité cette enquête pour arrêter cette ignominie qui galope sauvagement dans la nature néerlandaise.

Ce dont elle sera la plus fière est certainement sa capacité à se reconcentrer sur le sujet pour être efficiente. Même si au fond d'elle, elle considère Gwendolyn comme une rivale, sa conscience l'oblige à la retrouver vivante. Toute autre pensée ne pourrait que la perturber davantage. Durant notre parcours, nous sommes tous confrontés à des épreuves que nous subissons et traversons : elles nous révèlent fidèlement ce que nous sommes. Face à nous-même et à nos comportements, nous apprenons à nous aimer ou à nous détester. Elle entend encore la voix suave de son père lui susurrer :

« Plus nous nous aimons, plus nous sommes heureux, plus nous aiderons et aimerons les autres. Quand nous détestons ce que nous sommes, nous devenons dangereux pour nous-même et tous ceux que nous aimons. »

Floortje revient dans la salle, s'excuse de son absence soudaine et regarde avec méfiance Klaas pour connaître tous les éléments de ses investigations. Sa détermination glace Klaas qui ne comprend pas ce changement radical de comportement. Jusqu'alors n'étaient-ils pas les meilleurs amis du monde ?

Klaas expose précisément les détails prépondérants de sa rencontre avec Gwendolyn, sa visite impromptue à Terschelling et les concordances inattendues avec l'enquête.

Willem conclut l'exposé de Klaas par une phrase pleine de bon sens :

« Ta relation avec Gwendolyn n'est pas une faute en soi puisque grâce à elle l'enquête évolue concrètement, on pourrait presque considérer que c'est une infiltration, (il sourit), ta faute, Klaas, est de ne pas nous en avoir parlé dès que tu avais connaissance de cette situation, c'est-à-dire, samedi soir. Voyons ce que décidera Ten Berge en ce qui concerne la direction de l'enquête. Dans l'immédiat, il y a urgence à retrouver Bransword afin d'empêcher Frederik d'agir et nous pourrons, je l'espère, retrouver Gwendolyn vivante.

Klaas quitte la pièce et se dirige vers le bureau du commissaire qui patiente.

Willem et Floortje se regardent, désabusés. Ils n'échangent pas. Ils se contentent juste de partager un café en attendant les consignes pour poursuivre l'enquête.

Quinze minutes se sont écoulées depuis que Klaas a quitté les lieux. Il a laissé ses affaires sur une des tables. Son téléphone sonne. Le numéro du laboratoire s'affiche. Floortje prend le smartphone et répond. Elle échange quelques instants avec son interlocuteur et raccroche. Elle se tourne vers Willem qui l'interroge :

« Alors ?

— Le sang retrouvé chez Bransword est celui de Frederik, et les empreintes sur le verre celles de Bransword, comparées à celle retrouvées dans sa maison et notamment sur des objets personnels. »

*

XXVII

Dimanche 6 décembre, bureau du commissaire, 18 heures 15.

Ten Berge invite Klaas à prendre place dans le plus opulent bureau du commissariat. Il se retrouve devant son supérieur hiérarchique, tel un petit garçon qui va être grondé. Le commissaire, au téléphone, lui demande impoliment de patienter par une pantomime de circonstance.

Klaas scrute le bureau cossu. Il lui vient alors ce constat navrant : les bureaux des organisations sont à l'image de nos sociétés où celui qui a le moins besoin a toujours plus.

La conversation entre le commissaire et son interlocuteur s'éternise. Il s'agirait d'un désordre sur sa résidence de vacances nichée quelque part autour de Figueras, en Catalogne, pas très loin de la villa d'un des maîtres du surréalisme.

Ce comportement titille sa réflexion vindicative. Il désapprouve fermement ce privilège du prince : obliger celui que l'on convoque à poireauter sans aucune bienveillance. Les chefs s'autorisent des droits et passe-droits en fonction de leurs humeurs et de leur temps. Dès lors, les subordonnés n'ont pas d'autres choix que celui de se soumettre aux caprices de leur hiérarchie, mais quelle hiérarchie ? Celle qui va forcément l'exclure de l'enquête alors qu'il se sent plus que concerné.

Le comportement condescendant de son supérieur exaspère Klass et provoque une énième réflexion de chevalier blanc.

« Nos sociétés de droit s'articulent, malgré leurs promesses égalitaires, autour de cette notion de subordination et celui qui la conteste se retrouve vite stigmatisé d'empêcheur de danser en rond. Quels sont les éléments qui justifient une telle préséance et autorisent ceux qui disposent de cette prérogative, d'imposer leur conception égocentrique du pouvoir ? Les actions, les décisions, les paroles sont-elles toujours justes et éthiques ? Qui évalue et contrôle que les choix qui sont faits ne le sont pas dans un objectif purement personnel, travesti par un discours œcuménique ? Qui contrôle vraiment l'action et les politiques publiques ? Lorsque Ten Berge va me retirer les rênes de l'enquête, le fera-t-il dans l'intérêt de tous, du sien ou de son ministre de tutelle ? Pour quelles raisons un policier impliqué personnellement serait-il moins objectif qu'un policier non impliqué ? »

Klaas se lâche, son cerveau part en toupie.

« Les principes fondamentaux du droit ont-ils institutionnalisé la hiérarchie des administrations ou les administrations ont-elles influencé la mise en œuvre de ces principes pour préserver et édifier leurs prérogatives exorbitantes, illustrées par le pouvoir discrétionnaire dont elles disposent ? La hiérarchie administrative est-elle une norme substantielle pour assurer l'ordre social ou n'est-elle, in fine, qu'un mode d'organisation pour empêcher une approche plus horizontale des fondements de la société ? La Justice, la Police, l'Éducation… pourraient-elles fonctionner sans ce rapport de forces au sein des différents corps d'État et des corporations ? Une démocratie hiérarchisée selon ce principe d'ordre, de grades et de sanctions, et donc coercitive, est-elle aboutie ? En fin de compte, les élections ne sont-elles pas qu'un dispositif réfléchi pour promouvoir l'élite des corporations dominantes ? Objectivement nos démocraties ne sont que la somme d'une multitude de corporations qui cooptent sans cesse leurs membres offrant ainsi l'image d'une expression collective, bien évidemment tronquée ? Ne devrions-nous pas parler plutôt de cooptocratie que de véritable démocratie ? Pour preuve, une démocratie doit sa stabilité davantage à l'appareil technocratique inaliénable et corporatiste qu'à la mouvance politique. Est-ce un moindre mal ? Le commissaire a-t-il été désigné au mérite, compte tenu de ses résultats exemplaires, a-t-il été coopté pour sa fidélité à la corporation ou l'obédience à laquelle il appartient, est-ce la combinaison des deux qui lui a permis de disposer de cet espace richelieu ? Ce bureau somptueux me fait-il rêver, nourrit-il mon ambition ? »

Il lui revient alors un conseil de son père qui prend tout son sens : « mon fils, sans réseau, tu ne seras rien, et pour te construire un réseau, forcément tu te compromettras. »

Une petite bête le pique et le raisonne. Il sursaute :

« Voyons Klaas, penses-tu que les membres d'une société seraient capables de définir spontanément ce qui est bien et ce qui est mal ? Tout est-il manichéen ? La technocratie est un garde-fou rationnel qui confie à l'élite le soin de diriger les gens, incapables, puisque trop différents socialement et intellectuellement, de s'autogérer eux-mêmes. Cette hiérarchie se compose de corporations capables de contrer les dictatures et les trop dominants. L'équilibre, souvent antinomique, entre ces différents ensembles et sous-ensembles assure la paix sociale et l'économie de marché dont raffolent les citoyens désormais. Penses-tu vraiment Klaas que les citoyens livrés à eux-mêmes, nationalistes et xénophobes auraient été capables d'inventer l'Europe qui offre aujourd'hui à plus de 450 millions de personnes le plus beau cadeau du service public : la paix ? Cette paix, pourtant si fragile lorsqu'on mesure objectivement les menaces qui pourraient surgir de l'Est, qui l'a mise en œuvre ? de simples citoyens ou des élites influentes ? Seule une élite éclairée pouvait structurer un tel projet. Pour preuve, le commun des mortels est-il en capacité, aujourd'hui, de mesurer et d'apprécier la grandeur de certains hommes qui ont jalonné la construction européenne ? Bien au contraire, au lieu de poursuivre cette construction rationnellement incontestable, le citoyen de base, manipulé par une élite belligérante et nuisible, la rend responsable de tous ses maux. Ne vois-tu pas lors de tes enquêtes le misérabilisme social qui empêche la réalisation concrète de toute utopie ? Ce qui importe n'est pas qu'il existe une hiérarchie, puisqu'elle est une composante intrinsèque de l'Homme, mais qu'il existe des dispositifs d'éducation, d'évaluation et de sanctions pour que le pouvoir confié à cette hiérarchie soit le plus éthique et équitable, et surtout au service du plus grand nombre. Force est de constater que ce sont des hommes remarquables, visionnaires et progressistes qui ont su verrouiller nos hiérarchies pour les protéger du diable. Leur utopie n'avait comme limite que leur lucidité et pragmatisme. Écartant la nature humaine qu'ils jugeaient pernicieuse et volatile, ils préfèrent accorder leur confiance à la Loi, norme imparfaite certes, mais plus objective, scientifique et surtout permanente. Tu sais bien Klaas que la dystopie menace sans cesse l'idéal dont tu rêves ; il ne sera jamais un chemin abouti d'autant que les progrès de la science, dont notamment la révolution numérique, le repoussent perpétuellement. »

Lorsqu'il pratique cet exercice d'introspection, Klaas sait qu'il a davantage de caractère que de personnalité. Parfois il entrevoie, en lui, les germes qui donnent naissance aux grands hommes, mais, désenchanté, il constate qu'ils ne fleurissent pas.

Ses délires intérieurs à l'emporte-pièce l'épuisent. Dis papa, pourquoi le feu est rouge…

Klaas, totalement égaré à l'ouest, n'entend pas le commissaire qui a raccroché depuis quelques secondes et qui l'interpelle :

« Klaas, Klaas ? M'entendez-vous ?

— Oh excusez-moi, j'étais complètement ailleurs.

— Oui en effet, j'ai remarqué. Alors où en sommes-nous ? Je ne vous cache pas que la hiérarchie (Klaas sourit désabusé) suit de très près cette enquête et que selon nos informateurs, le De Telegraaf prépare un papier sur le sujet, pour les prochains jours. C'est évidemment très, très contrariant.

— Comment est-ce possible ? »

Le commissaire prend son élan, se redresse pour paraître plus grand et durcit le ton de sa voix, comme pour se donner davantage d'autorité. Klaas redoute le sermon.

« Je ne sais pas Klaas, mais nous avons le feu aux fesses et j'espère que vous avez de très bonnes nouvelles sinon je serai, malheureusement, contraint de prendre des dispositions.

— C'est-à-dire ?

— Confier l'enquête au pôle d'Amsterdam. J'ai mobilisé de nombreux moyens pour vous assister dans vos investigations et surtout… surtout Klaas, je vous ai accordé ma confiance, ne me décevez pas. (Il marque une pause et fixe Klaas qui ne fléchit pas) Avez-vous progressé ? »

Les mots du commissaire, notamment l'évocation de la confiance accordée, redonnent de l'élan à la toupie qui tambourine dans le crâne de Klaas et qui poursuit son mouvement perpétuel. Un grand chef se reconnaît à cette capacité paternaliste de vous accompagner à la guillotine, tout en vous murmurant, adulateur : « Je vous aimais bien, mais je suis obligé, non pas dans mon intérêt, mais dans l'intérêt de tous, vous comprenez ? » Les grands chefs se retrouvent seuls non pas parce qu'ils n'ont pas d'amis mais tout simplement parce qu'ils les ont tous éliminés.

« Klaas, vous m'écoutez ? Vous paraissez totalement absent ? Allez-vous bien ?

— Oui, je suis là, je vous écoute attentivement.

— Alors ? »

Klaas présente tous les éléments dont il dispose. Ten Berge prend des notes consciencieusement. Il ne l'interrompt pas et attend la fin de son exposé pour reprendre la parole et synthétiser :

« Je résume Klaas : vous avez donc identifié, de manière fortuite, la victime du Mahzen avec qui vous avez eu, sans savoir qui elle était, une relation sexuelle. Vous avez un suspect, Frederik, qui serait le criminel qui agit depuis plus de dix ans et que nous n'avons jamais pu démasquer.

D'ailleurs, nous avons, jusqu'alors, une chance inouïe que la presse n'ait pas obtenu auparavant cette information. Cela ne sera peut-être plus le cas dans quelques jours, mais bon, cela est une autre histoire.

Je rajoute :

- que ce fameux Frederik s'est volatilisé, en bénéficiant de la complicité du docteur Bransword qui l'aurait aidé à s'échapper de l'Hôpital.
- qu'une erreur humaine vous a conduit sur la piste d'une Godelieve, totalement étrangère au Mahzen, qui a été assassinée avec son conjoint par notre suspect.
- que ce suspect vous a doublé et a obtenu plus rapidement que vous des informations concernant la localisation de cette Godelieve.
- qu'après avoir assassiné Godelieve, il a vraisemblablement trouvé la trace de la fameuse Gwendolyn qui serait sa captive.

Pour le moment, vous n'avez pas pu mettre la main sur ces deux lascars ? Est-ce bien cela ?

— Exactement
— Dites-moi Klaas, pourquoi pensez-vous que Frederik ou Bransword n'ont pas tué Gwendolyn ?

— Une intuition. Je pense que notre suspect agit selon un rituel que je n'ai pas encore déchiffré. Il attend une échéance pour passer à l'acte et sacrifier Gwendolyn Elvers. S'il n'avait comme seule intention que de la tuer pour qu'il ne soit pas démasqué, il l'aurait déjà fait, puisque notre suspect sait pertinemment que nous l'avons repéré. La seule chose que nous ne sommes pas parvenus à découvrir est son identité. Et cela ne devrait plus tarder. Je n'arrive pas encore à saisir le rôle que joue le docteur Bransword. S'il n'était pas à l'intérieur du Mahzen, ce fameux lundi soir, cela n'exclut pas, malgré sa garde à l'hôpital, qu'il ne soit pas la personne qui attendait Frederik dans sa voiture devant le bar.

— La priorité, Klaas est de retrouver le plus rapidement possible ces deux suspects, mais compte tenu de votre implication personnelle, je suis contraint, et j'espère que vous le comprenez, de vous dessaisir de cette enquête, mais…

— Oui, Monsieur !

— Avez-vous entendu parlé de la théorie des trajectoires ?

— Non, je ne crois pas !

— Si officiellement, je suis contraint de vous retirer le pilotage de cette enquête, officieusement je ne le ferai pas. Sans couverture, évidemment, vous allez poursuivre vos recherches, et si vous échouez personne malheureusement ne vous soutiendra. Mais il faut que je vous laisse poursuivre, selon cette théorie. Voyez-vous Klaas, les trajectoires de votre suspecte et de vous-même se sont liées selon de nombreuses contingences qui agissent et interagissent entre elles sans que nous soyons vraiment en capacité de les formaliser. La probabilité que votre suspecte se retrouve à partager votre lit était de toute évidence infime et pourtant envisageable au regard des faits : vous la recherchiez et elle se cachait tout en se jetant dans la gueule du loup. Vous, comme elle, ignoriez qui vous étiez. Vous êtes sur les mêmes flux de mouvements, une même logique interne qui vous conduit à vous rencontrer. Certains appellent cela un miracle, un hasard, nous pourrions même évoquer la sérendipité. Vous cherchez une suspecte et vous vous retrouvez entraîné malgré vous dans une histoire d'amour foudroyante. Votre désir impulsif de rejoindre Gwendolyn à Terschelling en témoigne. Nous sommes tous sur des trajectoires qui s'entremêlent, se croisent. Elles se heurtent, s'opposent ou se rencontrent à un moment donné sur une place, un carrefour ou une obligation ponctuelle : l'école, le travail, la maladie… Pour certains les concordances de trajectoires sont si intenses que le croisement donne naissance à deux parallèles qui vont se confondre un certain temps : « le parallélisme des trajectoires ». La relation amoureuse illustre ce raisonnement. Plus les personnes ont d'atomes crochus et plus les trajectoires se rapprochent d'un lieu d'impact qui engendrera une communion et un échange qui durera tant que la juxtaposition et même la confusion des trajectoires demeurera et liera les personnes vers le même objectif. La chance est totalement étrangère à cette théorie. Soit cette trajectoire jumelle demeure éternelle, le temps d'une vie, soit elle est brisée par une trajectoire similaire plus tonique, plus brillante voire encore plus en adéquation, ou alors elle s'est interrompue d'elle-même : « on a fait fausse route ! » comme disent certains car l'ennemi de cette trajectoire est le fantasme, celui que l'on transfère sur l'autre en perdant sa lucidité. Bien sûr, la routine joue également un rôle prépondérant : elle répand ses obstacles le long de ces trajectoires pour interrompre la dynamique. L'habitude et le quotidien, qui tuent tout, perturbent ce mécanisme des trajectoires. Les complices qui entreprennent ce voyage parallèle doivent s'imposer, de temps à autre, quelques crochets personnels vers d'autres trajectoires pour aérer et agrémenter leur parcours de ressources nouvelles. Sinon, leur histoire touchera à sa fin.

Bien sûr, je comprends que ma démonstration peut paraître confuse et fantasque ; je pourrais développer davantage cette théorie qui s'applique à tous les milieux sociaux et professionnels, mais pour le moment nous n'en avons pas le temps. Je vous propose de poursuivre cet exposé après avoir retrouvé madame Elvers et mis aux fers notre serial Killer. Et je compte bien évidemment sur vous pour poursuivre votre trajectoire qui vous guidera et nous aidera, je l'espère, à élucider cette intrigue rocambolesque. Pardonnez-moi mon ton un tantinet caustique, Klass, mais il faut savoir se moquer de tout, et surtout du destin. Sinon, comprenez-vous mon propos ?

— Oui je comprends et je saisis le sens de votre raisonnement. J'espère aller jusqu'au bout de cette enquête et alors c'est avec un grand soulagement que j'aurai plaisir à poursuivre cet échange.

— Nous verrons cela plus tard, j'en suis certain... Je confie provisoirement l'enquête à Floortje en attendant sa reprise en main par un officier de la criminelle d'Amsterdam plus expérimenté. Vous avez à peine 72 heures pour régler ce dossier. Vous demeurez en service sauf qu'en théorie vous n'êtes plus sur cette enquête. Dites à votre collègue de me rejoindre et tenez-moi au courant de votre progression. Même si vous n'avancez pas faites-moi un rapport toutes les six heures par mail ou message.

— Merci, Monsieur, de votre confiance, je n'y manquerai pas.

— L'énergie de votre trajectoire, c'est votre intuition, Klaas, écoutez-la ! A très vite, donc ! »

*

Klaas sort du bureau du commissaire déboussolé, décontenancé et dubitatif.

Il savait qu'il allait perdre les commandes et pourtant cette décision formelle et légitime le désoriente. L'opportunité de cette enquête lui offrait de telles perspectives professionnelles et personnelles, en cas de succès ; devoir y renoncer lui arrache presque le cœur.

L'approche académique de Ten Berge le désarçonne. Il portait un jugement erroné concernant le commissaire. Il constate que son chef a une vision panoramique des événements et qu'il articule les différents acteurs en fonction de leur compétence et place sur l'échiquier. Son management pragmatique et en même temps théorique l'impressionne et lui donne des complexes. Il mesure ses lacunes et devine qu'il ne suffit pas de vouloir être commissaire en passant juste un concours ou boucler avec célérité une enquête médiatique pour atteindre ce stade. Il faut être charismatique et rien ne lui révèle à ce jour qu'il dispose de ce don exceptionnel, cette aura nécessaire, pour avoir une influence magistrale sur les hommes dont il aurait la responsabilité.

La théorie des trajectoires le rend sceptique bien qu'elle rejoigne indirectement son analyse du libre-arbitre. Force est de reconnaître qu'hormis le fait d'adhérer à cette idée, et de laisser l'élan de cette trajectoire opérer, aucune autre piste ne s'offre à lui ? Que lui dit sa petite voix intérieure ? « Parfois il faut savoir se retourner, pour redécouvrir des espaces, des propos ou des objets que l'on a ignorés ».

*

« Alors Klaas, comment cela s'est-il passé ? »

Floortje, malgré tout, ne peut s'empêcher d'être prévenante et conciliante. Intuitivement elle devine le désarroi de son partenaire. Ses traits le trahissent, son anxiété s'affiche comme un fond de teint sur son visage.

Quand nous aimons, nous avons tort d'espérer. Notre attitude nous confond et nous commettons des maladresses qui parfois nous humilient.

Cette faiblesse nous est toujours préjudiciable et, un jour ou l'autre, une personne qui nous est proche en profitera. Klaas serait-il de ceux-là ? Allait-il exploiter les sentiments de Floortje pour la manipuler et orienter les investigations de ses nouvelles responsabilités ? Avait-il l'esprit à cela ? Était-il capable de cela ?

« Hendrick me retire l'enquête et te la confie pour 72 heures. Il veut te voir à ce sujet.

— Je suis désolé Klaas.

— Ne le sois pas, tu es capable de gérer cela aussi bien que moi. Tu en as les compétences. Si peu de choses nous différencient en fin de compte. Juste un peu d'antériorité professionnelle. Bien que je ne devrais pas poser cette question, avez-vous eu de nouvelles informations ? »

Floortje devine que Klaas va poursuivre l'enquête en catimini et elle lui répond sans hésitation. Souvent nous devenons la marionnette de celui que nous pensions articuler. Serait-elle pourvue d'une capacité d'anticipation qu'il ignore ? Quel stratagème est-elle en train d'imaginer ? A-t-elle subitement pris conscience de ses nouvelles prérogatives et pris un peu d'avance sur Klaas ?

« Le sang retrouvé chez Bransword est bien celui de Frederik, et sur la coupe à champagne, ce sont bien les empreintes de l'adjoint de Van Den Berck.

— Et sur la seconde coupe ?

— Aucune empreinte.

— Curieux… comme sur le pied-de-biche ! Frederik laisse son ADN sur tous les lieux de ses crimes et s'organise pour éviter de laisser la moindre empreinte.

— Pour moi, il ne fait aucun doute que Frederik agit en toute impunité car il n'est pas fiché par nos services pour des faits antérieurs. De toute évidence, il évite de laisser ses empreintes qui pourraient le démasquer si nous demandions une comparaison avec le service des cartes d'identité.

— Bravo Floortje ! Parfaite déduction à laquelle je n'avais absolument pas pensé. En revanche le sang de Frederik ? Se sont-ils battus ? Leur pacte a-t-il été rompu ? Bransword l'a-t-il abattu afin de s'extraire d'une dépendance toxique ? De ce fait, notre serial Killer serait maîtrisé ?

— Supposons Klaas, mais alors qui aurait kidnappé Gwendolyn et pour quelles raisons ? Bransword n'avait aucune inquiétude à avoir, elle ne pouvait le compromettre sauf si ce dernier se trouvait également dans la chambre au Mahzen.

— Je ne suis pas fan de cette idée, Floortje : Bransword opérait à l'hôpital, il était de garde cette nuit-là et il est intervenu plusieurs fois auprès de patients.

— Oui tu as raison Klaas. Excuse-moi, je rejoins le commissaire avant qu'il ne s'impatiente trop. »

Klaas récupère son téléphone et ses affaires personnelles et quitte le commissariat tout en réfléchissant : Mais alors, qui a secouru Frederik au Mahzen et l'a amené aux abords du parc ? Il faut reprendre l'emploi du temps de Bransword, le questionner pour savoir s'il a pu s'absenter une première fois pour venir secourir son colistier.

Klaas prend sur sa droite et rejoint l'église Saint Laurent. Il y pénètre et s'assoit sur un banc. Il lève bibliquement la tête, scrute la nef, et dans ce silence méditatif, supplie Dieu de lui suggérer une idée, une trajectoire qu'il devrait emprunter. Il sait qu'il ne l'écoutera pas, Dieu ne vient pas au secours des mécréants.

*

XXVIII

Lundi 7 décembre, Rotterdam, 7 heures.

L'horloge du micro-ondes affiche 7 heures du matin. Gwendolyn a la certitude qu'elle séjourne depuis plus de deux nuits dans cette pièce où elle est séquestrée. Elle en a même déduit qu'aujourd'hui, nous étions lundi.

Dimanche, après avoir brisé le luminaire central de sa cellule, Gwendolyn s'était allongée au plus près de la porte blindée. Elle espérait détecter un bruit, une respiration, un signe audible qui lui aurait permis d'appréhender l'environnement extérieur de sa geôle. Elle resta un long moment allongée sur le côté, son regard perdu dans l'obscurité complète.

Après quelques minutes, ses pupilles dilatées au maximum purent entrevoir un filet infime d'une lumière naturelle glissant sous la porte. Une trentaine de minutes plus tard, le faisceau s'estompa avant de disparaître complètement. Elle devina que la pièce se situait dans le sous-sol d'une maison plutôt qu'une cave qui, elle, n'aurait pas d'ouverture vers l'extérieur. L'ambiance sèche et l'absence d'humidité confirmaient cette hypothèse.

A ce moment précis, elle estima qu'il était environ 16h – 16h30, heure à laquelle le soleil se couche à cette période de l'année. Elle enregistra cet horaire dans le programme du micro-ondes en espérant vérifier son hypothèse 15 heures plus tard puisque le jour se lève entre 7h et 7h30, le matin.

Elle attendit patiemment le retour du filet de lumière car si effectivement ce flux lumineux correspondait bien à la lumière du jour, il apparaîtrait dans la ½ heure qui suit. L'horloge digitale affichait 07 : 05. Les deux points clignotaient et matérialisaient la seconde. Gwendolyn se concentra dans le noir, ses yeux certainement trop dilatés picotaient. Elle cligna régulièrement des paupières pour tester leur bon fonctionnement. Elle se dit que cela était absurde tout autant que la situation dramatique dans laquelle elle se trouvait.

A 07 : 22, ses veines se gonflèrent d'adrénaline et elle savoura sa victoire ; il lui sembla que le filet de lumière, tel un laser, lui brûlait la joue. Elle l'entrevit, le vit, son intensité était plus forte que la veille au soir. Elle devina que le soleil brillait incontestablement sur Rotterdam et cette vision la stimula, elle allait se battre et surtout ne pas se laisser violenter. Elle avait appris en prison à se défendre ; l'instinct de survie nous rend animal face à un danger qui menace notre intégrité.

Assise sur le bord du lit, elle regarde fièrement le micro-ondes qui affiche désormais l'heure presque exacte : 7 h 30. Elle peut dorénavant mesurer le temps qui s'écoule et éviter une certaine forme de folie.

Depuis qu'elle a ce repère temporel, Gwendolyn s'organise de manière hygiénique et rationnelle. La journée, elle n'éclaire qu'une lampe de chevet qu'elle a recouvert d'un voile pour diminuer l'intensité rendant ainsi sa surveillance plus compliquée. Durant ses moments intimes, elle éteint le luminaire. Sinon, elle reste habillée en permanence. La nuit elle se couvre de vêtements qu'elle a trouvés dans une armoire et la journée elle se recouvre de sa jolie robe qu'elle entretient avec beaucoup de soin, comme si elle espérait sortir rapidement de cette tanière. Au moment de sa libération, elle voudrait être coquette pour remercier ces héros qui viendraient la secourir, avec honneur.

Quelle drôle d'idée, pense-t-elle ? Elle se souvient d'un article lu dans un magazine people qui retraçait le calvaire de Natascha Kampusch, séquestrée pendant huit ans par un déséquilibré qui se suicida le jour même de son arrestation. Cette pensée provoque un vent de frayeur, elle se lève, tourne en rond, croque un morceau de chocolat et s'arrête net devant la porte blindée.

« Quand mon tortionnaire viendra, il entrera forcément par cette porte. Cette porte et l'obscurité sont ses points faibles. Un effet de surprise peut le déstabiliser et me permettre de fuir comme Natasha. Je ne peux m'enfuir que par cette porte. Je dois donc le maîtriser un temps pour m'assurer un avantage et m'enfuir. C'est mon seul salut. Mais comment anticiper cette venue et gérer mon sommeil ? Quand viendra-t-il ? Une trop longue attente compromettra certainement ma résistance et m'épuisera nerveusement. »

Depuis plus de deux heures, elle regarde la porte. Des dizaines et dizaines de scénarios se tricotent dans sa tête. Aucun ne la satisfait. Soudain, elle se lève, fouille la pièce, ouvre les portes des placards, les tiroirs et les cartons empilés dans un coin de la pièce. Que cherche-t-elle ? Une idée, peut-être ? Dans un des cartons, elle trouve du matériel de pêche et une photographie où l'on voit son agresseur avec un enfant arborant fièrement un brochet de presque un mètre. En arrière-plan, on aperçoit la quiétude d'un polder et une péniche amarrée sur le quai. L'image raconte le bonheur intense et unique que l'on ne partage qu'avec ses proches, les gens que l'on aime plus que tout, à qui nous devons presque tout. Elle revoit son père et sa mère dans le jardin, lui souriant affectueusement, l'invitant à une partie de balançoire dont elle se souvient.

Elle fouille le carton et examine un objet qu'elle n'extrait pas ; puis elle fait mine de poursuivre ses recherches dans d'autres cartons. Elle reviendra plus tard collecter ce qui devrait lui permettre d'exécuter son plan avec brio, lorsqu'elle aura plongé la pièce dans l'obscurité.

Elle se dirige maintenant vers les provisions, manipule plusieurs bouteilles et se rassied satisfaite. Elle dispose des moyens pour surprendre son adversaire, il ne reste plus qu'à mettre en œuvre son stratagème en espérant que, bien qu'élémentaire, il fonctionne. A ce stade, elle est certaine que c'est le seul approprié. Elle connaît la force de son agresseur et elle devine que lorsqu'il entrera dans la pièce, il sera armé et disposera forcément d'une lampe torche. Il interviendra assurément de nuit quand il supposera qu'elle est endormie. La question la plus angoissante est simple : quand ?

*

XXIX

Lundi 7 décembre, bureau du Professeur Van Den Berck 9 heures 20.

Klaas a cherché à joindre vainement le docteur Bransword. Il s'est couché tard, abandonnant Dieu à d'autres miracles. Épuisé, il n'a pas entendu le réveil sonner à 6h du matin. La matinée a déjà parcouru pas mal de chemin lorsqu'il rencontre Van Den Berck dont il espère une coopération fructueuse.

« Je vous remercie, Professeur de me recevoir, alors que je vous sais très occupé.

— Ne vous tracassez pas, Inspecteur. Installez-vous, je vous en prie. Alors, où en est votre enquête, avez-vous retrouvé votre suspect ? »

Klaas s'installe en s'asseyant délicatement sur le bord du fauteuil, comme s'il allait s'enfuir dès qu'il aurait obtenu une information capitale pour rebondir. Il se sait au point mort, il cherche désespérément à enclencher une vitesse pour se remettre énergiquement en piste. Il expose certains éléments de l'enquête en espérant que le professeur pourra lui révéler un détail qui l'orientera sur une piste.

« Ce que vous m'annoncez me bouleverse. Jamais je n'aurais pu imaginer que Bransword serait impliqué dans un tel imbroglio… et pourtant ! Nous croyons connaître les gens qui nous entourent et… »

Le professeur se passe la main dans les cheveux, il perd de sa superbe, il est abattu.

« Bransword, non ce n'est pas possible, je n'y crois pas ! Il a été forcément contraint d'aider votre fugitif à quitter l'hôpital ! Voyez-vous Monsieur Van Naamen je connais Egbert depuis plusieurs années et nous sommes proches amicalement. Je suis certain qu'il est étranger à tous ces crimes. C'est un malentendu, il y a forcément une explication rationnelle.

— Avez-vous une idée d'où il pourrait se cacher, se réfugier, séquestrer notre fugitive dont je vous ai parlé ?
— Non vraiment, aucune. A moins que… Ses parents disposent d'une magnifique maison au bord de la mer à Burgh-Haamstede, près de la plage de 't Oude Vuur. Vous connaissez ?
— Oui très bien ! Avez-vous l'adresse ?
— Oui bien sûr, j'y suis allé deux ou trois fois. »

Van Den Berck ouvre machinalement un paquet de cigarettes et jette l'enveloppe plastique dans le somptueux cendrier en cristal qui se trouve au bord du bureau, face à Klaas. Il porte à ses lèvres une cigarette qu'il ira certainement fumer dans une pièce adéquate ou peut-être sur le palier de l'escalier de secours qui sert bien souvent à cette pratique dans les hôpitaux.

Le professeur s'applique à écrire lisiblement l'adresse de la maison secondaire de son collaborateur sur une carte de visite et la tend à Klaas.

Le jeune inspecteur tient-il une piste ?

Juste avant de saluer le professeur qui vient de se lever pour conclure l'entretien, Klaas jette un regard sur la maquette du Fortuin qui trône fièrement sur le plateau de la commode de rangement de son bureau. Puis Klaas s'attarde, quelques secondes, sur une photographie qui semblait ne pas être là, la dernière fois qu'il est venu.

« Votre épouse ?

— Oui, avec notre fils.

— Quel drame, je suis vraiment désolé.

— Vous pouvez l'être, Inspecteur, cela a brisé ma vie. Mais je suis allé de l'avant et ici à Erasme, je me suis reconstruit. J'espère que vous allez localiser Branswords et le fugitif ainsi que la personne que vous recherchez et dédouanerez mon collaborateur qui risque de nous manquer. Je suis convaincu de son innocence. Quand nous aurons les tenants et aboutissants de ce scénario tragique, Egbert sera disculpé, j'en ai l'intime conviction.

*

XXX

Lundi 7 décembre, Burgh-Haamstede, 11 heures 50.

Il est presque midi quand Klaas arrive à Burgh-Haamstede, dans la province de Zélande. Ici la dune et le soleil sont les maîtres du temps. La station balnéaire enregistre le meilleur ensoleillement des Pays-Bas.

Alors que les secondes sont précieuses pour retrouver Gwendolyn, Klaas prend le temps de s'arrêter à la Brasserie Mood qu'il connaît bien pour s'y être rendu plusieurs fois durant les week-ends.

Il a besoin de réfléchir davantage. Il n'est pas convaincu par la trajectoire qu'il emprunte présentement, celle évoquée par Ten Berge lors de leur précédent entretien et qui devrait lui révéler l'indice substantiel pour dénouer l'enquête.

Il s'installe à une table près d'une grande baie vitrée et commande à la carte une Zeeuws Vispannetje, un plat composé de saumon, de poisson blanc, de crevettes et de moules fraîches, le tout frit à la poêle. Un verre de Chardonnay Blanc, De Wijnen Van Kasteel Genoels-Elderen, accompagne son repas. L'inspecteur apprécie ce vin flamand à la robe claire, très léger et délicat. Son acidité marquée par des touches de citron vert affole ses papilles surtout lorsqu'il est à jeun. Avec son père, un été, ils avaient visité les caves du domaine de Genoels-Elderen et depuis un certain temps, boire ce vin est devenu un rituel qu'il partage avec son défunt père, à la moindre occasion.

Un enfant passe à bicyclette, il le suit des yeux et lorsqu'il disparaît sa vision devient floue, perdant la profondeur de champ. Le policier se creuse les méninges pour associer tous les indices dont il dispose et trouver la clef salvatrice. Les propos de Van Den Berck confortent une intuition. Bransword n'est qu'un complice de circonstance et Frederik demeure son principal suspect. Le docteur est injoignable, son téléphone ne répond plus. Klaas s'inquiète pour Bransword, il redoute le pire compte tenu des antécédents de Frederik qui fera tout ce qu'il peut pour ne pas être confondu. De toutes les manières, Klaas déduit que Bransword est déjà mort et se préoccupe de ce qu'il va trouver dans cette maison de campagne.

Contre toute attente, Klaas poursuit son déjeuner. Un élément dans le bureau de Van Den Berck l'a perturbé et il n'arrive pas à l'identifier. Est-ce cette photo du bonheur meurtri qui le contrarie ? Il a l'impression qu'une chose lui échappe et qu'il se retrouve ici contre son gré.

Il conclut son repas en commandant une Verse Aarbeien, une meringue exquise au mascarpone et un café.

Comme convenu avec Ten Berge, il profite de cet entracte pour l'informer de ses investigations. Il règle l'addition et reprend sa voiture pour se rendre chez Bransword.

*

La demeure se situe au bout d'un chemin carrossable, d'une longueur d'environ 300 mètres, perpendiculaire à Torenweg dans le quartier Nieuw-Haamstede. Klaas gare sa voiture discrètement, devant le 57 Torenweg, préférant poursuivre à pied.

La propriété ne semble pas protégée ; la porte du portail n'est pas close. Un carport opulent et contemporain de couleur anthracite, équipé de panneaux photovoltaïques, abrite la limousine noire, propre et sans dommage de Bransword. Klaas poursuit sa progression et se présente à l'entrée de la villa Tenaya ; ce chef-d'œuvre rarissime est l'œuvre de l'architecte Français Yves Salier.

Il actionne le carillon qui fait office de sonnette mais personne ne répond. Il patiente quelques instants puis entreprend de contourner le bâtiment. Il découvre au travers des larges baies vitrées, un joyau d'architecture moderne. Les cubes de chaque pièce s'emboîtent les uns aux autres en perturbant les niveaux, par de judicieux décrochements, donnant à l'ouvrage une intimité singulière. Chaque espace se partage mais il peut se confisquer au gré des humeurs. Le soleil valse autour de la maison et chaque pièce bénéficie du même ensoleillement tout au long de la journée. La baie de la cuisine est entrouverte, il se glisse à l'intérieur de la maison qu'il visite prudemment. Dans la grande pièce principale, se trouve une cheminée toute en verre, suspendue. Derrière elle, un escalier de 6 marches sans rampe mène à une mezzanine basse qui surplombe le vaste séjour. Sur le mur qui mène au mini-étage, des photographies de gens heureux s'étalent comme des trophées. L'une d'elles attire l'attention de Klaas. On y découvre Bransword et Van Den Berck en train de fêter le nouvel an chinois à l'Aqua Asia Club. Klaas gravit les marches précautionneusement, il devine ce qu'il va trouver. La mort diffuse déjà son odeur pétrifiante. Bransword est allongé, un pistolet à la main. S'est-il suicidé ? Klaas recule, adroitement, sort de la villa et appelle le commissaire.

« Écoutez Klaas, vous ne touchez à rien, j'appelle Floortje, elle reprend les choses en main et elle va gérer cette scène de crime. Poursuivez vos investigations. Je vous informerai des éléments probants que nous trouverons chez Bransword. Mon flair me murmure que vous êtes sur la bonne trajectoire, j'ai confiance en vous mais surtout tenez-moi au courant. »

*

A 500 mètres de la maison de Bransword, Klaas s'arrête dans une station Total-express pour s'approvisionner en carburant. Alors qu'il s'apprête à composer le code confidentiel de sa carte bleue, et qu'il est masqué par l'appareil automatique, il entend les sirènes triomphantes de la police se rapprocher à vive allure. Il reconnaît la majorité de ses collègues dont notamment Floortje et Willem.

Entre son échange avec le commissaire et maintenant, le délai est bien trop court pour que Floortje, avertie du drame, soit déjà à Nieuw-Haamstede. Il faut presque deux heures pour venir de Rotterdam, voire plus compte tenu des travaux entre Botlek et Rozemburg ; de toute évidence, sa collègue suit la même piste que lui, avec un léger temps de retard. A-t-elle rencontré Van Den Berck ? Dans tous les cas, il apprécie sa compétence. Mais en doutait-il vraiment ?

*

L'inspecteur rejoint son véhicule et se laisse emporter par le doux plaisir du souvenir de cette nuit-là, précisément lorsque la chaleur du corps de Gwendolyn réchauffait ses bleus à l'âme. Depuis la mort de sa mère, il n'avait jamais plus ressenti cette quiétude et promesse de l'autre. La virilité de son père et son regard aimant l'aidaient à grandir et à prendre confiance mais ils ne lui apportaient pas la tendresse d'une mère amoureuse de son enfant. Cet amour maternel lui manquait tant.

Durant cette soirée et cette nuit si particulière, il avait apprécié les trois facettes de Gwendolyn. Il avait vu l'amante au restaurant, sûre d'elle, de ce qu'elle désirait, la femme quand elle s'offrit à lui avec passion et volupté et la mère quand le calme enveloppe le désir échu de son drap blanc. Ce dernier moment lui rappela son enfance. La douleur fait resurgir le passé, contrairement au bonheur qui fait naître le futur.

La félicité éphémère de cette si courte nuit suscita chez lui une gourmandise passionnelle qu'il ignorait. A contrario, il se découvrit, finalement, une grande fragilité émotionnelle qu'il refoulait. Jusqu'alors il se considérait comme invincible et capable d'aimer rationnellement, « à la néerlandaise ».

Le système éducatif néerlandais privilégie, depuis 1970, une presque égalité entre les deux sexes. Mais depuis un certain temps, Klaas a observé que cette éducation subit l'assaut de nouvelles cultures qui remettent en cause les droits acquis. Certains leaders néerlandais affirment que l'apparition d'identités culturelles, ethniques et religieuses menace l'identité nationale et affaiblit les démocraties européennes, tandis que d'autres ténors politiques, plus nuancés, rétorquent que la diversité culturelle n'est pas une nouveauté ; elle a toujours existé et ce brassage impose une transition démocratique qui impose la rédaction d'un nouveau contrat social. Chaque jour, l'inspecteur constate que la société néerlandaise, jusqu'alors culturellement homogène, se transforme en une société multiculturelle marquée par une éclosion d'identités culturelles plus ou moins belliqueuses. Au-delà de la surenchère médiatique, les faits, chaque jour, en apportent l'affligeante démonstration. L'esprit civique est à l'agonie.

D'ailleurs il relève que paradoxalement à cet équilibre désormais fragile entre les genres, les Pays-Bas affichent le 3ème taux de violence physique et sexuelle d'Europe à l'égard des femmes derrière le Danemark qui culmine sur la première marche du podium, suivi de la Finlande en seconde position puis la Suède qui remporte la médaille en chocolat. Excepté la Norvège, ce palmarès heurte de plein fouet l'image paisible et civilisée des européens du nord. De nombreuses notes de services circulent à ce sujet au commissariat. Klaas les lit avec intérêt. Elles sont riches d'enseignements.

Depuis qu'il a été nommé inspecteur, Klaas passe la plus grande partie de son temps à gérer des dossiers criminels liés directement et indirectement à ce fléau.

Pour autant, cette égalité empêcherait-elle la passion, les jeux de séduction et de galanterie ringards et machistes ? Ce comportement bien français et italien qui fait sourire par son excès, est béatifié, voire caricaturé par le 7ème art. Ne dit-on pas de nous, les néerlandais, que nous sommes en même temps idéaux et ennuyeux ? Il avait tellement apprécié l'audace de Gwendolyn : ne pas attendre que le désir soit partagé pour passer au moment fatidique, comme le font la très grande majorité des néerlandais. Gwendolyn avait brisé les codes en étant séduisante, lubrique et raffinée. Elle avait éveillé, chez lui, ses origines maternelles latines.

Klaas est déstabilisé, mais il apprécie de ressentir cette ardeur brûlant en lui, cette pulsion intense qui stimule ses sens et ses algorithmes pour retrouver cette fille qu'il espère étreindre à nouveau. Il garde tout de même assez de lucidité pour déduire qu'un coup de foudre sans paratonnerre peut conduire en enfer. Il doit se reconcentrer pour puiser en lui la force, l'esprit et l'intelligence pour l'en empêcher. Lucifer devra attendre…

L'épée de Damoclès qui pointe la tête de Gwendolyn lui revient à l'esprit et rappelle l'échéance. Il prend soudainement du recul. Les sentiments excessifs qui perturbent sa réflexion se dissipent peu à peu et ses capacités d'analyse ressurgissent. Son flair jusqu'alors anesthésié se réanime. Il sort de sa léthargie. Il devine que son meilleur allié, son algorithme personnel, travaille pour lui en sous-main. Il patiente, il attend que l'information se concrétise et lui suggère de retourner manger à l'Aqua Asia Club où il s'était senti si bien. *Parfois il suffit de reprendre le chemin brumeux à l'envers, les angles nouveaux nous dévoilent une perspective jusqu'alors inconnue :* regarder le chemin différemment ; forcément un détail lui a échappé entre ce moment exquis passé avec Gwendolyn et son départ au petit matin. Sans elle, sans sa présence époustouflante, il devrait être plus lucide.

*

XXXI

Lundi 7 décembre, Aqua Asia Club ; 19 heures 40.

Klaas s'installe à une table différente de celle qu'il avait partagée le soir de son dîner avec Gwendolyn. Il commande un plat que ni elle, ni lui n'avaient dégusté. Il ne recherche aucunement l'ambiance de cette langoureuse soirée. Il ne s'aventure pas sur les sentes de la nostalgie qui paralyseraient sa réflexion. Klaas observe son environnement à la recherche du moindre détail susceptible de booster ses investigations et retrouver, ainsi, sa dulcinée. Il savoure sa Tsingtao, bière chinoise insipide, comme l'est d'ailleurs une marque nationale mondialement connue, et s'amuse avec le set de table qui propose de convertir sa date d'anniversaire du calendrier grégorien, à celle du calendrier lunaire chinois. Klaas scanne le QR-code, qui le guide vers une application, où il lui suffit d'insérer sa date de naissance. Ceci le divertit en attendant d'être servi. Il saisit sa date de naissance officielle, le 29 décembre 1991 et valide. Le logiciel calcule la date dans le calendrier chinois et affiche : 24 novembre 1991. Il lui revient alors la photo des deux docteurs fixés sur un des murs de la maison de villégiature de Bransword.

Ses synapses s'activent et mettent son cerveau en ébullition. Il se lève énergiquement et quitte en courant le restaurant. Il enfourche une bicyclette garée devant la station de métro Wilhelminakade pour se rendre à toute allure au commissariat qui se situe à 15 minutes. Il pénètre dans le hall d'entrée de la brigade, salue le vigile promptement et rejoint vigoureusement son bureau au dernier étage.

Il allume son ordinateur, enregistre ses codes et sélectionne le dossier Bar du Mahzen. Il en extrait les dates des crimes perpétrés par le tueur en série et dont le principal suspect est depuis quelques jours Frederik. Elles sont toutes différentes et n'ont apparemment aucune similitude, hormis le mois de novembre sauf pour une :

23-nov-20 / 19-nov-19 / 05-nov-19 / 30-nov-18 / 16-nov-18 / 10-déc-17 / 26-nov-17 / 22-nov-16 / 08-nov-16 / 20-nov-15 / 30-nov-14 / 11-nov-13 / 22-nov-12 / 04-nov-11 /14-nov-10 /25-nov-09 /06-nov-08 /18-nov-07 / 29-nov-06.

Il les saisit une par une dans l'application de conversion, calendrier grégorien, calendrier chinois. Son pouls s'accélère, une frénésie d'adrénaline palpite dans ses veines. Comme une photographie argentique qui se révèle dans son bain, deux dates surgissent : 15 dates du calendrier lunaire chinois nous ramènent à une seule du calendrier grégorien : le 9 Octobre de 2006 à 2021 et 4 dates du calendrier lunaire chinois nous ramènent à une seule du calendrier grégorien : le 23 octobre de 2016 à 2019. Jusqu'en 2016, le criminel ne procédait qu'à une seule cérémonie macabre. Depuis cette année-là, il ne se contente plus d'une seule exécution mais de deux. Pourquoi ? En 2020, le

23 novembre il a tenté d'assassiner Gwendolyn. C'est sa première date qui correspond au 9 octobre du calendrier chinois. Logiquement, Frederik devrait passer à l'action une seconde fois, le 23 octobre.
Klaas saisit dans le calendrier chinois la date du 23 octobre 2020. La réponse le rigidifie : lundi 7 décembre 2020, donc aujourd'hui ! Le policier réfléchit, ses méninges étincellent. Les différents éléments de l'enquête se superposent à une vitesse vertigineuse. Il faut agir vite, très vite, Gwendolyn n'a plus que quelques heures à vivre. Il ne peut se tromper, il vient de trouver, enfin, la bonne trajectoire.
Il redescend les escaliers quatre par quatre. Le compte à rebours s'affiche, son cœur en donne le rythme.

« Professeur Van Den Berck ?

— Oui !

— C'est l'inspecteur Klaas, il faut absolument que je vous voie, j'ai des éléments nouveaux et je dois vous poser quelques questions.

— Oui, bien sûr !

— Êtes-vous à l'hôpital ?

— Oui j'y suis, vous pouvez me rejoindre à mon bureau, je vous y attends.

— Parfait j'y serai dans moins de vingt minutes. Merci

— Avez-vous retrouvé Bransword ? »

Mais Klaas a déjà raccroché. Il jaillit du commissariat laissant son collègue de surveillance coi, enfourche la bicyclette de location et fonce vers le centre médical Erasme. Van Den Berck détient la clef de cette énigme. Lui seul sait où se cachent Frederik et Gwendolyn.

Il entend Saint Laurent sonner la demi-heure de 20 heures.

*

XXXII

Lundi 7 décembre, Rotterdam ; 20 heures 35.

La nuit a englouti le jour depuis 5 heures déjà. L'horloge du micro-ondes affiche 20:20. Une agitation presque imperceptible se fait entendre derrière la porte blindée. Gwendolyn colle son oreille contre la paroi métallique froide. Les bruits deviennent plus audibles et dénoncent une présence humaine. Gwendolyn éteint les lumières. Elle est prête, elle sent que son agresseur se rapproche d'elle. Elle va pouvoir exécuter son plan. Elle prie pour qu'il fonctionne et espère retrouver l'extérieur afin de s'extraire de cette cavité où elle rumine des projections sombres depuis quelques heures. Son plan élémentaire devrait porter ses fruits. Son élémentarité naïve pourrait faire sourire mais bien souvent les actions les plus rudimentaires apparaissent comme les plus efficientes.

Un bruit d'ouverture électrique retentit. La porte s'ouvre doucement laissant apparaître le faisceau d'une torche qui scrute la pièce. Gwendolyn se tient collée au mur à quelques mètres de la porte, elle voit les serpentins lumineux la chercher dans la pièce.

« Tu as beau te cacher, je sais que tu es dans cette pièce et je vais forcément te trouver. Tu ne peux m'échapper et même si tu arrivais à fuir de cette chambre, tu n'irais pas loin de toute manière. »

Il s'esclaffe sadiquement. Gwendolyn veut se convaincre que son geôlier bluffe pour l'obliger à sortir de sa cachette.

« Je suis armé. Je vais venir te chercher et rien, ni personne ne pourra te sauver. »

L'homme pénètre dans la pièce avec circonspection. Alors, pour qu'il baisse la garde, Gwendolyn apparaît, une main armée d'un pied d'abat-jour, face à lui, à quelques mètres. Il l'éclaire avec sa torche électrique. Elle le provoque verbalement, lève l'objet et fait mine d'avancer pour l'appâter. Son arme de circonstance le met en colère, il va lui montrer de quel bois il se chauffe. Il ne supporte pas qu'on lui résiste : ce trait pathologique unit tous les serials killers. Il se dirige violemment vers elle pour la frapper.

Il se prend les mollets dans un fil de nylon invisible, qu'elle a trouvé dans un carton et qui sert à la pêche au gros. Sa chute est accélérée par une flaque d'huile abondante qu'elle a répandue sur le sol en dessous de son piège. L'homme glisse sévèrement sur le sol ; elle se rapproche de lui presque par réflexe, victorieuse, sans crainte, ses nerfs lui donnent du courage. Elle lui assène un violent coup sur le crâne avec l'abat-jour. Son tortionnaire s'évanouit. La panique l'emporte et elle s'enfuit de la pièce sans réfléchir.

Elle se retrouve dans une seconde pièce du sous-sol et repère la lucarne qui lui diffusait le rayon de lumière salvateur. A droite, un court couloir donne accès à une trentaine de marches menant au rez-de-chaussée. La porte de liaison est ouverte. Gwendolyn se retrouve dans un vaste couloir luxueux. Elle s'affole, cherche la sortie. Elle la voit. Elle s'active et court vers l'extérieur désespérément. Derrière la porte semi-vitrée de jolis vitraux, son salut l'attend. Elle pense avoir accompli le plus difficile et elle se croit enfin sauvée. Elle ouvre la porte et se fige, terrorisée. Elle ne bouge plus d'un millimètre. Devant elle, deux dobermans d'attaque, en position debout, lui barrent le passage. Ils ont les oreilles et les poils dressés, les yeux fixés sur leur proie. Ils grognent, bavent et montrent leurs crocs. Elle envisage de se replier mais elle entend, derrière elle, un troisième grognement. Elle ne bouge plus, elle se sent piégée, son plan a échoué.

Après des secondes d'une longueur infinie, elle entend la voix de leur maître la libérer.

« Assis ! »

Les chiens cessent de grogner, se mettent en position assise et ne bronchent plus.

« J'avoue que vous m'avez agréablement surpris. Votre plan candide a failli fonctionner. Mais franchement, me pensez-vous assez stupide pour ne pas assurer mes arrières, dès lors que vous m'empêchiez de vous surveiller ? J'ai pensé à un moment vous envoyer une bombe lacrymogène mais cela vous aurait rendue moins belle. »

Cynique, il ajoute :

« Avouez que vous auriez pu m'enfermer dans votre coquette chambre à coucher. Heureusement que votre affolement vous a privé de cette audacieuse éventualité, sinon mes chiens affamés vous auraient, au bout de quelques heures, dévorée. Ce qui vous attend désormais sera, tout de même, moins pire. Aujourd'hui vous avez votre seconde chance d'être violée et de mourir ! En m'agressant, votre patron a juste retardé votre échéance.

Votre résistance, votre fuite et mes recherches ont stimulé mes pulsions, je crois que je vais apprécier votre souffrance et calvaire. J'avais préparé un repas en tête à tête, avant notre cérémonie sexuelle et funeste, mais la police a contrarié mes plans. Tant pis pour votre dernier repas, ce sera pour une prochaine fois, quand nous nous retrouverons en enfer. »

Ses cheveux imbibés de sang lui donnent un air monstrueux.

« Suivez-moi ! »

Il la bâillonne, ouvre le coffre de sa berline et la pousse à l'intérieur. Puis il s'installe au volant et démarre en trombe. Il actionne le portail automatique, quitte la somptueuse propriété et s'assure que les portes ne se referment pas derrière lui.

*

XXXIII

Lundi 7 décembre, bureau du Professeur Van Den Berck 20 heures 52.

Klaas pénètre dans le bureau de Van Den Berck. L'infirmière précise qu'il a quitté le service vers 19h. Il espérait le trouver à l'hôpital pour avoir un entretien avec lui et élucider les nombreux points d'ombre. Sa dérobade confirme ses déductions. Il voulait garder un avantage en venant le voir directement mais il comprend que le professeur l'a manipulé. Il scrute la pièce et détecte les éléments qui confirment son raisonnement. Il se doit impérativement de retrouver Van Den Berck. La vie de Gwendolyn en dépend.

« Excusez-moi Madame, savez-vous où habite le professeur Van Den Berck ?
— Oui bien sûr il habite dans une superbe villa au bord de l'étang Kralingse Plas et en bordure de la forêt de Kralingse Bos
— Avez-vous l'adresse exacte ?
— Oui, je vais vous la communiquer ? »

Elle s'absente quelques minutes. Il piaffe d'impatience ; chaque seconde vaut son pesant d'or. Il la rejoint dans le bureau du staff médical. Elle discute avec une de ses collègues sur les soins à prodiguer à une patiente.

« Madame, avez-vous l'adresse ?

— Oh excusez-moi, une urgence ! »

Klaas a les nerfs à vif. De quelle urgence parle-t-on ? Elle pianote sur l'ordinateur et inscrit l'adresse sur une fiche en carton : 1 Plaszoom – Rotterdam. C'est à une quinzaine de minutes du centre médical.

« Avez-vous une voiture ? »
— (Stupéfaite) Oui !
— Je réquisitionne votre véhicule ! Donnez-moi vos clefs. Je vous la rapporte avant la fin de votre service, il s'agit d'une question de vie ou de mort. »

L'infirmière s'exécute, la demande glaçante de l'inspecteur est sans appel. Sa détermination l'oblige à collaborer.

« Elle est garée au niveau 2, ascenseur -2 place 207 juste à droite en sortant. Le badge collé sur le pare-brise actionne les barrières d'entrée et de sortie. »

Klaas la remercie vivement en lui serrant les mains et s'échappe en courant. Il trouve facilement le véhicule et fonce vers Plaszoom.

Il tente de joindre Ten Berge mais il ne répond pas. Il enregistre sur sa messagerie un laconique message :

« Je sais où se trouve Gwendolyn et peut-être Frederik. Pas le temps de vous expliquer en détail, il y a urgence. Rappelez-moi ! »

Klaas roule à très vive allure. Il atteint l'étang Kralingse Plas en à peine 11 minutes. Le portail est grand ouvert. Il pénètre à l'intérieur de la propriété et remonte l'allée recouverte de petits cailloux blancs qui mène jusqu'à l'entrée. Il stoppe l'automobile, descend rapidement et entend les chiens enfermés dans un enclos à une vingtaine de mètres de lui. Leurs aboiements féroces obligent Klaas à demeurer vigilant. Il sonne. Personne ne répond. La porte est ouverte et cela ne le rassure pas. Il n'y a personne dans la maison, le rez-de-chaussée et les étages sont vides. Les lumières sont allumées. Van Den Berck a-t-il quitté la maison sous la contrainte ou pris de panique ? Un couvert pour deux personnes est dressé dans la salle à manger. Dans le frigo, des plats élaborés par un traiteur patientent et attendent leurs gourmets. Il descend au sous-sol pour s'assurer que personne ne s'y trouve. Mis à part cette énorme porte blindée fermée, rien ne retient vraiment son attention. Van Den Berck n'est pas chez lui et aucune trace de Gwendolyn. Il est convaincu pourtant d'être sur la bonne piste. Il ouvre une porte à galandage qui mène dans un dressing où sont rangés méticuleusement des manteaux, de nombreuses paires de chaussures et des sacs divers dont plusieurs sacs à dos de randonnées. L'un attire son attention. C'est celui de Gwendolyn. Il en est certain : ne l'avait-il pas porté du restaurant à chez lui, afin que Gwendolyn puisse conserver sa pleine élégance ?

Ce qu'il découvre confirme désormais ses présomptions et le faisceau d'indices qu'il a recueilli l'amène à une seule certitude. Van Den Berck est le criminel du Mahzen. Il lui reste peu de temps. Le suspense est à son paroxysme. Il s'assoit sur le sofa roux qui fait face à la monumentale cheminée en pierre de taille. Sur un pan de mur se dresse une bibliothèque en merisier où se côtoient de multiples ouvrages de science et de littérature et de remarquables maquettes de bateaux dont notamment celle d'un Betti Lazuri mis davantage en valeur que toutes les autres.

« Je possède un yacht en bois qui appartenait à mon père, un Betti Lazuri de 1964, amarré à la Stichting Veerhaven, et si vous le souhaitez, c'est avec plaisir que je vous propose une virée en mer avec vos amis, bien évidemment en toute amitié, si le cœur vous en dit. »

Il entend cette phrase prononcée par Van Den Berck résonner dans sa tête. Il remonte dans la Renault Mégane et se dirige en trombe vers le port de plaisance de Stichting Veerhaven.

Ici dans cette marina intime ne mouillent que des yachts en bois de prestige. Seule une vingtaine de bateaux de plaisance peuvent être amarrés. Il se gare facilement à Veerhaven, rejoint le quai et le remonte afin d'atteindre une jolie maison blanche coloniale faisant office de capitainerie. Sur la passerelle qui mène aux embarcations, il croise un marin qui part promener son chien et l'interroge brièvement. L'homme discret lui indique sans s'attarder le voilier de Van Den Berck.

Il s'en approche, une lanterne brille derrière les hublots. Trop proche du but, il en oublie les formalités d'usage. Il n'appelle ni Ten Berge, ni Floortje. Il se dirige vers le bateau imprudemment, enfourche la rambarde…

*

XXXIV

Lundi 7 décembre 23 heures 30, 10 miles marins au nord de Hoek van Holland.

L'ancre du Betti Lazuri glisse vers le fond marin. La nuit claire inonde de ses astres brillants, l'encre épaisse et verdâtre de la mer du nord.

Le yacht de Van den Berck a fui rapidement le port de plaisance de Stichting Veerhaven en empruntant le long bras fluvial qui mène à la mer. Successivement il a englouti, NieuweMass, Scheur puis Nieuwe Waterweg. Après avoir atteint le phare de Maasmond Hoog, le plaisancier, tout à tribord, en avant toute, a mis le cap vers l'Ouest.

A 10 miles de la côte néerlandaise, lorsque l'horizon n'est plus que cette coupure franche entre les cieux et l'empire terrestre, le professeur a coupé sèchement le vrombissement des deux puissants moteurs Caterpillar de 715 chevaux.
Le vent frais picote le visage du capitaine qui s'active à la manœuvre afin d'immobiliser le bateau. Les étoiles chutent dans l'encrier géant et leur reflet perturbe la ligne d'horizon.

L'embarcation de prestige tangue légèrement comme si la mer le berçait tendrement. Le clapotis des vagues perdues et le craquement de l'acajou luxuriant animent l'atmosphère singulier et enivrant de la haute mer. Seuls les marins connaissent cette apesanteur où l'homme disparaît et n'a même pas la place d'un confetti dans un immense champ de blé. A vrai dire, la mer ignore l'existence humaine qui pourtant demeure son pire prédateur. Bien que…

Mais la réalité se moque éperdument de cette ambiance marine idyllique. Le professeur souhaite en finir. Il doit absolument exterminer l'inspecteur et la fugitive qui connaissent son identité et pourraient le démasquer publiquement.

*

Klaas reprend connaissance. Il a la main menottée à une poignée métallique d'une luxueuse cabine décorée en marqueterie. Dans un coin opposé, Gwendolyn se tient recroquevillée, elle aussi, accrochée à un anneau à cuvette. Elle regarde Klaas soulagée, inquiète et perplexe. Elle est vêtue telle qu'elle l'était lors de leur dîner à l'Aqua Asia Club. Son visage fatigué exprime l'angoisse de ces derniers jours de séquestration.

« Klaas, Klaas comme je suis heureuse de te voir, tu ne peux t'imaginer.

— Moi aussi, Gwendolyn, je suis à ta recherche depuis que tu as quitté mon logement vendredi matin. »

Klaas se frotte la tête, il saigne. Le coup de crosse a été violent et la douleur s'avère aigüe. Il a besoin de toute évidence de soins.

« Comment m'as-tu retrouvée ? Pourquoi m'as-tu cherchée, nous nous connaissons à peine ?

— Samedi dernier, je suis allé à Terschelling pour t'offrir une surprise : ma présence. Oui je sais c'est immature, mais j'en avais envie. Grâce à un ticket de transport aller que tu avais laissé sur la table de mon salon, j'ai compris que tu habitais sur cette île. »

Elle écoute, émue. Durant tout ce temps, elle avait pensé à lui et à ce miracle du prince charmant venant délivrer sa belle au bois dormant. Ce genre de conte qui n'existe que pour répondre aux peurs des enfants, en leur listant un canevas des épreuves qu'ils devront réaliser pour s'accomplir. La fiction devenait réalité. Mais le méchant loup détenait ses proies. Qu'allait-il advenir d'eux ?

« Alors, tu as rencontré mes parents ?

— Oui j'ai rencontré tes parents : Hella et Claus ; ainsi que Katelijn.

— Ils t'ont tout raconté ?

— Oui ils m'ont tout raconté.

— Je suis désolée, vraiment désolée.

— Pourquoi le serais-tu ? Tu n'as pas eu de chance avec Wouter. Pour cela tu as payé cash. Et pour le Mahzen, tu aurais dû appeler la police, même si je comprends pourquoi tu ne l'as pas fait.

— Vraiment tu comprends ?

— Oui je comprends. »

Elle s'énerve…

« Comment peux-tu comprendre ? La police ? que connais-tu de la police et de ses méthodes ? Je ne voulais plus revivre la contrainte de ces interrogatoires incessants ; fuir, ne plus revenir dans cet enfer. Vous autres, vous parlez de choses que vous ignorez : la police, la justice, la prison. Quelle justice ? Celle qui m'a condamnée pour une chose que je n'ai pas commise. Pour les examens, je suis d'accord, je méritais d'être sanctionnée mais pour la drogue, jamais, je n'ai rien fait. Qui m'a vraiment écoutée ? Wouter m'a accablée et je n'ai pas su me défendre. Si la police et mon avocat avaient fait leur boulot alors je n'aurais jamais fait de prison. Ne me déçois pas Klaas, oublie la police, je t'en prie.

— Ce n'est pas possible !

— Comment ce n'est pas possible ? Ce mec a essayé de me violer, il a survécu à l'attaque d'Harald, il a pris la fuite, il m'a retrouvée avant la police et tu voudrais que je fasse confiance à la police ?

— Oui je voudrais que tu lui fasses confiance.

— Alors donne-moi une bonne raison de lui accorder ma confiance.

— Parce que je suis inspecteur de police. »

Stupéfaite, Gwendolyn ne réagit plus. Cette révélation la prive de toute réaction. Elle a les yeux révolver, puis elle s'adoucit, Klaas devient son unique salut…

« Alors, c'est toi Klaas ou la police qui m'a retrouvée ?

— Les deux, je crois…

— Et si nous n'avions pas vécu cette soirée exquise, aurais-tu mis autant d'ardeur à me retrouver ? »

Klaas n'a pas le temps de répondre, Van Den Berck pénètre dans la cabine, armé d'un pistolet. Il regarde les deux amants éloignés l'un de l'autre et leurs airs bouleversés et bouleversants. Il fustige leurs retrouvailles grassement et cela l'amuse tant. Il s'assoit sur le coin du lit molletonneux qui s'enfonce sous son gabarit. La posture de l'homme se métamorphose. Le marin solide, comme du roc, efface le pédant scientifique, hautain et suffisant. Il apparaît plus énergique, plus violent et déterminé.

« Alors Klaas, comment m'avez-vous démasqué ? Je suis curieux de l'apprendre. Je savais qu'un de mes indices vous conduirait tôt ou tard à moi. La photo de ma femme que j'ai volontairement laissée dans mon bureau, peut-être ? Ou est-ce la maquette de mon yacht posée intentionnellement sur l'étagère de ma villa ? »

L'inspecteur répond comme un élève interrogé par son professeur. A-t-il peur ? Adopte-t-il cette posture au vu des circonstances qui ne s'avèrent assurément guère favorables. Cherche-t-il à gagner du temps face à une situation objectivement compromise ? Qui pourrait vraiment les secourir ?

« Plusieurs éléments m'ont permis de venir jusqu'ici. Mais je ne sais pas si j'ai découvert ces indices ou si vous m'avez tout simplement manipulé ».

Van Den Berck arbore un air dubitatif qui ne cache pas pour autant sa satisfaction arrogante. Il affiche un sourire de vainqueur et une mimique volontairement naïve :

« Ah bon !

— Vous m'avez orienté vers Bransword en sachant qu'il était déjà mort. Lorsque j'ai découvert le corps dans la mezzanine, je n'avais qu'une infime présomption vous concernant. En effet, dans le cendrier, sur votre bureau, il y avait quelques emballages des bonbons « croibleu » que nous avons retrouvés dans les toilettes du Mahzen et sur d'autres scènes de vos horribles crimes. Cette présomption s'est renforcée lorsque j'ai vu cette photo de vous et Bransword, fêtant le nouvel an chinois, à l'Asia Club. Je me suis souvenu immédiatement de cette soirée où je vous ai croisé dans le restaurant alors que j'attendais

Gwendolyn qui s'était absentée pour se rafraîchir. J'ai commencé à établir un rapprochement et à vous soupçonner : qui d'autre que vous savait que je passais la soirée avec la fugitive que vous recherchiez ? Vous l'avez facilement reconnue et pour cette raison vous vous êtes rapidement éclipsé. Cela ne vous ressemblait pas, vous êtes si obséquieux, curieux et bavard. Rien ne vous empêchait de discuter avec moi en attendant son retour. Intuitivement je suis donc retourné au restaurant chinois, à la recherche d'un indice. Lorsque je suis arrivé à l'Asia Club, j'ai remarqué un ancien calendrier chinois de la dynastie mandchoue des Qing encadré et fixé au mur. Ce cadre a excité mes méninges.

— Ah oui, je le vois, juste derrière le comptoir d'accueil. Savez-vous que ce restaurant appartenait à ma femme ?

— Oui je le sais ! Ensuite il y a eu ce set sur ma table qui me proposait de convertir ma date de naissance grégorienne en date lunaire chinoise. J'ai alors compris qu'il existait une similitude entre votre femme chinoise et ce calendrier puisque j'avais déduit que vous agissiez selon un rituel précis que je n'arrivais pas à identifier. J'ai converti les dates de tous les crimes que nous n'avions pas élucidés, du calendrier chinois au calendrier grégorien. Toutes les dates chinoises correspondaient à deux dates : le 9 et le 23 octobre. Pour la première date, il suffisait de connaître la date de décès de votre épouse pour déchiffrer la similitude : le 9 octobre 2006. Pour la seconde, j'ai mis un peu plus de temps. Quand je suis venu chez vous, j'ai trouvé dans votre bibliothèque un album souvenir de votre fils, Guo. J'ai compris qu'il s'agissait de la date de la mort de Guo après toutes ces années où il a été maintenu dans un coma artificiel, du 09 octobre 2006 au 23 octobre 2016.

— En état végétatif, vous voulez dire. »

Gwendolyn écoute, médusée. Elle comprend la signification des objets asiatiques dans la chambre à coucher dans laquelle elle était séquestrée. Peut-être connaîtra-t-elle un jour la signification du grillon qui se trouvait dans sa cage ?

« Et je comprends aisément aujourd'hui comment vous avez joué habilement avec l'ADN de Frederik pour qu'il porte le funeste chapeau. Où est-il d'ailleurs ?

— Ah ce fameux Frederik, un vrai joker, un exécutant comme nous en raffolons tous, un doberman, n'est-ce pas Gwendolyn ? A vous de le retrouver Klaas, c'est votre job !

— Et Bransword ? je ne saisis pas son rôle.

— Très simple Klaas, très simple. Pour contraindre une personne à vous rendre un service, il faut détenir un secret la concernant qui, aussitôt divulgué, compromettrait sa carrière. Bransword se travestissait et se prostituait. Je connaissais son secret. Il ne le savait pas. Je gardais cette révélation sous le coude. Quand je lui ai demandé d'extraire Frederik et de me l'amener chez moi, il n'a pas pu résister. Ensuite il m'a demandé quelques jours de congé. Vous connaissez la suite ?

— Est-ce vous qui l'avez tué, maquillé sa mort en suicide ? Frederik ?

— Idem, Klaas, ce n'est pas à moi de découvrir cette vérité mais à vos services Klaas, cela serait bien trop facile. Revenons à ce qui nous concerne. Vous et cette ravissante Gwendolyn.
— Et pour Godelieve, comment avez-vous fait pour la retrouver avant nous ?
— Vous me décevez Klaas, voyons rien de plus simple, quand on est médecin. Réfléchissez. »

Klaas revoit Van Den Berck le jour de leur rencontre au commissariat. Il l'avait laissé seul dans le bureau pour demander à Willem de préparer des cafés. Cette absence avait permis à Van Den Berck de relever le nom de la fugitive puisque le dossier était grand ouvert et la photo de Godelieve Elvers apparaissait avec son nom et prénom. Klaas mesure sa bévue qui a coûté la vie à deux personnes. Il est consterné et Van Den Berck enfonce le clou.

« En quelque sorte vous êtes responsable de la mort de ces deux personnes. Sans votre légèreté blâmable, ces deux personnes seraient toujours en vie. »

Van Den Berck poursuit victorieux et suffisant :

« Alors, Monsieur l'Inspecteur, comment ai-je fait pour être plus rapide que vous ? Vous ne devinez pas ?
— Oh mon dieu ! Évidemment, comment n'y ai-je pas pensé ?
— Et oui Klaas, comment est-ce possible que vous n'ayez pas pensé à solliciter les services médicaux pour savoir si Godelieve avait fait l'objet de soins médicaux ou d'intervention

chirurgicale ? Il m'a fallu à peine une minute pour connaître son adresse et utiliser la voiture de Bransword pour me rendre à son domicile. On apprend toujours à ses dépens, n'est-ce pas ? Malheureusement pour Godelieve et son amant, elle n'était pas la personne que je recherchais. Mais ils connaissaient mon visage, aucun salut n'était possible.

— Pourquoi un tel acharnement, au nom de quoi ? De quelle vengeance ? De quelle justice ?

— De quelle justice ? mais voyons Klaas, je parle de la vôtre, celle que vous représentez, celle que vous défendez, celle que vous cautionnez. Car c'est bien vous, la police qui irriguez le commerce de la justice. Une femme ivre, droguée, une serveuse, une pute des bas-fonds prend son véhicule à deux heures du matin, percute la voiture de mon épouse à plus de cent quarante kilomètres à l'heure, en rase campagne. Alors que ni ma femme, ni mon fils ne sont décédés, elle prend la fuite en les laissant agoniser sur le bas-côté. Elle quitte son véhicule, prend le temps d'appeler un de ses amis pour s'enfuir, ne prenant même pas le temps d'appeler les secours. Quand ils arriveront, il sera trop tard. Ma femme décédera à l'hôpital faute d'avoir été transfusée et mon fils, privé d'oxygène trop longtemps sombrera dans les plus sombres ténèbres. Et votre justice, quelle sentence a-t-elle prononcée ? Deux ans d'incarcération ! Deux années pour deux meurtres, vous osez me parler de justice ? Et savez-vous finalement combien de temps cette personne est restée en prison ? »

Klaas, submergé par tant de haine, se met en apnée puisque celui qui pose la question n'attend jamais la réponse.

— Une année… une petite année ! et savez-vous pourquoi, elle est sortie si tôt ? Pour bonne conduite. J'espère que vous appréciez l'ironie du sort. Pour bonne conduite ! »

Il ricane malicieusement mais demeure placide et réfléchi. Van Den Berck s'exprime comme s'il animait une conférence.

« Je comprends votre douleur, Monsieur Van Den Berck, mais cela justifie-t-il vos crimes odieux ? Toutes ces femmes ne sont pas responsables du meurtre de votre famille.

— En premier lieu, Klaas, comprenez que je me moque, sans retenue, de votre compassion judéo-chrétienne. Elle ne m'intéresse pas, elle n'a plus aucun impact, me concernant. Jamais vous ne pourrez définir le sens du mot douleur en pareil cas, sauf lorsque j'aurais violé et tué votre compagne. »

Les propos acerbes de Van Den Berck transissent Klaas et Gwendolyn qui ne réagissent pas. Ils se regardent, apeurés, chacun cherchant dans le regard de l'autre un éventuel salut. Le professeur poursuit calmement.

« Vous avez peur, c'est normal. Mourir est le moment le plus universel et commun, celui qui nous rend tous égaux et pourtant c'est celui qui nous effraie le plus. Nous le redoutons et dans la plupart des civilisations, son sujet reste tabou.

Avez-vous déjà vu le visage d'un mort quelques secondes après que la veuve l'a fauché ? Que ce soit au bloc, quand le malade m'échappe, ou juste après avoir assassiné toutes ces filles, il affiche une extrême douceur : la béatitude absolue, une quiétude que nous n'obtenons jamais en dormant. Durant un bref instant, tout s'arrête, le temps se fige. La mort libère l'homme de ses tourments, qui s'évaporent invisiblement. Le mot délivrance trouve alors tout son sens. Vous devriez tenter l'expérience, Klaas, vous ressentirez alors ce que j'évoque. Les gens qui peuvent parler de cela sont rares. Vous, les policiers, arrivez trop tard sur les scènes de crime pour surprendre ce moment privilégié, cette passerelle entre l'enfer terrestre et le paradis céleste. Peut-être les militaires, bien que… Nous sommes un cercle très fermé, une élite et nous ne débattons jamais à la télévision et c'est bien dommage puisque nous sommes à l'image de ce monde abject. Imaginez le buzz : Des criminels exprimant le plaisir qu'ils ont à tuer, chacun faisant une surenchère de ses exploits. Quel show ! Combien de téléspectateurs, pensez-vous, regarderaient cette émission ? Des millions ? Peut-être plus. Pensez-vous que je pourrais être l'animateur ? Quelle belle cérémonie médiatique et populaire ! De la soupe morbide pour tous les mécréants et les incultes ! Je jubile de me voir sur ce plateau de reality-show. (Il sourit, presque fou)

Assez plaisanté, revenons à notre sujet si vous le voulez bien. Qui croyez-vous que j'ai assassiné en premier ?

— La conductrice responsable de l'accident qui a causé le décès de votre femme.

— La conductrice meurtrière, plus justement. Vous avez le sens de la litote mon cher Klaas. Exactement ! Dès qu'elle est sortie de prison, j'ai fomenté mon crime. Et qui était cette femme ?
— Allez Klaas, un petit effort ; vous ne devinez pas ?
— …
— Non ? Et vous Gwendolyn, avez-vous une idée ? Allez, un petit effort, c'est tellement évident. »

Gwendolyn résiste, ne souhaite pas participer à ce jeu vicieux. Van Den Berck lui appuie le pistolet sur la tempe.

« Alors Gwendolyn, sinon…
— La femme d'Harald ?
— Exactement, sa Gwendolyn à lui, pas la vôtre, Klaas ! Quelle coïncidence, je vous l'avoue. Mon erreur a été de retourner au Mahzen en pistant votre Gwendolyn à sa sortie de prison. Je n'ai pas reconnu Harald et donc je ne me suis pas méfié de lui. Ce pauvre Harald, condamné pour un crime qu'effectivement, il n'avait pas commis, mais, moi seul le savait. En revanche, il m'avait identifié et il s'est tapi pour me surprendre. Car vous avez bien compris que c'est lui qui est venu secourir sa compagne en laissant ma femme et mon fils mourir.
— Harald ?
— Oui Harald, le soi-disant gentil Harald que tout le monde adulait durant son procès et qui se justifiait pour tenter de prouver son innocence. Bénéficiant, le salaud, de circonstances atténuantes, il n'a pris que quinze ans. Avouez qu'il méritait bien davantage s'il

avait vraiment tué sa femme. Votre dieu voulait-il me punir en me jetant dans la gueule du loup et offrir ainsi à Harald son expiation. C'est sans compter sur les forces qui habitent les individus de mon espèce. Satan nous protège. D'une part Harald croit me tuer et m'épargne sans s'en rendre compte et d'autre part il se suicide. En me tuant, pensait-il obtenir son pardon de ne pas avoir secouru sa femme ? Pensait-il à ma femme et à mon fils qu'il avait lâchement abandonnés ? Espérait-il faire d'une pierre deux coups ? Quel crétin, franchement. Quelle réparation pouvait-il implorer ? Vous me trouvez cynique, n'est-ce pas ?

— Vous êtes fou, complètement fou. »

Van Den Berck sourit. Il attendait cette remarque banale.

« Pourquoi avoir décidé de poursuivre vos crimes si votre femme était vengée ?

— Oui pourquoi ? Vous les policiers, vous êtes obsédés par l'aveu et le mobile, vous cherchez obsessionnellement le pourquoi de chaque délit ou crime. Parfois, il n'y a pas de pourquoi, c'est ainsi.

— Vous ne trouvez pas votre réponse un peu simplette ?

— Ne faites pas le malin Klaas, vous n'êtes pas en position de force. Voyez-vous, il existe deux sortes de folie. (Il prend un ton académique) L'une vous rend dépendante des autres et l'autre vous permet d'exister, sans assistance. Il suffit de la maitriser, de la canaliser. Manipuler et dominer est jouissif ; lorsque vous décryptez ces mécanismes, la vie terne devient passionnante. Certes, posséder un bien matériel procure des satisfactions, mais posséder une personne, la rendre esclave procure une sensation de puissance bien plus jubilatoire. Être un bourreau n'est pas une chose difficile à assumer quand on accepte de l'être. Pour preuve, chez les nazis, cette acceptation était assumée, bien que collective et déresponsabilisée puisque leur devoir, obéissance et fanatisme annihilaient tous remords, alors que chez moi elle est individuelle et assumée. Je suis une ordure intelligente et cela me plaît. La mort tragique de ma femme a provoqué chez moi une sorte de trouble de dépersonnalisation qui se traduit par un sentiment de détachement dichotomique de mon propre fonctionnement mental, une frontière franche entre le bien et le mal. Mais contrairement à d'autres malades, mes deux personnalités s'entendent à merveille. Elles cohabitent intelligemment et elles sont spectatrices l'une de l'autre, chaque personnalité s'admirant mutuellement. L'accord parfait, l'idylle absolue entre le mal et le bien. Le jugement des autres, votre jugement, n'a aucune importance Klaas, aucune. Pour juger il faudrait comprendre. Mais dans notre société on juge sans comprendre, on juge par rapport à des normes et ces normes, elles sont écrites par les puissants et uniquement pour défendre leurs propres intérêts. Elles sont gravées dans le marbre par des gens instruits, dominants et influents. Pensez-vous que si les pauvres écrivaient le code civil, il serait le même ? La charia est-elle une pure fiction ? L'inquisition également ? J'aime transgresser la norme et croiser le regard de ma victime.

Cela ne me ronge pas, bien au contraire, elle alimente mes pulsions. Je n'ai pas honte de mes transgressions, je ne crains pas leurs conséquences, je me fiche éperdument de ne plus être en adéquation avec mes valeurs morales de jadis quand ma 莉娜 (Li Na) était là. Mes valeurs sont différentes, elles ont basculé dans le royaume de l'horreur et c'est passionnant car nous vivons tous les jours dans un monde horrible mais tout le monde s'en accommode.

— Ce que vous dites est monstrueux. C'est caricatural, excessif, abominable.

— Monstrueux. (il sourit presque affectivement). Avez-vous vu le film « C'était demain » avec ce formidable acteur, Keith Mac Connell, qui nous faisait vomir dans « Orange mécanique ».

— Non !

— Ni l'un, ni l'autre ?

— Non !

— Quel dommage ! Avez-vous lu H.G Wells, « La machine à remonter le temps » ?

— Oui !

— Ouf ! J'ai eu peur que vous soyez ignare. Dans ce film, pour échapper à Scotland Yard qui est sur le point de l'arrêter, le Docteur Stevenson s'enfuit en 1889 dans une machine à remonter le temps que H.G Wells a inventée. Il se retrouve projeté dans les années 1980. Son inventeur part à sa recherche puisqu'il imagine le futur vertueux et il serait préjudiciable que Jack l'envenime par son comportement monstrueux. L'inventeur le rattrape et lui dit qu'il est un monstre. Et savez-vous ce que Jack répond ?

— Non !

— Jack l'éventreur allume la télévision et contraint Wells à la regarder. Il prend la télécommande et lui montre le monde en zappant. Apparaît une multitude de scènes de violence : la guerre, des crimes, des viols, des braquages, des populations affamées… Il interpelle Wells : Vous dites que je suis un monstre parce que j'ai tué quelques prostituées, mais Wells, ici je suis un enfant de chœur, regardez ce monde bourré de monstres. Le voici votre futur idéal, un futur monstrueux, le futur est monstrueux. »

Gwendolyn et Klaas écoutent sans broncher ce développement tautologique, une théorie résumant le monde dont la finalité ne serait que l'apologie de la monstruosité et justifierait le comportement diabolique de Van Den Berck.

« Alors les tourtereaux, qui est le monstre ? »

Van Den Berck s'interrompt et s'immobilise. Il cherche ses mots. Son regard devient furieux. La folie s'empare de lui, comme une lumière qui imploserait de l'intérieur, au-delà des yeux, et engloutirait toute raison par son éclat.

« Vous pensez que je suis un monstre paranoïaque ? Je m'en moque orgueilleusement. Un jugement n'a de valeur que pour celui qui le porte mais certainement pas pour celui qui le reçoit. Je vis et je m'adapte à mon environnement comme tout être vivant. Pour moi la morale qui compte est celle du vainqueur. Tant que je gagne c'est ma morale qui s'impose. Vous pensez que je suis mégalomane. Évidemment que je le suis et je ne m'en cache guère. Je suis fier de ce que je suis et pour survivre dans ce monde, je le cache bien évidemment. La mort n'a pas d'importance, comme une partie de flipper, je sais qu'il y aura un game over ; mais pour le moment c'est moi qui gagne et qui ai les billes gratuites. Quand vous voyez une personne mourir sur la table d'opération vous comprenez que la vie prend fin en un micron de seconde et que le mort ne se plaint jamais. Alors, le jour où viendra mon tour, je n'aurai pas peur, de quoi voudriez-vous que je me plaigne ? Je jouerai jusqu'au bout. Grâce à ce jeu je me maintiens en vie.

— Vous avez une conception manichéenne du monde. Votre douleur a fait de vous un psychopathe, un tueur en série.

— Un psychopathe ? Mais comme nous tous, Klaas ! Voyons cela de plus près : Je suis assoiffé de pouvoir, manipulateur, prétentieux et égoïste, charmeur, obséquieux, impliqué dans ma vie sociale et professionnelle. Ce sont les traits du tueur en série, non ? Vous imaginez le nombre de tueurs en série qui sommeillent autour de nous ? Peut-être vous Klaas, qui sait ? Il suffit d'un événement traumatisant pour vous métamorphoser en serial killer. Quand j'aurai violé et tué Gwendolyn sous vos yeux, alors vous deviendrez un criminel potentiel. Serez-vous enclin à me pardonner, me trouverez-vous des circonstances atténuantes ? Me condamnerez-vous à mort ? Ceci étant, la plupart des gens sont pour la peine de mort alors qu'au fond une perpétuité est une bien meilleure punition. La mort délivre contrairement à l'emprisonnement. Le public pense se soulager en condamnant à mort mais au final, il soulage l'assassin. La pire des punitions est l'emprisonnement.

— Imaginez que le monde ne soit constitué que de monstres comme vous, ce serait la fin.

— Mais Klaas, ma démonstration n'a-t-elle pas été assez claire. Êtes-vous idiot ou faites-vous semblant ? Depuis que l'homme est sur terre, il n'a engendré que des monstres. Avec nos connaissances et notre intelligence, Dieu ne devrait plus exister et nous devrions être dans un paradis. Pourquoi occupe-t-il autant l'avant-scène ? Regardez le monde tel qu'il est. En quoi suis-je différent ? Parce que j'agis en mon nom ? Le monstre n'est-il pas cette femme qui prend sa voiture droguée ou alcoolisée, celui qui roule comme un fou, celui qui vend de la cocaïne et qui va engendrer la douleur et la mort, ceux qui acceptent des génocides et ne seront pas complices mais juste responsables à demi-mot, celui qui largue *Little Boy* ou *Fat man*, au nom d'un patriotisme illusoire qui masque la réalité des enjeux meurtriers des pouvoirs économiques ? Depuis quand les petits garçons tuent des centaines de milliers de personnes ? Comment peut-on accepter que l'on donne le nom de sa mère à un avion qui va tuer autant de gens ? Comment peut-on croire qu'un homme ne soit pas hanté par ce crime contre l'humanité et puisse mourir tranquillement dans son lit à 92 ans ? La morale du vainqueur vous fait vivre vieux, Klaas. Savez-vous ce que Tim disait pour se donner bonne conscience ?

— Non !

— *« Je savais dès mon assignation que cela allait être plein d'émotion. Nous avions des sentiments mais nous avons dû les mettre en retrait. Nous savions que nous allions tuer de nombreuses personnes. Ma motivation était cependant de faire de mon mieux pour mettre un terme au massacre le plus rapidement possible ».* Seriez-vous capable de piloter Enola Gay ?

— Votre question n'a pas de sens, le contexte n'est pas le même…

— Bah voyons ! Nous les néerlandais qui vivons avec le cul serré, nous sommes-nous excusés pour les atrocités dont nous nous sommes rendus responsables dans les Caraïbes, au Brésil, en Asie ou en Afrique du Sud ?

— Vous mélangez tout, en décontextualisant les évènements, vous leur faites perdre leur sens.

— Vous trouvez ? Pour vous l'apartheid n'est plus contextuel ? Le Moyen-Orient, Israël et la Palestine, c'est de l'histoire ancienne ? le Rwanda, la RDC ? Les cartels en Amérique du sud, les mafias en Europe, la responsabilité des USA quant à la montée du djihadisme, l'attentisme chronique des Européens, la Chine au Tibet, l'immobilisme des pays musulmans face aux crimes contre l'humanité perpétrés par Pékin à l'encontre des Ouïghours, dans la province du Xinjian… Le monde est monstrueux, l'humanité est monstrueuse, les dieux sont plus monstrueux que le diable car ils se cachent derrière le soi-disant libre arbitre qu'ils ont accordé aux hommes. Nous sommes faits à l'image de Dieu, mais quelle horrible image ! Je ne suis pas différent de tous ces monstres hormis le fait que j'évolue selon mes propres règles et non selon celles qui légitimeraient ma monstruosité. Je m'accepte et j'assume. Voulez-vous que je poursuive ? La liste est si longue…

— Non ce n'est pas la peine. Personne ne peut vous contredire tellement vous êtes convaincu de votre propre morbidité.

— Et vous Gwendolyn, qu'en pensez-vous ?

— Quelle importance, puisque vous allez nous tuer. Vous justifiez vos pulsions et vos crimes crapuleux au nom d'un monde monstrueux. Pourtant il était déjà monstrueux ce monde avant que votre famille ne disparaisse et vous ne l'ignoriez pas. Qu'avez-vous fait pour le changer ? Qu'avez-vous fait pour empêcher une femme de se droguer et conduire à 140 km / heure ? Ce monde de monstres vous convenait. Vous faisiez partie de ces puissants qui édifient des lois dans leurs propres intérêts. Avez-vous partagé vos richesses avec cette conductrice afin qu'elle puisse avoir une vie décente ? Vous aimiez votre confort et votre arrogance et jamais vous ne vous êtes soucié des enfants qui mouraient de faim. Seul votre fils vous obnubilait. Votre souffrance vous aveugle. Oui le monde est moche mais il n'est pas que cela. Regardez-moi, j'ai fait 4 ans de prison injustement. Croyez-vous que j'en veuille à la terre entière ? Aux monstres d'Amérique, d'Asie ou d'ailleurs que sais-je ? Non, je veux vivre car le monde change et chaque jour qui passe, il est moins pire. Vous êtes mal renseigné. Depuis 1990, des centaines de conflits ont pris fin, les violations graves des droits de l'homme sont en recul. Nombreuses sont les guerres qui s'achèvent et nous ne pouvons que regretter que ce sujet ne fasse pas la une des médias qui préfèrent mettre en exergue les évènements sanglants. Les démocraties apportent la paix et cette paix est fragile. Soit nous nous résignons, soit nous poursuivons notre quête d'idéal en acceptant nos douleurs, sans perdre la foi. »

Van Den Berck se lève et applaudit. Il se dirige vers Gwendolyn, l'air vicieux. Durant un instant chacun aurait presque oublié la dramaturgie de la situation mais Van Den Berck remet les pendules à l'heure. Il s'approche d'elle et frotte le canon du pistolet sur sa jambe. Il l'appuie fortement sur son mollet et le remonte vers ses cuisses. Elle tente de se débattre. Il lui assigne une manchette violente. Elle s'évanouit presque. Il continue sa progression et le canon se glisse sous sa robe pour atteindre son vagin.

« Alors, on fait moins la maligne, maintenant. Nous avons trop parlé, il est temps d'en finir. »

Klaas essaye de se libérer sachant que son effort demeurera vain. Une rage impuissante l'envahit. Le scénario qui se prépare devant lui l'effraie. Van Den Berck ne renoncera pas à son épopée furieuse. Van Den Berck remonte langoureusement la robe de Gwendolyn…

« Savez-vous Klaas, qu'après avoir abusé de la belle Gwendolyn, je vais la tuer avec votre arme ? Que cette arme je la mettrai à côté de vous, vous laissant ensuite vous dépêtrer avec votre hiérarchie pour prouver votre innocence. Je suis convaincu que vous y parviendrez. Vous avez perturbé ma vie et mon équilibre, alors je veux que vous payez pour cela. Je vais vous laisser la vie sauve. Ainsi vous aurez envie de venger votre compagne et cela vous rongera. Vous me chercherez et durant ce temps je poursuivrai ma croisade. Bien sûr, je vais renoncer à mon confort mais me pensez-vous assez fou pour ne pas avoir imaginé un tel dénouement sans avoir préparé ma cavale ? J'ai essayé de vous diriger vers la piste de Frederik et de mon adjoint mais vous avez été plus audacieux que je ne le pensais. Vous êtes un adversaire qui aura comme challenge celui de m'arrêter pour m'empêcher de proférer d'autres crimes, que je voudrai encore plus monstrueux, plus glauques. Chaque nouveau meurtre sera pour vous un échec. Néanmoins, il faudra que vous soyez persuasif pour obtenir auprès de votre hiérarchie, la responsabilité de me retrouver et de me coffrer définitivement. Je vous fais confiance, vous êtes un séducteur, n'est-ce pas Gwendolyn ? »

Gwendolyn reprend connaissance. Elle sent le métal froid sur son sexe. Dans un sursaut ultime, elle décroche un uppercut inattendu et puissant à l'encontre de Van Den Berck, qui surpris tombe à la renverse. Sa tête se retrouve à hauteur des pieds de Klaas qui lui assène alors de grands coups de talon. Van Den Berck se dégage, assomme à nouveau Klaas dont le nez coule abondamment.

Le professeur regarde Gwendolyn qui baisse les armes et ferme les yeux, elle devine son heure venue.

*

XXXV

Mardi 8 décembre 00 heures35, 16 miles marin au nord de Stichting Veerhaven.

La sirène de la vedette de la fluviale hurle dans la nuit. Sa proue défie Van Den Berck qui est monté sur le pont de son yacht pour évaluer le dénouement inattendu. Le projecteur de la police le cible comme la lunette d'un fusil et l'on entend la voix de Floortje annoncer les sommations d'usage.

Van Den Berck réapparaît dans la cabine tout en surveillant l'approche du bateau des garde-côtes.

« Tu penses que la partie est perdue Klaas. Pour toi, oui, mais certainement pas pour moi. »

Une détonation retentit : c'est Willem qui tente d'intimider Van Den Berck malgré la procédure qui le lui interdit mais il devine qu'il en va de la vie de son coéquipier.

Alors Van Den Berck lève son arme en direction de Gwendolyn pour l'atteindre à la tête comme il le fit pour Godelieve et son compagnon.

Au moment où il ajuste son tir avec le pistolet de Klaas, une vague provoquée par la puissante vedette de la police en approche secoue le yacht. Van Den Berck chute vers l'extérieur et son tir atteint Gwendo dans la région du cœur. Klaas menotté assiste impuissant à la scène.

Van Den Berck s'est éclipsé. On entend des coups de feu puis le silence et le bruit de la vedette reprend l'avantage. Klaas entend les puissants moteurs du Politeïa II ; il anticipe la collision proche. L'abordage est retardé par de nouveaux tirs sporadiques. Van Den Berck, touché, bascule à la mer. Une tache de sang sur le pont verni en témoigne. La vedette s'amarre enfin au Betti Lazuri. Tandis que les policiers se mettent à la recherche de Van Den Berck, Floortje pénètre dans la cabine et libère Klaas qui se précipite sur Gwendolyn inconsciente. Floortje observe ce tableau pathétique et émouvant. Elle est heureuse d'avoir accompli sa mission et tellement malheureuse d'avoir vu Klaas se jeter dans les bras de Gwendolyn et non dans les siens qui lui tendaient son cœur. Elle n'a aucune haine, ni jalousie, elle a juste de la peine de constater qu'elle n'a plus la même place. Sa complicité avec Klaas s'est volatilisée, elle redevient une collègue, une simple policière qui essayera d'exécuter consciencieusement son job. Devant certains faits d'armes, il faut savoir renoncer.

Le médecin prend le relais. L'aorte est touchée.

Dix minutes plus tard, Gwendolyn est évacuée en urgence par hélicoptère : sa vie ne tient plus qu'à un fil. Juste avant d'être hélitreuillée, Klaas l'embrasse sur la joue et glisse à son doigt la bague découverte au Mahzen. En pareilles circonstances bien des athées implorent secrètement le ciel et nul ne leur en tient rigueur : « Ô seigneur, sauve-la ou prends soin d'elle ! »

Durant la manœuvre, Floortje observe Klaas et son air éprouvé. Elle laisse échapper une supplique volontaire qui la trahit définitivement et qui réduit à néant son ultime chance d'espérer séduire son amant chimérique :

« Elle a de la chance, j'espère qu'ils te la sauveront »

Klaas entend cette déclaration. Il se rapproche d'elle et la prend affectueusement dans ses bras. Pour la première fois vraiment, elle le sent et le ressent. Ses larmes sont définitivement en embuscade. Elles n'attendent plus que son feu vert. L'amour-propre de Floortje les condamne à patienter. Resteront-elles cachées, nourrissant des cavités d'amertume ? Se libéreront-elles lorsqu'elle sera seule pour pleurer sa capitulation ?

« Merci Floortje merci. Merci de tout mon cœur de nous avoir sauvés. » Puis il lui murmure ces mots qui valent bien plus que l'amour.

« Vois-tu, Floortje, l'amour est incertain alors que l'amitié l'est moins. Toute ma vie tu es et tu seras mon amie et l'amour que j'ai pour toi est infaillible. Si j'avais pu imaginer ce que tu ressentais et comment tu souffrais alors je te jure j'aurais été plus attentif et plus prévenant. Il nous a manqué si peu. »

Cette fois, la voie est libre, le feu passe au vert. Floortje pleure et ses larmes emportent avec elles le mince espoir qui lui restait. Pourtant les amitiés solides conduisent aux amours les plus fous, elle ne le savait pas encore. L'avenir lui apprendrait. Lorsque l'on prend le temps d'apprécier son bonheur, quelquefois, nous constatons qu'il s'est édifié sur des ruines que nous n'imaginions pas reconstruire.

Durant le retour, Klaas assis amicalement à côté de Floortje, interroge sa coéquipière. Chacun a repris sa posture de policier.

« Comment as-tu fait pour me localiser ?
— Quand tu es allé dans le bureau du commissaire, tu as laissé ton smartphone. Je savais que tu serais dessaisi de l'enquête mais que tu la poursuivrais en solo et, comme tu as toujours une petite longueur d'avance sur moi, je me suis dit qu'il me suffisait juste d'être ton ange-gardien pour poursuivre l'enquête et t'assurer la cavalerie quand tu en aurais besoin. Alors j'ai installé sur ton smartphone un traceur qui me donnait en permanence ta position. Arrivée sur le port quelques minutes après toi, cela a été un peu plus compliqué puisque Van Den Berck a jeté ton tel à la mer. Heureusement pour nous, un homme qui revenait d'être allé promener son chien, nous a communiqué les informations qui nous ont permis de savoir que tu avais embarqué sur le bateau de Van Den Berck. Ensuite, grâce à l'Automatic Identification System, localiser la position du yacht fut un jeu d'enfant.
— Tu sais que pister son supérieur sans son consentement pourrait te valoir un blâme ! »

Il lui prend la main et la remercie plusieurs fois. Les trois compagnons se regardent avec beaucoup de respect et d'amitié. Il existe désormais entre eux une histoire qui les unit pour toute une vie, un lien précieux aussi pur, rare et solide qu'un diamant.

Demain, ils devront poursuivre leurs recherches pour retrouver la dépouille d'un des plus terrifiants tueurs en série que les Pays-Bas n'ont jamais eu. Les hélicoptères dépêchés sur place n'ont rien repéré, pas plus que les chalutiers qui œuvraient dans le périmètre du Drie-eenheid.

Le luxueux bateau de plaisance a-t-il livré tous ses secrets ?

Ultime chapitre

Samedi 13 novembre 2021, Harlingen Haven, 15 heures.

La mer… son déhanchement voluptueux et incessant contre les péniches qui brisent son élan en se protégeant inlassablement contre les quais… le trait fin, infini et parfait de l'horizon… la chanson des sirènes qui entonnent leur refrain en pinçant les haubans des embarcations ronflantes, perfusées aux appontements qui sautillent dans le flux et reflux de la mer… les éclaircies radieuses de novembre qui percent, telles les flèches de Poséidon, les nuages gris d'un plafond bas et mouvant… un cerf-volant d'enfant, cet objet inutile mais ô combien majestueux, qui se dandine comme un papillon sur Waddenpromenade… la bourgade d'Harlingen respire calmement, là-haut au dernier pays d'avant les îles.

Klaas, Gwendolyn et ses parents quittent le restaurant Zeezicht où ils viennent de fêter l'anniversaire de Gwendolyn. Ils remontent paisiblement Prinsenstraar pour rejoindre Noorderhaven qui longe un canal où sont amarrés des voiliers de plaisance. Juste après le pont-levis, là où les bateaux rejoignent le large, deux Ketchs brillent de tout leur éclat : Le Maybe*,* un Ketch à double flèche et le Pen Duick 2, un bermudien avec lequel Éric Tabarly gagna la transat anglaise en 1964. Ici à Harlingen, marins et pêcheurs se côtoient en partageant leur amour de la mer. Les plaisanciers et les travailleurs se racontent des périples que Google ignore et les tropéziens davantage.

On distingue encore quelques sons stridents de frottements de couverts à dessert qui s'éclipsent des hublots ouverts. L'après-midi bat son plein. Le jour doit encore abattre pas mal de besogne avant qu'il ne s'efface pour laisser la place chaude à la nuit d'automne que l'on annonce glaciale. Demain le soleil aura encore et toujours, inlassablement, le sempiternel labeur de réchauffer l'empreinte nocturne et redonner au jour sa parure transparente et colorée. Le jour est tellement plus généreux que la nuit, cette obscurité qui n'a qu'un but, reposer la vie.

En longeant le quai coquet, le regard de Klaas cueille, par-ci par-là, les mouvements de cette bourgade où il a trouvé refuge avec Gwendo après l'enquête du Mahzen.

Ils habitent une coquette maison 13 Noordijs depuis le printemps dernier. Leur façade pimpante barbote presque dans le canal. Un banc accoudé contre les briques rouges invite à la paresse et à ses voyages. D'ici ils pourraient facilement prendre le large et rejoindre Terschelling.

Après la blessure grave que lui infligea Van Den Berck, Gwendolyn demeura 23 jours dans le coma avant de reprendre connaissance. Quand elle ouvrit les yeux, Klaas l'attendait patiemment. Leur coup de foudre ne les avait pas brûlés vifs, il les avait tout divinement soudés. Ils franchirent cette épreuve passionnément et leur amour indestructible guide aujourd'hui leur destinée.

Bien que Floortje et lui-même furent décorés pour avoir mis fin à l'atroce série du professeur et par voie de conséquence élucidé toutes ces enquêtes en suspens, Klaas ne parvint pas à se déculpabiliser de son erreur criminelle, celle d'avoir laissé les photos de Godelieve sur son bureau à la vue de Van Den Berck.

Sa mort et celle de son compagnon a freiné sa hardiesse à briller au firmament de la hiérarchie policière. Son ambition assagie, il préféra choisir un autre horizon.

Il demanda sa mutation à Harlingen pour se rapprocher de Gwendolyn, convalescente. Cerise sur le gâteau, sa hiérarchie lui proposa d'être affecté sur l'île de Terschelling en renfort durant l'été, afin de gérer la recrudescence des infractions liées à l'augmentation exponentielle de touristes. Ce fut son premier été sur cette île du vent. Les autochtones l'adoptèrent chaleureusement, sans méfiance, grâce aux auras de Claus et Dork qui lui permirent d'ouvrir et de franchir quasiment toutes les portes.

Il se complut dans cette mission qui in fine s'apparenta davantage à celle d'un médiateur qu'à celle d'un inspecteur de police judiciaire. Sur les petites îles, la police et la justice sont plus préventives que répressives et cette posture correspond davantage à la personnalité idéaliste du jeune officier.

En dehors de la période estivale, il demeure le référent judiciaire en poste sur le continent.

Malgré plusieurs journées de recherche, le corps de Van Den Berck ne put être repêché. Une météo déchaînée empêcha la poursuite des opérations et le procureur du roi, le 15 décembre, décida de conclure qu'il était décédé, considérant que la mer l'avait emporté, et qu'en aucune manière Van Den Berck ne méritait de refouler la terre ferme, même allongé. « Les cimetières sont faits pour les braves gens » affirma-t-il caustiquement à l'enterrement de Bransword.

Frederik ne fut jamais identifié. Nul ne sut qui il était et d'où il venait. Était-il encore en vie ? Van Den Berck l'avait-t-il éliminé, comme il le fit pour son adjoint ? Van Den Berck emporta ce secret avec lui, et tant d'autres.

Régulièrement, le spectre de Van Den Berck hante les nuits de Klaas et bien plus encore celles de Gwendolyn.

Il regarde avec une infinie tendresse Gwendolyn marcher devant lui, à une vingtaine de mètres, tenant sa mère par le bras. La démarche de sa compagne trahit le prochain et heureux événement qui ne saurait tarder.

Quant à Gwendolyn, elle travaille pour une agence immobilière et, ironie du sort, s'occupe des ventes et locations saisonnières de son île. Elle retrouve peu à peu son équilibre, sa force et son audace ; chaque jour elle comble son amant, si attentionné et constant.

Klaas attend le père de sa compagne qui salue un de ses amis marins. Ce week-end ils seront tous réunis à Longway. Ils y retrouveront Kate, Nikolaas et Anouk et de nombreux amis qu'ils ont invités pour fêter le retour de Gwendo dans l'île et son nouveau départ.

Pourrions-nous prétendre que ces deux tourtereaux sont désormais heureux, qu'ils mènent une vie paisible bien loin des tumultes citadins qui entraînent leurs lots de misères sociales et criminelles ? Ici le monde apparaît presque gentillet, rarement incertain. Tout se sait, se voit, s'anticipe, se concilie. La rumeur n'est qu'une chimère que l'on ne partage pas.

Le téléphone de Klaas retentit. Il le sort de sa poche et répond à l'appel.

« Klaas ?

— Oui !

— C'est Johan, je suis de permanence au poste de Terschelling.

— Bonjour Johan, que se passe-t-il ?

— Nous avons un problème, nous venons de retrouver la serveuse du Pavijoen West aan Zee dans la chambre du logement saisonnier qu'elle louait cet été. Elle a été assassinée. Tout laisse à penser qu'elle a été violée.

— Oh verdomme!

— Il y a un mot sur le corps de la victime écrit avec son sang. »

Un long silence s'ensuit comme si Klaas devinait la suite. Il se glace en écoutant ce qu'il sait déjà :

« Que dit ce mot Johan ?

— Joyeux anniversaire Gwendolyn ! et c'est signé, Peter. »

Dehors le jaseur boréal chante encore et encore, cessera-t-il un jour ?

FIN

Printed in Poland
by Amazon Fulfillment
Poland Sp. z o.o., Wrocław

11574363R00188